ハヤカワ・ミステリ文庫

〈HM⑦-17〉

水底（みなそこ）の女

レイモンド・チャンドラー

村上春樹訳

早川書房

8465

THE LADY IN THE LAKE

by

Raymond Chandler

Translated by
Haruki Murakami
Published 2023 in Japan by
HAYAKAWA PUBLISHING, INC.
This book is published in Japan by
arrangement with
ROGERS, COLERIDGE AND WHITE LTD.
through TIMO ASSOCIATES, INC., TOKYO.

目次

水底（みなそこ）の女

登場人物

フィリップ・マーロウ…………私立探偵
ドレイス・キングズリー………ジラレイン社の経営者
クリスタル（・グレイス）………キングズリーの妻
クリス・レイヴァリー…………クリスタルの愛人
エイドリアン・フロムセット……キングズリーの秘書
ビル・チェス……………………キングズリーの地所の管理人
ミュリエル………………………ビルの妻
ジム・パットン…………………ピューマ・ポイントの町制執行官、保安官代理
アンディー………………………パットンの部下
アルバート・S・アルモア………医師
フローレンス……………………アルバートの妻
グレイソン夫妻…………………フローレンスの両親
ジョージ・タリー………………私立探偵
ウェバー…………………………ベイ・シティー警察の警部
デガルモ…………………………同警察の警部補

1

トレロア・ビルディングは市西部のオリーヴ・ストリート、六番街の近くにあった（今もまだそこにある）。ビルの正面の歩道は、白と黒のゴムのブロックでできていたが、それらは戦時物資として政府に供出するために剝がされている最中だった。ビルの管理人らしい青白い顔をした男が、帽子もかぶらず、その工事の様子をじっと眺めていた。まるで自分の心臓が打ち砕かれているような顔つきで。

男の脇を通り過ぎ、各種専門店の並んだアーケードを抜け、私は黒と金色に彩（いろど）られた広大なロビーに足を踏み入れた。ジラレイン社のオフィスは七階にあった。建物の正面側にあり、入り口は両開きのスイング・ドアになっている。一枚ガラスのドアにはプラチナ色の縁取りが施され、受付のある部屋には中国製の絨毯（じゅうたん）が敷かれ、壁は鈍い銀色で、置かれた家具は無骨ではあるものの、選び抜かれた高級品だった。ぴかぴか光る鋭く小さなアブストラクトの彫刻がいくつか、それぞれ台座に据えられていた。隅の三角形をしたショーケースの中には、丈（たけ）の高いディスプレイが収まっていた。きらびやかな鏡面ガラスでできた棚やステップや浮島（アイランド）や出っ張りの上には、これまでにデザインされたあらゆる華麗な瓶と箱が展示されているようだ。そこに入っているものは、すべての季節とすべての状況のために用意されたクリームであり、パウダーであり、石鹸であり、化粧水である。香水を入れた、ほっそりとした丈の高い瓶は、ふっと息を吹きかけたら、そのまま倒れてしまいそうに見える。パステル・カラーの小型ガラス瓶に詰められ、瀟洒（しょうしゃ）なサテンの飾り紐を結ばれた香水は、ダンスの教室にいる幼い少女のようだ。中でも最高級の逸品は、ずんぐりとした琥珀色の瓶に詰められた、とても小さくシンプルな品物であるらしかった。それは中央あたりの、ちょうど目の高さに位置し、空間をふんだんに与えられていた。そして「ジラレインの至宝、香水のシャンパン」というラベルがついていた。それこそまさに、人が真に求めるべきものなのだ。一滴、喉の窪（くぼ）みに落とせば、それに相応（ふさわ）しいピンク色の真珠の粒が、まるで夏の雨のようにぱらぱらと、あなたの上に降りかかってくるだろう。

　こざっぱりとした金髪の小柄な女性が、奥の隅の狭い電話交換台に座っていた。手すりの奥にいて、様々な危険からしっかり身を守られているようだった。ドアとドアを結ぶ線上に置かれたフラットなデスクの前には、ほっそりとした長身黒髪の美人が座っていた。彼女の名前は、デスクの上に傾けて置かれた浮き彫りの名札によれば、ミス・エイドリアン・フロムセットだった。

彼女は鉄灰色のビジネス・スーツを着ていた。上着の下にはダークブルーのシャツを着て、一段淡い色合いのブルーの男性用のネクタイを締めていた。胸のポケットに畳まれたハンカチーフは、パンをスライスできそうなほどシャープだった。チェーンのブレスレットを手首にはめていたが、他には何ひとつ装飾品を身につけていない。彼女の黒髪は二つに分けられ、はらりと無造作に落ちかかっていたが、そのウェーブは注意深く整えられたものだった。象牙色の肌はつるりと滑らかで、眉は鋭く上がり、漆黒のつぶらな瞳は、然（しか）るべき時と然るべき場所に置かれれば、温かく熱を持ちそうにも見えた。

私は名前だけの名刺を彼女のデスクに置いた。隅っこに機関銃の絵が描かれていないやつだ。そしてミスタ・ドレイス・キングズリーにお目にかかりたいと言った。彼女は名刺を見て言った。「ご予約はなさっておられますか？」

「予約はしていない」

「ご予約なしでミスタ・キングズリーにお会いになるのは、きわめて難しいのです」

それに対して私に言えることは何もなかった。

「ご用件はどのような種類のものなのでしょう、ミスタ・マーロウ？」

「個人的なことだ」

「なるほど。それで、ミスタ・キングズリーはあなたさまのことを存じ上げておりますでしょうか、ミスタ・マーロウ？」

「知らないと思う。名前を耳にしたことはあるかもしれないが。マギー警部補のところから来たと伝えてもらえばいいかもしれない」

「ミスタ・キングズリーは、マギー警部補のことを存じ上げておりますでしょうか？」

彼女はタイプされたばかりのレターヘッド付きの便箋の山の隣に、私の名刺を置いた。彼女は背中を後ろにもたせかけ、片腕をデスクの上に置いて、小さな金の鉛筆でこんこんと軽く音を立てた。

私は彼女ににっこり微笑みかけた。狭い交換台にいる金髪の娘が貝殻のようなかたちの耳をそばだたせ、小さく軽やかな微笑を見せてくれた。彼女は愉しいことが好きで、その気になっているらしい。でもまだ今ひとつ自信が持てない。子猫にあまり興味を持たない家庭で飼われている新参の子猫のようだ。

「そうあってもらいたいと願ってはいるけれど」と私は言った。「しかし本人に直接訊いてみるのが、いちばん早くはあるまいか」

彼女はペン・セットを私に向かって投げつける衝動を抑えるために、三通の手紙に素早くイニシャルを書き付けた。そして顔も上げずに言った。

「ミスタ・キングズリーはただ今会議中なのです。手が空き次第、ご名刺をお持ちします」

私は彼女に礼を言って、クロミウムと革の椅子のところに行って腰を下ろした。見た目よりはずっと座り心地のよい椅子だった。時間が経過し、その場に沈黙が降りた。誰も入ってこなかったし、誰も出て行かなかった。ミス・フロムセットのエレガントな手が書類の上で動き、電話交換台の子猫ちゃんが時折こっそりこちらを覗き見する音まで、しっかり耳に届いた。そしてまた、プラグを差し込んだり抜いたりするかちかちという小さな音も。

私は煙草に火をつけ、喫煙用のスタンドを椅子の脇に引き寄せた。時が足音を忍ばせ、唇に指を当てて、しずしずと過ぎていった。私は部屋をあらためて見回してみたが、その見かけからは何ひとつ手がかりを得ることはできなかった。彼らは何百万ドルも稼いでいるのかもしれない。奥の部屋には雇われた保安官（シェリフ）が控え、椅子を後ろに倒して金庫に寄りかかっているのかもしれない。

半時間が経過し、三本か四本煙草を吸い終えたところで、ミス・フロムセットの背後のドアが開き、二人の男が笑い合いながら、背中をこちらに向けて出てきた。三人目の男が二人のためにドアをおさえ、その笑いに加わっていた。彼らはみんなで心を込めた握手をし、二人の男たちはオフィスを横切って退出した。三人目の男は顔に浮かべていた笑みをさらりと消し、生まれてこのかた一度も笑ったことなどないという顔つきになった。グレーのスーツを着た長身の男で、なめた真似は許さないと心を決めた人物のように見えた。

「電話はあったかね?」と彼は上司らしい鋭い口調で尋ねた。

ミス・フロムセットはソフトな声で言った。「ミスタ・マーロウという方がお見えです。マギー警部補のところから見えたとか。個人的なご用件だそうです」

「覚えのない名前だ」とその長身の男は吠えるように言った。彼は私の名刺を手に取り、こちらには目もくれず、自分のオフィスに戻っていった。ドアは自動圧力で閉まり、「ひゅうう」という音しか立てなかった。ミス・フロムセットは甘くも哀しげな微笑みを私に向け、私は意味ありげなにやつきというかたちでそれを彼女に返した。私は新しい煙草に火をつけ、更なる時間が緩慢に過ぎていった。ジラレインという会社のことが、すごく好きになり始めていた。

十分後にまた同じドアが開き、帽子をかぶった大物氏が姿を見せ、これから散髪に行ってくると、小馬鹿にしたような声で言った。そして運動選手の足取りで勢いよく中国の絨毯の上を横切り始めたが、戸口までの半ばあたりまで来たとき、さっと鋭く向きを変え、私の座っている方にやってきた。

「私に会いたがっているのはきみか?」と彼は噛みつくように言った。

身長は百八十五センチほどはあるだろう。余分な肉はほとんどついていない。瞳は険しい灰色で、まだら模様がその中に冷たい明かりとなって見えた。幅の狭いチョーク・ストライプの、つるりとしたグレーのフランネルの背広に、大柄な体軀が収められている。着こなしはエレガントだ。その素振りからして、相手にするのはずいぶん厄介そうだ。

私は立ち上がった。「もしあなたがドレイス・キングズリーさんであればですが」

「私がほかの誰だと言うんだ？」

それは受け流し、私は名刺を彼に差し出した。職業が記してある方のやつだ。彼はそれを手にぎゅっと握り、厳しい目で点検した。

「マギーって誰だ？」と彼は高飛車に言った。

「私の知っている人物です」

「すばらしい返事だ」と彼は言って、ミス・フロムセットの方をちらりと振り向いた。それは彼女を喜ばせた。すごく喜ばせた。「その人物についてもっと他に述べるべきことはないのかね？」

「そうですね、人は彼のことをヴァイオレット・マギーと呼びます」と私は言った。「いつも小さな喉のトローチ剤を噛んでいて、すみれの香りがするからです。柔らかな白髪の大男で、赤ん坊にキスをするのにぴったりの、小さくてキュートな唇を持っています。このまえ会ったときには、洒落た青いスーツを着て、つま先の広い茶色の靴を履いて、グレーのホムブルグ帽をかぶって、それから短いブライアーのパイプで阿片を吸ってました」

「きみの態度は気に入らんな」とキングズリーは言った。硬い声だった。ブラジル・ナッツだって割れそうなほどだ。

「どうぞお好きに」と私は言った。「それが私の売り物というわけじゃありませんから」

彼はまるで一週間前の鯖(サバ)を鼻先に差しだされたみたいに、後ろにさっと身を引いた。少し間を置いてから彼は私に背中を向け、肩越しに振り返るように言った。

「よろしい。きっかり三分間だけきみに時間をやろう。そんな義理もないのだが」

彼はさっさと絨毯の上を後戻りし、ミス・フロムセットのデスクの前を通って戸口に向かい、ドアを勢いよく開け、そのまま手を離した。ドアはあやうく私の顔にぶつかるところだった。それもまたミス・フロムセットを喜ばせた。しかし彼女の両目の奥には、見すかした笑いが隠されているようにも感じられた。

2

その部屋は、オフィスの個室がそなえるべきものを残らずそなえていた。細長く暗く、静かで空調がきいて、窓は閉められ、グレーのベネシアン・ブラインドは七月の眩しい光を遮るために半ば閉じられていた。グレーの厚手のカーテンはグレーの絨毯に色を合わせられていた。部屋の隅には黒と銀色の大型の金庫が置かれ、それにぴったりサイズの合った、ファイリング・ケースが並んだ低い棚があった。壁には色づけされた巨大な写真が飾られていた。鑿(のみ)で削られたような鉤鼻(かぎばな)と、顎髭(あごひげ)、ウィングカラーのシャツを着た老人の写真だ。ウィングカラーを乗り越えるように突きだした喉仏は、大方(おおかた)の人の顎よりも硬そうに見えた。写真の下のプレートには、ミスタ・マシュー・ジラレイン（一八六〇―一九三四）とあった。

ドレイス・キングズリーはきびきびと歩いて、八百ドルはするであろう上等なデスクの背後にまわり、背の高い革製の椅子に腰を下ろした。そして銅とマホガニーでできた箱の中から細巻きのシガーを取り出し、端(はし)を切って、重々しい銅製のライターで火をつけた。

そうするのにたっぷり時間をかけた。私の時間には考慮を払うことなく。それだけのことをやり終えると、背中を後ろにもたせかけ、煙を少し吐き、言った。

「私はビジネスマンだ。時間を無駄にしたくない。名刺によれば、きみは私立探偵だということだが、それを証明するものを見せてもらいたい」

私は札入れを取り出し、身分を証明する書類を彼に渡した。彼はそれを見て、机越しに投げて寄越した。探偵免許のフォトコピーを入れたセルロイドのホルダーは床に落ちたが、彼は謝りもしなかった。

「私はマギーという人物は知らん」と彼は言った。「ピーターセン保安官は知っている。信頼して仕事を任せられる誰かを紹介してほしいと彼に頼んだ。どうやらきみがその人物らしいな」

「マギーは保安官事務所のハリウッド支所にいます」と私は言った。「問い合わせてみてください」

「その必要はない。きみでいいだろう。ただし私に向かって生意気な口をきいてはならん。よく覚えておいてほしいのだが、誰かを雇うとき、私は勝手な真似を許さない。私がやれと言ったことを不足なく実行し、口はしっかり閉じているんだ。さもないと、即刻お払い箱だ。わかったかね？　私がきみにとってタフ過ぎないことを望んでいるが」

「その質問の答えは保留ということにしておきませんか？」と私は言った。

彼は眉をひそめた。そして鋭い声で言った。「それで料金はどれほど請求するんだ？」

「一日二十五ドル、プラス経費です。車の走行に関しては、一マイルにつき八セントいただきます」

「とんでもない」と彼は言った。「高すぎる。一日、すべて込みで十五ドルで十分なはずだ。走行距離に関しては、妥当なものであれば、その金額を払う。楽しみのために車を走らせたりしなければばな」

私は煙草の灰色の煙を少しばかり吐き、それを手で払った。何も言わなかった。私が何も言わないことは、彼を少し驚かせたようだった。

彼はデスクの上に身を乗り出し、葉巻で私を指した。「私はまだきみを雇うと決めていない」と彼は言った。「しかしもし雇うとしたら、それはきわめて内密の仕事になる。きみの警察の友人に話してもらっても困る。それはわかったかな？」

「私に何をしてもらいたいのですか、ミスタ・キングズリー？」

「何が知りたいのだ？　そもそもきみは探偵の仕事ならなんだってやっているんだろう。違うのか？」

「なんだってというわけではありません。いちおう筋の通ったことだけをやっています」

彼は顎をぎゅっと締めて、正面からまっすぐ私を見た。彼の灰色の瞳には不透明なものがあった。

「まずだいいちに、離婚の絡んだ案件は扱いません」と私は言った。「そして百ドルを手付け金としていただきます。初対面の人からは、ということですが」

「それは、それは」と彼は言った。彼の声は突然柔和になった。「それは、それは」

「そしてあなたが私にとってタフ過ぎないかという質問についてですが」と私は言った。

「たいていの依頼人は、最初は二つのタイプに分かれます。ひとつは私の袖にすがって泣くタイプ、もうひとつはおれがボスだと豪語するタイプです。しかしほとんどの場合、やがてはきわめて順当な線に落ち着きます。彼らがまだその時点で生きながらえていれば、ということですが」

「それは、それは」と彼は繰り返した。同じくらい柔和な声で。そしてじっと私を睨み続けていた。「きみはとてもたくさんの依頼人を失うのかね？」と彼は尋ねた。

「相手が私をまっとうに扱ってくれれば、そうはなりません」と私は言った。

「葉巻はどうかね？」と彼は言った。

私は葉巻を手に取り、ポケットに入れた。

「妻の行方を探してもらいたいのだ」と彼は言った。「一カ月ばかり所在が知れなくなっている」

「わかりました」と私は言った。「奥さんの行方を探しましょう」

彼は両手でデスクをとんとんと叩いた。そして揺らぎのない目で私を見つめた。「きみならよかろう」と彼は言った。そして笑みを浮かべた。「そんな風にはっきりものを言われたことは、この四年間一度もなかった」と彼は言った。

私はただ黙していた。

「いいだろう」と彼は言った。「気に入ったよ。とても気に入った」、彼はそう言って、たっぷりとある黒髪に手を走らせた。「もう丸一カ月、行方知れずなのだ」と彼は言った。「我々は山にキャビンを所有しているのだが、そこから姿を消した。ピューマ・ポイントの近くだ。ピューマ・ポイントは知っているかね？」

ピューマ・ポイントなら知っていると私は言った。

「我々のキャビンは村から五キロほど離れたところにある」と彼は言った。「一部は私道を通っていくことになる。リトル・フォーン湖という私有の湖に面している。土地の価値を上げるために、我々三人でダムをこしらえたんだ。私はほかの二人と共にその土地の権利を保有している。とても広い土地で、まだ開発されていないし、また今のところ開発する予定もない。もちろん当分のあいだは、ということだが。私の友人たちもキャビンを所有している。そしてビル・チェスという男が、女房と一緒に別のキャビンに住んでいる。家賃がただで、かわりにその場所の面倒を見てくれている。戦傷を負って身体が不自由で、年金で生活しているんだ。ほかには誰も住んでいない。私の妻は五月の半ばにそこに行って、週末に二度ばかり街に降りてきた。六月十二日にパーティーがあって、出席することになっていたんだが、姿を見せなかった。以来見かけていない」

「それでどうされたのですか？」

「何もしていない。まったく何も。私はキャビンには足を運びもしなかった」、彼はそう言って待った。

私は言った、「なぜです？」

彼は椅子を押して後ろに下がり、鍵をかけた抽斗(ひきだし)を開けた。そして畳まれた紙片を取り出し、私に渡した。私はそれを広げてみた。電報の用紙だった。電報はエル・パソから、六月十四日の午前九時十九分に打たれていた。宛先はベヴァリー・ヒルズ、カーソン・ドライブ965、ドレイス・キングズリーになっていた。文面はこうだ。

「リコンスルタメニめきしこノコッキョウヲコエル　くりすトケッコンスル　コレデサヨナラネ　くりすたる」

私はそれをデスクのこちら側に置いた。そして彼は、光沢紙(こうたくし)に焼かれた大きな、とても鮮明なスナップショットを私に手渡した。そこに写っているのは、ビーチ・パラソルの下、砂の上に座っている一組の男女だった。男はトランクスをはいて、女はずいぶん大胆ともいえる白いシャークスキンの水着を着ていた。女はほっそりとした金髪で、若くてスタイルも良く、微笑みを浮かべていた。男はがっしりした体格のハンサムな若者で、肩と脚はすらりとして、髪は黒く歯は真っ白だった。身長は百八十センチほど、いかにも家庭を破壊しそうなタイプだ。女を抱き寄せるための腕、そして脳味噌の中身はそっくり顔の造作にまわされている。彼はサングラスを手に持ち、カメラに向かって微笑みかけていた。いかにも手慣れた、気楽な微笑みだった。

「これがクリスタルだ」とキングズリーは言った。「そしてこちらがクリス・レイヴァリーだ。「女は彼にくれてやるし、彼は女を手にすればいい。どこへなりと好きに行ってしまえばいいさ」

私はその写真を電報の上に置いた。「わかりました。それで何が問題になっているのですか？」と私は彼に尋ねた。

「キャビンには電話がないんだ」と彼は言った。「そしてその催しは、わざわざ彼女が山から降りてくるほど重要なものではなかった。だからさほど気にしてはいなかったのだが、そこにこの電報が届いたのだ。電報を見ても、私はたいして驚かなかった。クリスタルと私はこの何年か、あまりうまくいっていなかった。彼女は好き勝手に生活し、私もまた好きなようにやっていた。妻には自分の財産があるし、それはけっこうな額になる。彼女のファミリーは持ち株会社を経営し、その会社はテキサスに価値の高い油井の賃貸権を保有している。そこから年に二万ドルほどの金が入ってくる。妻は遊び回っていたし、レイヴァリーは遊び相手の一人だ。彼女がその男とほんとうに結婚するということは、少しばかり私を驚かせたかもしれない。というのは、その男は職業的な色男という以上の何ものでもないから。しかし写真で見る限り、なかなか悪くない見かけだ。だいたいのところはわかったかね？」

「それから？」

「二週間ほどは何ごともなかった。それから、サン・バーナディノのプレスコット・ホテルから連絡があった。クリスタル・グレイス・キングズリーの名前で、うちの住所に登録されたパッカード・クリッパーがホテルのガレージに置きっぱなしにされているが、どうしたものかという話だった。そのままそこに置いておいてくれと言って、小切手を送った。それもべつに大したことではなかった。彼らはまだ州の外にいるのだろうし、もし車で行ったとしても、レイヴァリーの車を使ったのだろうと思った。ところが一昨日、この通りのすぐ近くにあるスポーツ・ジムの玄関の前で、私はレイヴァリーにばったり出会ったのだ。そして彼は、クリスタルの居所について何も知らないと言った」

キングズリーは私の顔を素早くちらりと見てから、デスクの上にあったボトルと、二つの色つきグラスに手を伸ばした。グラスに飲み物を注ぎ、ひとつを私の方に押しやった。自分のグラスを光にかざし、ゆっくりと言った。

「レイヴァリーは言った。私の妻とどこかに行ったことはないし、もう二カ月も彼女には会っていない。どのようなかたちの連絡もとっていない、と」

「それを信じますか？」と私は言った。

彼は肯き、眉をひそめ、酒を一口飲み、グラスを脇に押しやった。私は自分のぶんを味わった。スコッチだった。それほど上等なものではない。

「もし私が彼の言うことを信じたとしたら」とキングズリーは言った。「――あるいは信じたこと自体が間違いだったかもしれないが――それは彼が信用するに足る人物であるからではない。話はまったく逆だ。それはやつが、友人の妻を寝取るのは賞賛に値することだと考え、それを得意げに吹聴してまわるような下劣な男だからだ。もし妻が彼と浮気してどこかに逐電し、私を捨てたりしていたら、きっと私の前で喜色満面、そのことを自慢しまくっていただろう。その手の女たらしのことはよく知っているし、この男についても知りすぎるくらい知っている。彼はうちの会社で配達の仕事をしていたんだが、常に問題を起こしていた。オフィスの女性に手を出さずにはいられないんだ。そういうことは一切抜きにしても、エル・パソから届いた電報の一件もあった。私はそのことを持ち出し、今更そんなことで嘘をついて何の得があるんだと彼に詰め寄った」

「奥さんは彼をお払い箱にしたのかもしれませんよ」と私は言った。「もしそうされたら、彼はきっと心の深いところで傷ついたはずです。カサノヴァ・コンプレックスというやつです」

キングズリーの顔が僅かに明るくなった。ほんの僅かだが。彼は首を振った。「それでもなお、私は彼の言うことをおおむね信じている」と彼は言った。「きみにやってもらいたいのは、私が間違っていると証明することだ。それがきみを雇おうと思った理由の一部だ。しかしそれとは別にもうひとつ、とても気がかりな側面がある。私はここで良い地位を得ている。しかし地位なんて所詮あやういものだ。スキャンダルが命取りになる。もし妻が何らかのかたちで警察沙汰になったりしたら、荷物をまとめてここを出て行かなくてはならないだろう」

「警察沙汰？」

「彼女の行動にはいささか問題があってね」とキングズリーは陰鬱な顔で言った。「デパートでときおり万引きをする性癖があるのだ。それはただ、おそらく酒を飲み過ぎたりしたときに、輝かしいものにふらふらと心をそそられるためだろうと私は考えている。しかしそういう事態が持ち上がると、我々はデパートの支配人室で不愉快なひとときを送らなくてはならなくなる。これまでのところはなんとか、罪科を問われることのないように手を打ってきた。しかしもし同じようなことが、誰も知り合いのいない、どこか遠くの街で起こったとしたら――」、彼は両手を上げ、それをどすんとデスクの上に落とした――「あるいは刑務所行きということになるかもしれない。そうじゃないか？」

「奥さんはこれまでに指紋をとられたことはありますか？」

「逮捕されたことは一度もないよ」と彼は言った。

「逮捕されるとかされないではなく、百貨店の中には万引きの罪科を問わないかわりに、指紋の登録を要求するところがあるのです。そうすればアマチュアは震え上がりますし、百貨店の運営する防犯組織が備える盗癖者ファイルを充実させることもできます。指紋が何度も送られてくるようであれば、相応の措置がとられます」

「私の知る限り、そういうことは起こっていない」と彼は言った。

「じゃあ、万引き絡みの線はとりあえず忘れていいでしょう」と私は言った。「もし奥さんが逮捕されていたなら、所持品を調べられるでしょうし、仮に警察の取り調べで偽名を使っていたとしても、あなたのところには連絡が来るはずです。そして万事休すとなれば、彼女は大声を上げて助けを求め始めることでしょう」私は白と青の電報用紙を指でとんとんと叩いた。「そしてこの電報は一カ月も前のものです。もしあなたの恐れているようなことがその時期に起こっていたなら、事件の決着はもうとうについているはずだ。初犯なら、たぶん執行猶予つき、譴責（けんせき）を受けて釈放というあたりでしょう」

彼は不安を晴らすために、グラスに酒のおかわりを注いだ。「おかげさまで少し気持ちが楽になったよ」と彼は言った。

「他にもいろんな可能性が考えられます」と私は言った。「彼女はレイヴァリーと駆け落ちしたが、途中で喧嘩別れした。あるいは彼女は他の誰かと駆け落ちして、電報は真っ赤な嘘だった。一人で家出したか、あるいは女性と一緒だった。酒を飲み過ぎて問題を起こし、どこかの個人経営の禁酒サナトリウムに放り込まれている。それとも我々の思いつかないような問題を起こしてしまった。なんらかの犯罪に巻き込まれてしまったかもしれない」

「まったく嫌な話ばかり聞かせるね」とキングズリーは声を荒らげた。

「仕方ありません。それくらいは覚悟しておかねば。あなたの奥さんについておおよそのイメージは摑めました。若くて美人で、大胆に好き勝手なことをする。酒を好んで飲み、酔うと危険な真似に及ぶ。男に騙されやすく、知らない男と簡単に仲良くなる。そして後日、その相手は問題ある男であったと判明する。あっていますか？」

彼は肯いた。「一言一句そのとおりだ」

「奥さんはどれくらいの額の金を持ち歩いていたのですか？」

「多額の現金を持ち歩くのが好きだった。彼女には自分の取り引き銀行があり、自分だけの口座を持っていた。好きなだけ金を引き出すことができる」

「お子さんは？」

「子供はいない」

「彼女の金銭の運用について把握しておられますか？」

彼は首を振った。「運用なんてものは存在しない。銀行に小切手を入金し、現金を引き出し、それを使うだけだ。一銭たりとも投資なんてしなかった。そして私が妻の財産のお世話になったことは一度もない。もしそれがきみの知りたいことであるならね」、彼はひとしきり口をつぐみ、それからまた続けた。「私がただ手をこまねいていたとは思わないでほしい。私だって生身の人間だ。年に二万ドルもの金が、何の役に立つこともなく、ただどぶに捨てられるのを目にしているのは、決して心愉しいことではない。おまけにその浪費がもたらすのが二日酔いと、クリス・レイヴァリーみたいななさけない男友だちでしかないとなればね」

「あなたは奥さんの銀行とはどの程度の関わりがあるのですか？　過去数ヵ月にわたって彼女が切った小切手の記録を手に入れることはできますか？」

「まず無理だと思う。一度それを試みたことがある。妻が脅迫されているのではないかと思ってね。しかしあっけなく門前払いを食ったよ」

「手に入れることはできます」と私は言った。「そうする必要があるかもしれない。しかしそのためには警察に失踪届を出さなくてはならない。そういうのは気に入りませんか？」

「そんなことができるなら、きみのところに話を持ち込んだりはしないさ」と彼は言った。

私は肯き、手がかりになる物件を集めてポケットに突っ込んだ。「この件に関しては、今の段階でわかっている以上に多くの側面がありそうだ」と私は言った。「しかしレイヴァリーに話を聞くところから、まず捜査を開始しましょう。そのあとリトル・フォーン湖まで足を延ばして、少しばかり聞き込みをしたい。レイヴァリーの住所と、あなたの山荘を管理している人物への簡単な紹介状が必要になります」

彼は便箋をとり、そこに一文を書き、私に手渡した。こう書かれていた。「ビル、こちらはフィリップ・マーロウ氏、うちの地所をご覧になりたいという方だ。キャビンを見せてあげてほしい。他にもいろいろ便宜を図ってあげてもらいたい。よろしく頼む。ドレイス・キングズリー」

私がそれを読んでいるあいだに、キングズリーは封筒に宛先を書いた。私は手紙を畳んで、その封筒に入れた。「その土地にある他のキャビンはどうなっていますか？」と私は尋ねた。

「今年はまだ、誰も山には入っていない。一人は政府関係の仕事でワシントンにいるし、もう一人はフォート・レヴンワースにいる。どちらも細君連れでね」

「それからレイヴァリーの住所も」と私は言った。

彼は私の頭のずっと上方の一点に目をやった。「ベイ・シティーだ。どこの家だかはわかっているが、住所は思い出せない。ミス・フロムセットに訊けばわかるだろう。きみがそれを求める理由を彼女は知らなくていい。どのみち彼女には知られてしまうだろうが。それから前金の百ドルが必要なのだな」

「とくに必要はありません」と私は言った。「あなたが偉そうに振る舞うから、ただ言ってみただけです」

彼は笑みを浮かべた。私は立ち上がり、デスクの脇に立って、躊躇（ちゅうちょ）しながら彼を見ていた。少し間を置いて私は言った。「あなたは何かを隠し立てしてはいませんよね？　何か重要なことを？」

彼は自分の親指を見ていた。「いや、隠し立てなんかはしていない。私は心配しているし、妻がどこにいるかを知りたいだけだ。心配でしかたないのだ。何かわかったことがあったら、すぐに連絡してくれ。昼でも夜でも、何時でもかまわないから」

そうすると私は言った。そして握手をした。細長い、ひんやりとしたオフィスを抜け、部屋の外に出て、ミス・フロムセットがエレガントにデスクに向かっているところに行った。

「クリス・レイヴァリーの住所を教えてもらうようにと、ミスタ・キングズリーに言われた」、私はそう言って、彼女の顔をじっと見ていた。

彼女はとてもゆっくりと、茶色い革装の住所録に手を伸ばし、ページを繰（く）った。口を開いたとき、その声はこわばって冷え冷えとしていた。

「ここにはベイ・シティーのアルテア・ストリート、６２３番地とあります。電話番号はベイ・シティー１２５２３。ただしミスタ・レイヴァリーは一年ほど前にうちの社を辞めています。住所はそのあと変わっているかもしれません」

私は彼女に礼を言って、ドアに向かった。そしてそこからちらりと振り返った。彼女はひどく静かにそこに座っていた。デスクの上に組んだ両手を置き、空間の一点を見つめていた。両方の頬に燃えるような赤い点が浮かんでいた。心ここにあらずという目つきで、そこには苦々しいものがうかがえた。

クリス・レイヴァリーについて考えるのは、彼女にとってあまり心愉しいことではないらしいという印象を私は持った。

3

アルテア・ストリートは深い渓谷の奥の、V字をなした内側の突き当たりにあった。涼しげな青い海原が、北に向けて遙かマリブの上方まで広がっていた。南には海沿いのベイ・シティーが見渡せた。街はコースト・ハイウェイを見下ろす崖の縁あたりまで長く連なっていた。

アルテア・ストリートは短い通りで、全部でせいぜい三ブロックから四ブロックしかない。突き当たりは大きな地所を囲む、高い鉄製の柵になっていた。柵にはメッキされたスパイクがついており、その向こうに樹木と低い茂みがあり、芝生と、カーブする私道の一部が垣間見えた。家屋までは見えない。アルテア・ストリートの内陸側に建つ家々は規模もかなり大きく、よく手入れされていた。しかし渓谷の縁に散らばるように建ったいくつかのバンガローは、それほど見栄えしないものだった。突き当たりが鉄柵になっている最後の短い半ブロックには、二軒の家が建っているだけだ。通りを挟んでほとんど正面から向かい合っている。小ぶりな方の家が623番地だった。

私はその前を車で通り過ぎた。そして突き当たりの舗装された半円形のスペースでUターンし戻ってきて、レイヴァリーの住居の隣地の前に駐車した。家は斜面に沿って、蔦が垂れるように、下方に向けて建てられていた。よくあるスタイルだ。玄関のドアが道路より少し下がったところにあり、屋根の上がパティオになっている。寝室は地下にあり、ガレージはビリヤード台のコーナーポケットみたいな格好をしている。深紅のブーゲンビリアが正面の壁の上でさらさらと乾いた音を立て、玄関に通じる平石の通路の縁には苔がむしていた。ドアは狭く、鉄格子がつけられ、上は円弧を組み合わせた尖ったアーチになっている。格子の下に鉄のノッカーがあった。私はそれを叩きつけた。

何の反応もなかった。ドアの横についたベルを私は押した。中でベルが鳴るのが聞こえた。それほど遠くに聞こえたわけではない。しかしやはり何の反応もなかった。もう一度ノッカーを試してみた。それでも何ごとも起こらない。通路に戻って、ガレージに行ってみた。そして中に車が一台あることが見て取れるところまで、ドアを押し上げた。側面を白く塗られたタイヤがついている。私は玄関に戻った。

向かいの家のガレージから、小ぎれいな黒のキャディラック・クーペが出てきた。バックして、それから向きを変え、レイヴァリーの家の前を通り過ぎたが、そのときにスピードを緩めた。サングラスをかけた痩せた男が鋭く私を見た。ここはおまえの来るようなところじゃないぞ、と言わんばかりに。私が鋼鉄のような目つきで睨み返すと、男はそのまま行ってしまった。

　私はレイヴァリーの家の通路を再び歩いて玄関に戻り、もう一度ノッカーを試してみた。今回は反応があった。覗き窓が開かれ、鉄の格子の奥にハンサムな男の顔が見えた。目がきらきらした若い男だった。

「ずいぶん大きな音を立てるな」とその声は言った。

「レイヴァリーさんですか？」

　自分はたしかにレイヴァリーだが、それがどうしたと彼は言った。私は鉄格子越しに名刺を差し出した。大きな褐色の手が名刺を取った。明るい茶色の目がまたこちらに向けられ、声が言った。「申し訳ないが、今のところ探偵さんには用事はないね」

「私はドレイス・キングズリーのために働いています」

「あんたもあいつも、おれの知ったことじゃないね」と彼は言って、覗き窓をばたんと閉めた。私はドアの隣のベルを強く押しながら、空いた方の手で煙草を取り出し、ドアの脇についた木の部分でマッチを擦った。そこでドアがさっと内側に開き、大柄な男が出てきて私と向かい合った。彼は水泳トランクスとビーチ・サンダル、その上に白いテリークロスのバスローブを羽織った格好だった。

　私はドアベルから親指を離し、彼に笑いかけた。「どうした？」と私は言った。「怖かったのか？」

「もう一度そのベルを鳴らしてみろ」と彼は言った。「通りの向こうまで投げ飛ばしてやるからな」

「子供じみたことを言うのはよせ」と私は言い聞かせた。「どうせ私は君に話をすることになるし、君は私に話をすることになる。それくらいよくわかっているはずだ」

私は白と青の電報用紙をポケットから取り出し、彼のきらきらした茶色の瞳の前に差し出した。彼は難しい顔でそれを読み、唇を嚙み、唸(うな)るように言った。

「やれやれ。入れよ、しょうがない」

彼はドアを大きく開き、私は彼の前を抜けて中に入った。薄暗くはあるが感じの良い部屋だった。高価そうなアプリコット色の中国の絨毯、深い袖つきの椅子、白いドラム型のランプがいくつか、角には立派な家具調のラジオ、広々とした長いソファ、その淡い黄褐色のモヘアには濃い茶色が織り込まれている。暖炉の前面には銅のスクリーンが置かれ、上には白色木材の飾り棚がついていた。火床はスクリーンの奥にあり、満開のマンザニタの枝で部分的に隠されていた。花はところどころ黄色く変色していたが、それでもまだ十分美しかった。グラストップの胡桃材(くるみざい)の低い丸テーブルがあり、その上にはVAT69の瓶と、いくつかのグラスを載せた盆と、銅製のアイスバケットがあった。部屋はそのまま家の奥に通じ、突き当たりはフラットなアーチになっている。アーチの奥には細長い窓が三つあり、下に降りる階段の白い鉄製の手すりの上部、数フィートが見えた。

レイヴァリーはドアをばたんと閉め、ソファに腰を下ろし、打ち出し細工を施された銀製の箱から煙草を一本、ひったくるように取った。それに火をつけ、苛立たしそうな目で私を見た。私はその向かい側に座り、彼の顔を眺めていた。写真で見たとおりのハンサムな風貌だった。身体はまことにゴージャスで、その腿には目を見張らされた。瞳は栗色で、白目の部分は微かに灰色を帯びていた。髪はいくらか長めで、こめかみの上あたりで僅かにカールしている。褐色の肌には放蕩の影は見当たらなかった。見かけは確かに見事だったが、私にとってはそれ以上のなにものでもなかった。女たちが夢中になるのもまあ無理はなかろうと推測はできたけれど。

「彼女がどこにいるか、教えてくれてもいいんじゃないのかな」と私は言った。「遅かれ早かれ、我々は彼女を見つけ出すし、今居所を教えてくれたら、これ以上君を煩わせることもないと思うんだが」

「私立探偵が一人、おれはそれしきのものに煩わされたりはしないよ」と彼は言った。「そうだろうか。私立探偵というのはたった一人でもけっこう厄介なものだぜ。なにしろしつこいし、肘鉄砲をくわされるのには馴れっこになっている。時間で雇われており、その時間を目いっぱい使って、君をいたるところから煩わせることができる」

「いいか」と彼は前屈みになり、煙草の先をまっすぐ私に向けた。「その電報に何が書かれているか、おれは知っている。しかしそれはまったくの嘘っぱちだ。クリスタル・キングズリーとエル・パソになんぞ行っちゃいない。ずいぶん長いあいだ彼女には会ってもいない。最後に会ったのは、その電報が打たれる遙か前のことだ。彼女とはまったく接触を持っていなかった。そのことはキングズリーにもはっきり言ったぞ」

「彼は君の言い分を信じなくちゃならないのか？」

「どうしておれがあいつに嘘をつかなくちゃならないんだ？」、彼は驚いたように見えた。「嘘をついても不思議はあるまい」

「いいか」と彼は真剣な顔をして言った。「あんたにはそう思えるかもしれん。しかしあんたはあの女のことをよく知らない。彼女はキングズリーのことなんかどうとも思っちゃいない。もし女房の素行が気に入らなければ、やつにはそれなりに打つ手があるはずだ。ああいう偉そうな顔をした亭主を見ていると吐き気がするよ」

「もし君が彼女と一緒にエル・パソに行かなかったとしたら」と私は言った。「どうして彼女はそんな電報を打ったのだろう？」

「さっぱりわからないね」

「もう少しましな嘘をついた方がいいぜ」と私は言った。そして暖炉の前のマンザニタの枝を指さした。「あれはリトル・フォーン湖からもってきたんじゃないのか？」

「このへんの丘ならどこだってマンザニタが咲いているよ」と彼は面白くもなさそうに言った。

「ここらあたりじゃ、あんな具合に花は咲かない」

彼は声を出して笑った。「五月の第三週にたしかにあそこに行ったよ。その気になれば、あんたはそれくらい調べあげるだろう。彼女に会ったのはそのときが最後だ」

「彼女と結婚しようというような考えは持たなかった？」

彼は煙を吐き、その奥から言った。「ああ、考えなくはなかった。彼女は金を持っているし、金にはいつだって使い途(みち)がある。とはいえ、あの女はいささか手に余る」

私は肯いたが、何も言わなかった。彼は暖炉の前のマンザニタを見ていたが、やがてそっくり返って宙に煙を吐き、褐色の力強い喉の線を私に見せた。私がしばらくそのまま口を閉ざしていると、彼はだんだん落ち着きをなくしてきた。私が渡した名刺にちらりと視線を落とし、言った。

「それであんたは、泥を掘り返すつもりでいるんだな。腕はいいのか？」

「偉そうなことは言えない。あっちこっちで小銭を稼いでいるだけさ」

「どこから見ても薄汚い仕事だしな」と彼は言った。

「いいかい、ミスタ・レイヴァリー、我々が角(つの)を突き合わせる必要はない。君は奥さんの行方を知っているのに、それを教えようとしないとキングズリーは考えている。ただ悪意でそうしているか、あるいはもっと入り組んだ動機があるのか、そのどちらかだろうと」

「やつはどちらの方が好みなのかな？」、褐色のハンサムな若者はあざ笑うようにそう言った。

「事情さえ判明すれば、彼にとってはどちらでもかまわないことだ。彼女が君と一緒に何をしようと、どこに行こうと、あるいは彼と離婚してもしなくても、キングズリーはさほど気にしない。彼が求めているのは、彼女が無事でいて、いかなるトラブルにも巻き込まれていないという確信だ」

レイヴァリーは興味を惹かれたようだった。「トラブル？　どんな類(たぐ)いのトラブルなんだ」、彼は日焼けした唇の上で言葉を舐めまわした。

「彼がどんな種類のトラブルを考えているか、そいつは教えられないね」

「教えてくれよ」と彼は皮肉を込めた声で懇願した。「おれは自分がまだ知らないようなトラブルの話を聞くのが好きでね」

「君はなかなかしたたかだな」と私は言った。「肝心なことはしゃべらないのに、気の利いたことは進んで口にする。妻君を連れて州境を越えたことで、君をどうこうしようというような考えは、彼にはない。そいつは忘れていい」

「好きなことを思っていればいい。あんたにはおれがそうしたと証明する必要がある。それができなければ、何の意味も持たない」

「その電報にはちゃんと意味があるぜ」と私は執拗に言い張った。そのことは前にも何度となく口にしたはずだが。

「ただの冗談かもしれない。彼女はそういう小細工に目がなかったからね。どれもこれもあほらしいもので、いくつかは悪辣（あくらつ）なものだった」

「この件に関してはその意図がよく見えないが」

彼は煙草の灰を注意深く、グラストップのテーブルの上に落とした。そして見上げるような目でさっと私を見た。それからすぐに目を逸（そ）らせた。

「実は彼女との約束をすっぽかしたんだ」と彼はゆっくりと言った。「おれに仕返しをするつもりで、そういう電報を打ったのかもしれない。おれはある週末に、あのキャビンに出向くことになっていた。しかし行かなかった。おれは——あの女に食傷していたんだよ」

「ほほう」と私は言った。そして彼の顔をじっくり長く見つめた。「しかしその話は今ひとつ気に入らないな。彼女と一緒にエル・パソまで行ったが、そこで喧嘩別れしたという方が、むしろすんなり呑み込める。そういう線で話を進めてもらえまいか？」

彼は日焼けした肌を、奥の方からしっかり赤くした。

「ふざけるなよ」と彼は言った。「おれは彼女とは一緒にどこにも行ってない、さっきから繰り返しそう言ってるじゃないか。何度言えば納得するんだ？」

「呑み込める話をしてくれれば、すんなり納得するさ」

彼は前屈みになって煙草を消した。ひらりと軽く立ち上がり、急ぐでもなくローブの紐を引っ張り、ソファの端の方に移動した。

「もういい」と彼は澄んだ硬い声で言った。「これまでだ。出て行ってくれ。あんたのそのたちの悪い馬鹿話にはもうつきあえん。おれの時間と、あんた自身の時間が無駄になるだけだ。あんたの時間にどれほどの値打ちがあるのかは知らんが」

私は立ち上がり、彼にむかって笑みを浮かべた。「大した値打ちはないが、値打ちぶんの料金はもらっている。どうだろう、たとえば君はどこかのデパートで不愉快な目にあったりはしなかっただろうか？ ストッキング売り場とか、あるいは宝石売り場とかで」

彼は用心深い目で私を見た。眉の端っこを落として寄せ、口を小さくすぼめた。

「言ってることの意味がわからんな」と彼は言った。しかしその声の裏には、何か思うところがあるようだった。

「それが訊きたかったことのすべてだ」と私は言った。「ご清聴を感謝するよ。ところで君は今どんな仕事に就いているのだろう？ キングズリーの会社を辞めたあとということだが」

「あんたの知ったことじゃない」

「もちろん。しかし調べようと思えば、どんなことだって調べられる」と私は言った。そして戸口に向かいかけた。しかし数歩しか進まなかった。

「今のところ、何もしちゃいない」と彼は冷ややかに言った。「今日明日にも海軍から任務を命じられることになりそうだ」

「君なら立派にやれそうだ」と私は言った。

「ああ、じゃあな、探偵さん。二度と戻ってくるなよ。おれはもうここにはいないから」

私は戸口に行って、ドアを内側に開けた。底の部分が敷居にひっかかった。海岸から上ってくる湿気のせいだ。ドアを開けてから、振り返って彼を見た。彼は目を細めてそこに立っていた。内側に無音の雷鳴を秘めて。

「またお邪魔することになるかもしれない」と私は言った。「でもそれはつまらん冗談を交換するためじゃない。私が戻ってくるのは、君と腰を据えて話し合う必要のある何かを発見したときだ」

「つまり、おれが何か嘘をついていると、あんたはまだ考えている」と彼は嚙みつくような調子で言った。

「何か心にかかっていることがありそうだ。そういう顔はこれまでいやというほど目にしてきたから一目でわかる。それは私の関与することではないかもしれない。しかしもしそうでなかったなら、もう一度私を家から叩き出す必要が生じるかもな」

「そいつは面白そうだ」と彼は言った。「次回は、運転ができる誰かを連れてくるんだな。あんたをかついで帰ってくれる誰かを。あんたは思い切り尻餅をついて、頭が真っ白になっているかもしれないからな」

そのときとくにこれという理由もなく、彼が足下の絨毯の上にぺっと唾を吐くのを私は目にした。

その光景は私をひやりとさせた。まるでうわべの飾りが引きはがされ、裏通りのならずものがその本性を覗かせるのを目にしたときのように。あるいは上品な洒落た見かけの女性が、聞くにたえない下品な言葉を口にするのを耳にしたときのように。

「じゃあな、ハンサムなお兄さん」と私は言って、彼をそこに残したまま立ち去った。ドアを閉めるためには、力を込めて引っ張らなくてはならなかった。通路を歩いて道路に出た。そして歩道に立ち、向かいの家を眺めた。

4

横幅が広く、奥行きの狭い家屋だった。薔薇色の漆喰の壁は色褪せて心地のよいパステル・カラーとなり、窓枠の部分は鈍い緑色で縁取られていた。屋根は緑のタイルで葺かれていた。粗い材質の丸いタイルだ。玄関のドアは奥に深くはめ込まれ、様々な色彩の小さなタイルをモザイクのようにあしらった枠で囲まれていた。正面には小さな花壇があった。丈の低い漆喰の塀のてっぺんには鉄の手すりが巡らされていたが、それは海からの潮風によって既に腐食し始めていた。塀の外側の左手には車が三台入るガレージが見えた。ガレージには庭の内側に向かってドアがついていて、コンクリートの通路がそこから家の横手の戸口に続いていた。

門柱にはブロンズの表札が埋め込まれ、「アルバート・S・アルモア、医学博士」とあった。

私がそこに立って、通りをはさんだその家をじっと眺めていると、先刻見かけた黒いキャディラックがエンジン音を響かせながら、角を曲がってこちらにやってきた。それはスピードを緩め、ガレージに入るために外に向けて大きく方向転換しようとしたが、私の車が邪魔になってそれができないと判断し、道路の突き当たりまで行って、鉄柵の前の広いスペースを使ってターンした。車はゆっくりと戻ってきて、向かい側のガレージの空いた三台目のスペースに入った。

サングラスをかけた痩せた男が通路を歩いて家に向かった。医師用の持ち手が二つに分かれたバッグを手に提げていた。通路の半ばまで来たところでゆっくりした歩調になり、私をまじまじと見た。私は自分の車に向かった。男は家に着くと鍵を使ってドアを開けながら、もう一度通りのこちら側にいる私を見た。

私はクライスラーに乗り込み、煙草を吸いながら、誰かを雇ってレイヴァリーを尾行させるだけの価値はあるだろうかと考えた。そして、ないだろうという結論に達した。見たところそこまでやる必要もなさそうだ。

アルモア医師が入っていった横手のドア近くの、低い位置の窓のカーテンが動いた。か細い手がカーテンを脇に寄せており、サングラスがきらりと光るのが見えた。カーテンはかなり長いあいだそのまま脇に寄せられていたが、やがてまた閉じられた。

レイヴァリーの家のある通りを私は眺めた。その角度から見ると、彼の家の屋根のポーチから、彩色された板張りの階段が、坂になったコンクリートの通路まで降りているのがわかった。そこからコンクリートの階段が、下の舗装された細い通りに通じていた。

私は通りの向かいのアルモア医師の家にもう一度目をやった。そしてぼんやりと考えを巡らせた。彼はレイヴァリーのことを知っているのだろうか？　もし知っているとしたらどの程度だろう？　たぶん知っているはずだ。なにしろこのブロックに家は二軒しかないのだから。しかし医師である彼は、レイヴァリーについて何も語ってはくれまい。私が眺めているあいだ、さっき隙間が見えていたカーテンは、ずっと閉じられたままだった。

三つの部分からなる窓には覆いがかかっていたが、真ん中のところだけはカーテンがかかっていなかった。その奥にアルモア医師は立って、痩せた顔をしかめて通りのこちら側をじっと見ていた。私が煙草の灰を窓の外に落とすと、彼は唐突にくるりと背中を向け、デスクの前に座った。持ち手が二つに分かれた鞄はデスクの上、すぐ前に置かれていた。医師は背筋を伸ばしてそこに座り、デスクの鞄のわきのあたりを指でとんとんと叩いていた。手を伸ばして電話に触れたが、手はまた元に戻された。煙草に火をつけ、荒々しくマッチを振って火を消した。それからつかつかと窓際にやってきて、またひとしきり私の姿をうかがった。

彼が医師であることを思えば、これはいささか興味深いことだった。医師というのはだいたいにおいて他人にほとんど好奇心を抱かない人種であるからだ。彼らはまだインターンのうちに、一生不自由しないくらいの量の他人の秘密を耳にしてしまう。ところがアルモア医師は私にずいぶん興味を持っているらしい。いや、それは興味以上のものだ。彼は気をもんでいるのだ。

私は手を伸ばして、イグニション・キーをまわそうとした。しかしそのときレイヴァリーの家の玄関のドアが開いたので、私はキーから手を離し、また後ろにもたれかかった。レイヴァリーは足早に自宅の通路を歩み、前の通りをちらりと見渡してから、振り向いてガレージの方に行った。彼はさきほどと同じ格好をしていた。そして目の粗いタオルと、膝掛け毛布を腕に掛けていた。ガレージのドアが持ち上げられる音がして、車のドアが開けられ、閉められる音が聞こえた。そして車のエンジンがかけられるごそごそという一連の音が続いた。車は勾配のある傾斜路をバックで上がり、表の道路に出た。白い排気ガスがリアエンドから煙となってあがった。小さな格好のよい、ブルーのコンバーティブルだった。幌(ほろ)は畳まれ、レイヴァリーの艶のある黒髪の頭がその上に突きだしていた。彼はとても幅の広い白いつるのついた、洒落たサングラスをかけていた。コンバーティブルはブロックを素早く駆け抜け、踊るように角を曲がっていった。

そこには私の関心をそそるものはなかった。クリストファー・レイヴァリー氏は広大な太平洋のどこかの端っこに向かっており、そこで太陽の下に寝転んで、見逃したところでとくに不自由はないものを、娘たちの目にさらすのだ。

私は注意をアルモア医師に戻した。彼は今は電話に出ていた。話はせず、ただじっと受話器を耳に当て、煙草を吸いながら待っていた。それから、相手の声が戻ってきたときに人がよくそうするように、身体を前に傾けた。耳を澄ませ、電話を切り、何かをメモ用紙に書き付けた。それから側面の黄色い分厚い本がデスクの上に現れた。医師はその真ん中あたりを開いた。そうしながらも、彼は窓の外に一度だけちらりと目をやり、まっすぐクライスラーを見た。

本の探していた箇所が見つかり、そこに身を屈めた。ページの上の空間に短く吐かれた煙草の煙が漂った。もう一度何かをメモし、本を脇に押しやり、再び受話器を摑んだ。ダイアルを回し、相手が出るのを待ち、早口で何かを話し始めた。話しながら頭をぐいと下に向け、煙草を持った手であれこれ仕草をした。

医師は話を終え、電話を切った。背中を後ろにもたせかけ、座ったままじっと黙考し、デスクを見下ろしていた。しかしそれでも、三十秒ごとに窓の外に目をやることだけは忘れなかった。彼は何かを待っており、とくにそうする理由もなかったのだが、私も彼と一緒にその何かを待った。医師はたくさんの電話をかけるものだし、たくさんの人と話をするものだ。医師は家の窓からよく外を見るものだし、よく顔をしかめるものだし、なにかと神経質になるものだし、気にかかることを心に抱えているものだし、憂慮の色を顔に浮かべているものだ。医師だって、我々と同じ普通の人間なのだ。悲しみに耽ることもあれば、限りなく続く惨めな闘いに従事することもある。

しかしこの人物の振る舞いには、何かしら私の首を傾げさせるものがあった。私は腕時計に目をやり、そろそろ腹に何かを詰め込むべき時刻だなと思った。新しい煙草に火をつけ、そのままじっと動かなかった。

五分ほどが経過した。緑色のセダンが素早く角を曲がって現れ、ブロックをこちらにやってきた。そしてアルモア医師の家の前でゆっくりと停止した。車についた細長いアンテナがふらふらと揺れた。くすんだ金髪の大柄な男が車から降りて、アルモア医師の家の玄関に向かった。そしてベルを鳴らし、階段の上でマッチを擦るために身を屈めた。彼は首を曲げ、通りのこちら側をじっと睨んだ。ちょうど私の座っているあたりを。

ドアが開き、男は中に入っていった。見えない手がアルモア医師の書斎の窓のカーテンを閉めた。部屋の中は見えなくなった。私はそこに座ったまま、陽光で黒くなったカーテンのライニングを眺めていた。また時間がゆっくり経過した。

玄関のドアが再び開き、大男がのんびりとした歩調で階段を降り、ゲートをくぐった。彼は煙草を指で遠くまではじき飛ばし、手で髪をくしゃくしゃにした。一度肩をすくめ、顎をつねり、通りを斜交(はすか)いに歩いて横切った。その物静かな足取りはさりげなく、しかし、きっぱりとしたものだった。アルモア医師の部屋のカーテンが、男の背後で再び開かれた。アルモア医師は窓の前に立って、外を見守っていた。

そばかすのついた大きな手が私の脇の、窓枠の下のところにぬっと現れた。深い皺の刻まれた大きな顔が、その上に浮かぶようにあった。瞳の色はメタリック・ブルーだ。彼はまっすぐ私の顔を見て、荒削りな深い声で話した。

「誰かを待っているのかね？」と彼は尋ねた。

「さあ、どうかな」と私は言った。「どうなのだろう？」

「質問をしているのはおれだよ」

「これはこれは」と私は言った。「これがあのパントマイムへの回答だったのか」

「パントマイムってなんだ？」、彼はそのどこまでも青い目でぎらりと厳しく私を睨んだ。友好的とはとても言えない視線だ。

私は煙草の先で通りの反対側を示した。「あの神経質なお方と、電話の一幕だよ。自動車クラブにナンバーを問い合わせて私の名前を調べ、それからたぶん電話帳をチェックし、そのあと警察に電話をかけたんだろうね。いったいどういういきさつなんだ？」

「運転免許証を見せてもらいたい」

私は彼を睨み返した。「警察のバッジは見せてもらえないのか？　あるいはそれらしくタフに振る舞えば、それだけで身分を証明したことになるのかね？」

「もしおれがタフにならなくちゃいけないとなれば、おまえさんにもそれが一目でわかるはずだ」

私は身を屈めてイグニション・キーを回し、スターター・ボタンを押した。エンジンがアイドリングを始めた。

「エンジンを止めろ」と彼は荒々しい声で言った。そしてランニングボードに足をかけた。

私はエンジンを切り、背中を後ろにもたせかけ、彼の顔を見た。

「妙な真似をするな」と彼は言った。「そこから引きずり出して、道路に叩きつけてやるところだぞ」

私は札入れを取り出し、彼に手渡した。彼はセルロイドのケースを抜き出し、運転免許証を見た。それからケースをひっくり返し、その裏側にある私のもうひとつの免許証のフォトコピーを見た。そしていかにも馬鹿にしたように、それを札入れにぐいと突っ込んで戻した。私は札入れをポケットに戻した。彼の手が窓枠から消え、青と金色の警官のバッジと共にまた現れた。

「デガルモ、警部補だ」と彼は重く荒々しい声で言った。

「お目にかかれてなにより、警部補」

「くだらない挨拶はいらん。それより、おまえさん、なんでアルモアの家を見張っていたんだ？」

「そいつはお門違いだよ、警部補。アルモアの家を見張っていたわけじゃない。アルモア医師の名前なんて今まで耳にしたこともなかったし、彼の家を見張るような理由も持ち合わせちゃいない」

彼は唾を吐くために顔をよそに向けた。唾を吐く男たちによくお目にかかる日らしい。

「じゃあ、ここに何の用があるんだ？　このあたりを探偵風情にうろうろ嗅ぎ回ってもらいたくない。この街にはな、探偵なんぞ一人もいないんだ」

「そうかい」

「ああ、そうなんだよ。だから四の五の言わずに吐いちまえよ。署に連れて行って、まぶしい明かりの下でぎゅうぎゅう搾ってもいいんだ」

私は何も言わなかった。

「彼女の身内に雇われたのか？」と彼は出し抜けに尋ねた。

私は首を振った。

「なあ、探偵さん、この前それを試したやつはパクられて、道路工事に精を出す羽目になったぜ」

「なかなか興味深い話だ」と私は言った。「だが何のことだか見当もつかないよ。試すって、何を試すんだね？」

「あの男から金をせびり取ろうってことさ」と警部補は薄っぺらな声で言った。

「そのネタがわかればいいのだが」と私は言った。「脅迫するには容易そうな相手だからね」

「そんな言い逃れは通用しないぜ」と彼は言った。

「よろしい」と私は言った。「じゃあはっきり言わせてもらうが、私はアルモア医師のことは知らないし、名前を耳にしたこともないし、その人物には何の興味も持っていない。私はここに友人を訪ねてきて、ついでに景色を眺めていたんだ。私がほかに何をしていたとしても、それはあんたの与り知ることじゃないはずだ。もしそいつが気に入らなければ、あんたにできる最良のことは、案件として署に持ち帰って、上司にお伺いを立てることだろう」

彼はランニングボードの上で片足を重々しく移動させた。そして疑わしそうな目で私を見た。「それは本当のことか？」と彼はゆっくりした声で尋ねた。

「嘘偽りなく」

「ああ、まったく、あの男どうかしてるぜ」と彼は吐き出すように言って、肩越しに家の方を振り向いた。「やつは医者に診てもらうべきなんだ」、警部補はそう言って笑った。しかしその笑い声に面白がっている様子はなかった。片足をランニングボードから下ろし、針金のような髪をもしゃもしゃとさすった。

「いいから、もう消えちまいな」と彼は言った。「おれらの受け持ち地域から消えてくれれば、これ以上ややこしいことは言わない」

私はもう一度スターターを押した。エンジンがゆっくりと穏やかな音を立て始めると、私は言った。「アル・ノルガードは元気にしているかね？」

彼は私の顔をじっと見た。「アルを知っているのか？」

「ああ。二年ばかり前に、ここである事件を二人で調査したことがある。ワックスがまだ署長をしていた頃のことだ」

「アルは陸軍に入って憲兵をやってる。おれもできればそうしたいところだ」と彼は苦々しい声で言った。そして立ち去りかけたが、急にくるりと身体をこちらに向けた。「さっさと消えちまいな。おれの気が変わらんうちにな」と吐き捨てるように言った。

彼は重々しい足取りで通りを横切り、アルモア医師の家の正面ゲートの中に入っていった。

私はクラッチから足を離し、車を出した。街に戻るまでのあいだ、自分の考えに耳を澄ませていた。私の考えはせわしなく出入りを続けた。まるでアルモア医師の細い神経質な両手がカーテンの縁を引っ張っているみたいに。

ロサンジェルスに戻って昼食を取り、カウエンガ・ビルディングにある私のオフィスに行った。何か郵便が来ているかもしれない。オフィスからキングズリーに電話をかけた。

「レイヴァリーに会いましたよ」と私は言った。「正直に話すふりをしていたが、口にしたのはいい加減な話です。少しばかりつっついてみましたが、口を割りません。二人は喧嘩をして別々になったのだろうという線を、やはり私は考えています。そして彼は今でも彼女との仲を修復したいと思っている」

「となると、やつは妻の居所を知っているはずだ」とキングズリーは言った。

「そうかもしれません。しかしそこから先に進まない。ところで、レイヴァリーの住んでいる通りで、ちょっと興味深いことがありました。そこには家が二軒しか建っていないんです。もう一軒はアルモアという医者の家です」。私はそこで起こったちょっと不思議な出来事のあらましを語った。

彼は電話の向こうでしばらく黙っていたが、それから言った。「それはドクター・アルバート・アルモアのことかね？」

「そうですが？」

「彼は一時期、クリスタルの主治医だった。うちに何度か診察に来たことがある。つまり——そう、酒を飲みすぎたようなときにね。彼はいささか簡単に皮下注射をしすぎる傾向があるように私には思えた。彼の奥さんは——ああ、奥さんに何かがあったと思うんだが——そうだ、彼女は自殺したんだ」

私は言った、「いつ？」

「覚えてないね。かなり昔のことだ。私は彼らとは個人的な交際はまったくなかった。きみはこれからどうするつもりなんだ？」

ピューマ湖に行ってみるつもりだと私は言った。この時刻から出発するのは少し遅すぎるかもしれないが。

まだ時間はたっぷりあるし、山では日照時間は一時間長くなる、と彼は言った。

それは好都合だと私は言った。そして電話での会話は終わった。

5

サン・バーナディノは午後の日差しにじりじりと焼かれていた。空気はあまりに熱くて、舌に火ぶくれができそうだった。私は喘ぎながらそこを抜けた。途中で一度車を停め、できるだけ素早く酒のパイント瓶を買い求めた。山にたどり着く前に気を失いそうになったときのためだ。そしてクレストラインまでの長い上り坂を進んでいった。二十五キロ進むあいだに、標高にして千五百メートルほどは上っただろう。しかしそれでもまだほとんど涼しくならなかった。山の中の道を五十キロばかり進むと、高い松の木が目につくようになり、バブリング・スプリングというところに到着した。下見板張りの店舗があり、ガソリン・ポンプがひとつだけあるようなところだったが、それでもなんだか楽園のように感じられた。そこから先の道はずっとひんやりしていた。

ピューマ湖のダムには武装した歩哨の兵隊が立っていた。両端に一人ずつ、真ん中に一人。最初の歩哨が、ダムを渡る前に車の窓をすべて閉めるようにと私に言った。ダムから百メートルほど離れたところにはコルクの浮きのついたロープが張られ、プレジャー・ボートがそこから近寄れないようになっていた。そういう些細な点を別にすれば、戦争はピューマ湖にほとんど影響を及ぼしていなかった。

　青い水の上を櫂で進むカヌー、船外機のモーターがぱたぱたという音を立てるボート、元気いっぱいの若者たちが白い泡を立てて派手な急カーブを切り、女の子たちが悲鳴をあげたり、水の中に手を浸けたりしているスピードボート。そのスピードボートの航跡のまわりで、二ドル払って釣りの許可をとった人々がゆらゆらと揺れながら、少しでも元を取ろうと、くたびれた味のする魚を釣り上げるべく精を出していた。

　切り立った花崗岩の露頭のあいだを縫うように道路は続いていた。それからぼさぼさとした草の繁った野原へと降りていった。そこに繁っているのは、野生のアヤメと、白と紫のルピナスとキランソウ、オダマキ、メグサハッカ、カステラソウ、そんなところだ。背の高い黄色い松が、晴れ上がった青い空に向けて、探りを入れるように枝を伸ばしていた。やがて道路は再び湖のレベルにまで下っていった。そしてあたりの風景は派手なスラックス、大きなリボン、農夫風のハンカチーフ、丸い巻き髪、分厚いソールのサンダルという格好で、ふっくらした白い太腿を見せつける若い娘でいっぱいになった。自転車に乗った人々がハイウェイの路上を用心深くよろよろと進んでいた。そして時折、急いた顔つきの若者が、甲高い音を立てるスクーターに乗って通り過ぎていった。

村から一キロ半ほどハイウェイを進んだところで、カーブしながら山の中へと続く細い分かれ道があるのが見えた。ハイウェイの標識の下についた粗末な木製の標識には「リトル・フォーン湖、二・八キロ」と書かれていた。私はそちらに向かった。最初の一キロ半、緩やかな坂に沿ってキャビンがちらほら見えていたが、やがて何も見えなくなった。そしてもう一本のとても狭い道路がそこから枝分かれしていた。そこにはまた標識がついていた。「リトル・フォーン湖、私道につき立ち入りお断り」とある。

私はクライスラーをその道に乗り入れ、いくつもの大きなむき出しの花崗岩を回り込むように、用心深くそろそろと前に進んだ。小さな滝の前を通り過ぎ、暗い樫の木と、アイアンウッドと、マンザニタと、沈黙の織りなす迷路を通り抜けた。青カケスが枝の上で鋭く啼き、リスが私を叱責し、抱えている松ぼっくりを腹立たしげに片足でぱんぱんと叩いた。緋色の頭をしたキツツキが暗闇の中をつつくのをやめ、きらりと小さく光る片目でじっと私を眺めた。それから木の幹の裏側にさっと回って、もう片方の目で私を見た。私の前に木材を五本わたしたゲートが現れた。そこにもやはり同じ標識が掲げられていた。

ゲートを過ぎてから二百メートルばかり、曲がりくねった道が樹木のあいだを抜けていた。それから突然、眼下に楕円形の小さな湖が見えた。湖は樹木や岩や野草にまわりを囲まれて、まるでカールした木の葉の上に落ちた朝露のように見えた。湖の端っこ近くには粗いコンクリートで造られたダムがあった。ダムの上には手すり代わりのロープが張られていた。端に古い水車があり、樹皮のついた自然の松で造られた小さなキャビンがそのそばにあった。

道路を辿れば大回りになるが、ダムの上を渡れば近道ができる湖の対岸には、レッドウッドでできた大きなキャビンが湖面に乗り出すように建っていた。そしてそのもっと先の方に、それぞれに十分距離をあけて、二軒のキャビンがあった。三軒はどれも戸口を閉ざされ、しんと静まり返っていた。窓のカーテンも引かれている。いちばん大きなキャビンにはオレンジ・イエローのベネシアン・ブラインドがついていて、十二に仕切られたガラス窓がひとつ、湖に面してあった。

ダムから見ていちばん遠くの湖の先端に小さな船着き場と、バンド用ステージのようなものがあった。そこにつけられた反り曲がった木製の標示には、大きな白い字で「キャンプ・キルケア」と書かれていた。この光景の中にそんなものが存在していることが、私には今ひとつ解せなかった。だから車を降りて、いちばん近くにあるキャビンの方に下っていった。斧を振るうどすっという音が裏手から聞こえてきた。

キャビンのドアを強く叩いてみた。斧の音が止み、どこかから男の怒鳴り声が聞こえた。私は岩の上に腰を下ろし、煙草に火をつけた。足音がキャビンの角の向こうから聞こえてきた。不揃いな足音だ。そしていかにも厳しい顔つきの、浅黒い肌の男が姿を現した。手には両刃の斧を持っていた。

あまり背は高くないが、がっしりした体格で、歩くときに左脚をいくらかひきずっていた。一歩進むごとに右脚を外に僅かに跳ね上げ、浅い弧を宙に描いた。顎は伸びた髭で黒ずみ、瞳は青く揺るぎなかった。白髪混じりの髪は耳の上でカールし、調髪を切に求めているようだ。ブルーのデニムのズボンをはいて、褐色のひきしまった首のところで、ブルーのシャツのボタンが外されていた。口の端からは煙草が下がっている。隙のないタフな都会風の声で彼は言った。

「ご用かな？」

「ビル・チェスさん？」

「そのとおり」

私は立ち上がって、キングズリーの書いた紹介状をポケットから取り出し、相手に手渡した。彼は目を細めてそれを見ていたが、やがてどすどすと足音を立ててキャビンの中に入り、眼鏡をかけて戻ってきた。注意深くその手紙を読み、それからもう一度読み返した。手紙をシャツのポケットに入れ、ポケットのフラップのボタンをとめ、それから手を差し出した。

「よろしく、マーロウさん」

我々は握手をした。木工用やすりのような手だった。

「キングズリーさんのキャビンを見たいんだね？　お安いご用だ。でもまさか、彼はあれを売るつもりじゃなかろうね」、彼は揺るぎのない目で私を見て、親指で湖の向こう側を示した。

「さあ、どうだろう」と私は言った。「なにしろカリフォルニアじゃ、売り物でないものなんてひとつもないから」

「ああ、そいつは言えてるな。あれがキングズリーさんのキャビンだよ。レッドウッドでできているやつだ。節のある松材がわたされ、合成材の屋根、基礎は石材、ポーチがあって、フル・バスルームにシャワーもついている。窓はすべてベネシアン・ブラインド、大きな暖炉があり、広い寝室には石油ストーブがある。春と秋にはこいつが必要になるからね。ピルグリム社のレンジはガスと薪の両用。設備はすべて一級品だよ。全部で八千ドルほどかかっただろうな。山荘にそれだけの金をかけたんだ。そして丘の上には専用の貯水池があり、そこから水が引かれている」

「電気と電話はどうなっているんだね？」と私は会話を繋げるために尋ねた。

「電灯はつくが、電話はない。この節は電話を手に入れるのはまず不可能だし、もし手に入ったとしても、ここまで電話線を引くには相当な費用がかかる」

彼は青い目でまっすぐ私をうかがっていた。私も彼の顔を見ていた。風雨にさらされたようなごつい風貌だったが、酒飲みらしく見えた。皮膚はぶ厚くてかてかして、血管がいやにくっきり浮かび上がっていた。両目には明るい輝きがあった。

私は言った。「今は誰か住んでいるのかい？」

「いいや。ミセス・キングズリーが数週間前にここに滞在していた。でももう山を下りていったよ。そのうちにまた戻ってくるだろう。キングズリーさんから聞いていないのかね？」

私は驚いた顔をした。「どうして？　キャビンは奥さん込みなのかい？」

彼は顔をしかめたが、それから頭を後ろに反らせ、大笑いした。トラクターのバックファイアのような笑い声だった。それは山の上の静寂を跡形もなく切り裂いた。「ジーザス、そいつはけっさくだ」と彼はむせかえりながら言った。「キャビンは奥さん込みなのか――」、彼はもう一度声を大きく轟かせ、それから口を仕掛け罠のようにぐいと堅く閉じた。

「ああ、なかなか立派なキャビンだよ」と彼は、私の様子を用心深くうかがいながら言った。

「ベッドの寝心地はいいかね？」と私は尋ねた。

彼は身を前に屈め、微笑んだ。「あんたどうやら、げんこつを一発食らいたがっているみたいだな」と彼は言った。

私は口をあんぐり開けて相手の顔をまじまじと見た。「なあ、いったい何を言ってるんだ？　私にはさっぱり見当もつかないね」と私は言った。

「ベッドの寝心地がよいかどうかなんて、おれにわかるわけがなかろう」と彼は吠えるように言った。そしてもし何かあれば、強い右のパンチを私に送り込めるよう、少し前に身を沈めた。

「それくらいわからなくはないだろう」と私は言った。「でもそれはまあいい。自分の目で見てみるさ」

「そうかい」と彼は苦々しげに言った。「探偵ってのはな、匂いですぐにわかるんだよ。おれは国中いたるところで、そういう連中を相手に丁々発止やってきたからな。あんたもキングズリーも、くたばりやがれだ。要するにキングズリーがあんたを雇って、おれがここでやつのパジャマを着ているかどうかを探りにこさせたわけか。いいか、おれは脚が片方、不自由かもしれん。しかし女くらい——」

私は片手を差し出した。彼がそれを引っこ抜いて湖に投げ込まないことを願いながら。

「あんたは考え違いをしているようだ」と私は彼に言った。「私はあんたの性生活を調査するためにここに送られたわけじゃない。ミセス・キングズリーには会ったこともない。ミスタ・キングズリーにも今日の朝に会ったばかりだ。いったい何の話をしているんだい？」

彼は視線を下に落とし、手の甲で口許をごしごしとこすった。まるで自分自身を傷つけたがっているみたいに。それから拳（こぶし）を自分の目の前にやり、ぎゅっと硬く握りしめた。それを再び開き、指をまじまじと見た。指は少しばかり震えていた。

「すまんね、マーロウさん」と彼はゆっくり言った。「ゆうべちょっと飲み過ぎてな。七人のスウェーデン人が集まったくらいの二日酔いを抱えていたんだ。もう一ヵ月もここに一人で暮らしていて、よく独りごとを言うようになった。ちょっとしたことがあってね」

「一杯やると落ち着くかい？」

彼の目が私に焦点を合わせ、きらりと光った。「持ってるのか？」

私はライ・ウィスキーのパイント瓶をポケットから取り出し、キャップに被せられた緑色の印紙が見えるように、彼の前に差し出した（緑の印紙は、瓶の中身が酒税のかけられた正規のウィスキーであることを示している）。

「そいつはおれにはもったいないね」と彼は言った。「まったくの話、もったいないぜ。グラスを二つ持ってこよう。それともキャビンの中に入るかね？」

「ここでいいさ。なかなか良い眺めだ」

彼は不自由な脚を振りながら自分のキャビンの中に入っていった。そして二つの小さなグラスを手に戻ってきた。彼は私の隣の岩の上に腰を下ろした。乾いた汗の匂いがした。

私は瓶の金属キャップをむしり取り、彼のグラスにたっぷり注ぎ、私の方には軽く注いだ。我々はグラスを合わせ、酒を飲んだ。彼は舌の上で酒を転がした。うらぶれた微笑みが彼の顔に僅かな陽光をもたらした。

「ああ、こいつはまっとうな酒だ」と彼は言った。「おれはいったい何をまくし立てていたんだろう。しかし、こんな山の中に一人で暮らしていれば誰だって、頭が少しずれてくるものさ。話し相手もいないし、友だちと呼べる人間もいないし、女房だっていない」、彼は口を閉じ、横目でこちらをうかがいながら付け加えた。「とくに女房だな」

私は小さな湖の青い水にずっと視線を注いでいた。湖面に張り出した岩の下で、一匹の魚が光の槍のようにさっと水面に浮上し、水紋を広げた。微風が松のてっぺんを揺らせ、柔らかな波に似た音を立てた。

「女房はおれを棄てたんだ」と彼はゆっくり言った。「一カ月前にここを出て行った。六月十二日の金曜日だ。その日のことはいつまでも忘れられないだろう」

私ははっと身を硬くした。しかし顔には出さず、空っぽになった彼のグラスに酒を注いだ。六月十二日の金曜日は、クリスタル・キングズリーがパーティーに出るために街に戻ることになっていた日だ。

「でもあんたはそんな話、聞きたくもあるまい」と彼は言った。しかし彼の褪せた青い目は、その話をしたくてたまらないと切実に語っていた。誰が見てもそれは明白だった。

「もちろん私にはかかわりのないことだが」と私は言った。「話して少しでも気が晴れるのなら――」

彼は鋭く肯いた。「二人の男が公園のベンチで顔を合わせる」と彼は言った。「そして神について話を始める。そういうことってあるだろう？　いちばんの友人に対してさえ、神について語ろうとはしないような男たちがな」

「わかるよ」と私は言った。

彼は酒を飲み、湖の向こう側を眺めた。「彼女は素敵な娘だった」と彼は優しい声で言った。「ときどききつい口をきいたが、でもいい女だった。おれとミュリエルとは一目で恋に落ちたんだ。一年三カ月前にリヴァーサイドの店で彼女に出会った。ミュリエルみたいな娘と知り合えるような類いの店じゃなかった。しかしとにかくそういうことになったのさ。そして二人は結婚した。おれは彼女を愛していた。恵まれていると思ったよ。でもおれときたら、彼女とそのままうまくやっていくには、あまりにろくでもない男だった」

私は自分が横にいて話を聞いていることを知らせるために、身体を少しだけ動かした。しかしそこにある魔法を損なうことを恐れて、口ははさまなかった。じっと座ったまま、飲みものにも口をつけなかった。酒が嫌いなわけではないが、誰かが私を日記帳がわりに使っているような場合には、飲むのは控えた方がいい。

彼は悲しげに言った。「しかし結婚というのがどういうものか、あんたにだってわかるだろう。それがどのような結婚であれ、少し時間がたてば、おれのような男は――どこにでもいるろくでなしの男は――身体がむずむずしてくるんだ。ほかの女の脚についい目が行くようになる。しょうもないことなんだろうが、こいつばかりはなかなか思い通りにならん」

彼は私の顔を見た。言ってることはわかるよ、と私は言った。

彼は二杯目の酒をぐいとあおって干した。私は彼に瓶を手渡した。青カケスが松の木の上にあがって、翼を動かすこともなく、一息ついて体勢を整えることもせず、枝から枝へと飛び移った。

「そういうことなのさ」とビル・チェスは言った。「山育ち（ヒルビリー）の男はみんな、頭が半分どうかしていて、おれもそのうちの一人なんだ。ここではおれは落ち着いた暮らしを送っている。家賃を払う必要はないし、恩給の小切手も不足なく毎月送られてくる。ボーナスの半分は戦時国債にまわしている。見栄えの良いかわいいブロンド女を嫁さんにしている。まずお目にかかれないような良い女だ。ところがおれはずっと頭がどうかしていて、そういう道理が見えてないんだ。だからふらふらあっちに行っちまうんだ」。彼は湖の対岸のレッドウッドのキャビンをぐいと指さした。それは夕暮れに近い明かりの中で、雄牛の血のような色に変わっていた。「まさにあの前庭で」と彼は言った。「あの窓の下で、派手な尻軽女と。もう今となっては、何の魅力も感じやしない女とな。ジーザス、男というのはどこまで愚かしくなれるものか」

彼は三杯目の酒を飲み、瓶を岩の上に倒れないように置いた。シャツから煙草を一本取りだし、爪でマッチを擦って火をつけた。そしてせわしなく煙を吸い込んだ。私は口を開いて、音がしないように静かに呼吸した。まるでカーテンの背後に潜んでいる盗賊のように。

「まったくなあ」と彼はようやく口を開いた。「あんたはきっとこう思うだろう。どうしても危ない火遊びをしたいのなら、家から少し離れたところで、女房とは違うタイプの相手を選ぶものだろう、と。しかしあそこにいる可愛い浮気女は、ミュリエルと同じブロンドで、身長も体重も同じくらいだった。タイプも同じ、目の色だってだいたい同じだ。しかしな、ブラザー、そこから先がぜんぜん違うんだ。たしかに美人だよ。しかし万人向きの美人じゃないし、おれには女房の半分もきれいだとは思えなかった。それでね、おれはその朝、いつもどおりあそこに行ってゴミを燃やしていた。日々の仕事をただこなしていただけさ。そうしていると、彼女はキャビンの裏口から出てきた。すけすけのパジャマ姿でな。ひどく薄い生地だったから、ピンク色の乳首まで透けて見えたよ。そして彼女は気怠い、含みのある声で言った。『一杯やっていきなさいよ、ビル。こんな気持ちの良い朝っぱらから、そんなに精出して仕事することもないでしょう』って。おれは酒には目がない方だ。勝手口で一杯やらせてもらった。一杯が二杯になり、二杯が三杯になった。気がつくとおれは家の中に入り込んでいた。そしておれと彼女との距離が狭まるほど、彼女の目が色っぽく燃え始めた」

彼はそこで口を閉ざし、厳しい据わった目でじろりと私を見た。

「あんたはあそこのベッドの寝心地はどうだとおれに尋ねた。だから頭に来たんだ。でもあんたに他意はなかった。おれはただいろんなことを思い出してしまっただけなんだ。ああ──おれの入ったベッドはとても寝心地がよかったね」

彼はそこで話すのをやめ、私は彼の言葉をそのまま宙に浮かばせておいた。その言葉がそろそろと地面に降りると、あとには沈黙が残った。彼は身を屈めて岩の上に置いた酒瓶を取り、じっと見つめた。彼は胸中その瓶を相手に闘っているようだった。ウィスキーが闘いに勝った。いつもと同じように。彼は荒々しく、瓶の口からごくごくと酒を飲んだ。それから蓋を思い切り固く閉めた。そのことが何か意味でも持つみたいに。そして石を拾い上げ、湖面に向けて弾いた。

「おれはダムを渡ってこちらに戻ってきた」と彼はゆっくりと言った。その声は既に酔いの回っただみ声になっていた。「まるで新品のピストン・ヘッドみたいに滑らかな気分さ。よしよし、うまいことやった、みたいな気分になってね。男っていうのは、ちょっとしたことで愚かなしくじりをするものなんだ。そうだろ？　うまくなんてぜんぜんやれてないんだ。とんでもない。おれはミュリエルの言い分に耳を澄ませていた。あいつは声をまったく荒らげなかった。しかしおれに関して、おれ自身が想像もしないようなことをさらりと言ってのけた。ああ、そうさ、うまいことやったなんてとんでもない」

「それで彼女は家を出て行ったんだね」、彼が黙り込んだとき、私はそう言った。

「その夜にな。そのときおれはここにいなかった。おれはひどくささくれた気分になっていて、とことん酔っ払いたかったんだ。だからフォードに乗って、湖の北側に行って、おれみたいなろくでなし連中二人ばかりと、飲みまくっていた。でも気分は晴れなかった。朝の四時頃に家に帰ると、ミュリエルはもういなくなっていた。荷物をまとめて出て行ったんだ。残されていたのは机の上の書き置きと、枕の上のコールドクリームみたいなものだけだった」

彼はうらぶれた古い財布の中から、端っこが折れた紙片を取りだし、私に手渡した。ノートブックから破られた紙で、青い罫線が入っていた。そこには鉛筆でこう書かれていた。

「ビル、申し訳ないけれど、あなたとこれ以上一緒に暮らすくらいなら、死んでしまった方がましよ。ミュリエル」

私はそれを相手に返した。「あっちはどうなったんだね？」と私は湖の対岸を目で示しながら言った。

ビル・チェスは平たい石を手に取り、水面を切らせようとしたが、うまくいかなかった。「どうもこうもありゃしない」と彼は言った。「あの女も同じ夜に、荷物をまとめて行っちまった。それ以来顔も見ちゃいない。二度と見たくもないがね。ミュリエルからもこの一カ月、まるで音沙汰がない。一言もないんだ。どこにいるのか見当もつかない。誰か他の男でも見つけたんだろうよ。その男が彼女に、おれがやったようなひどいことをしないでくれることを望むだけだ」

彼は立ち上がって鍵束を取りだし、それを振った。「もしあんたがあっちに行って、キングズリーのキャビンの中を見たいのなら、どうぞご自由に。くだらない身の上話につきあってくれて、ありがとうよ。それから酒もご馳走になった。ほら」。彼はまだいくらか中身の残っているパイント瓶を手に取り、それを私に返した。

6

我々は湖岸まで斜面を降り、ダムの狭いてっぺん部分に進んだ。ビル・チェスは鉄の支柱と支柱を結んだ手すり代わりのロープを摑みながら、義足を振るようにして私の前を歩いた。一カ所で水が緩い渦を描きながら、コンクリートの上を洗っていた。

「朝のうちに水車のところから、少し水を落としておこう」と彼は肩越しに私に言った。「こいつはせいぜいそれくらいの役にしか立たんからね。三年前にどっかの映画会社がここで撮影をして、そのときにあれをこしらえたんだ。向こう端にある小さな船着き場も、やはり連中がつくった。ほとんどの撮影用セットはばらして撤去されたが、キングズリーは船着き場と水車は残しておいてくれと頼んだ。何かの彩りになると思ったんだろう」

私は彼のあとについて、キングズリーのキャビンのポーチに通じる、重々しい木製の階段を上った。チェスがドアを開け、我々はしいんとした暖かな空気の中に足を踏み入れた。閉め切っていた部屋は暖かいというより、むしろ暑いと言ってもいいくらいだった。ブラインドのよろい板を抜けて入ってくる光が、床に細い何本もの横線を描いていた。居間は細長くござっぱりとして、インディアン風の敷物が敷かれていた。詰め物をされ、金属の留め金のついた山荘風の家具があり、チンツ織りのカーテンがあり、床にはシンプルな硬材が張られ、ランプがたくさんあり、一方の隅には作り付けのバーがあって、丸いスツールが何脚かその前に並んでいた。部屋は整然と片付けられ、急いで荷造りをして出て行ったという雰囲気はうかがえなかった。

我々は寝室に入った。寝室は二つあったが、ひとつはツインベッドで、ひとつは大きなダブルベッドだった。ダブルベッドにはクリーム色のベッドスプレッドがかかっていた。スプレッドにはプラム色の毛糸で模様が縫い付けられていた。これが主寝室だ、とビル・チェスは言った。艶消し木材でできたドレッサーの上には、化粧道具やアクセサリーが置かれていた。アクセサリーは翡翠色のエナメルと、ステンレス・スティールでできていた。そして様々な化粧品が並んでいた。二個のコールドクリームの瓶には、ジラレイン社のくねった銀色のマークが見えた。部屋の片側一面はそっくりクローゼットになって、引き戸の扉がついていた。私は引き戸のひとつを開けて中をちらりと覗いてみた。中はリゾート地で女性が身につけそうな衣服で溢れているようだった。私がそれらの服を検分しているあいだ、ビル・チェスは不快そうな目で私を見ていた。私は扉を閉め、その下にある奥の深い靴用の抽斗を開けた。そこには新品同様の靴が、少なくとも半ダースは収められていた。私は抽斗を元に戻し、まっすぐ立ち上がった。

ビル・チェスは私の前にどっしりと立ちはだかっていた。顎が前に差し出され、いかにも頑丈そうな節くれ立った両手が腰に当てられていた。

「女性の衣服を調べてどうするつもりだったんだね？」と彼は怒気を含んだ声で言った。

「理由はある」と私は言った。「ひとつには、キングズリー夫人はここを出たきり、家に戻っていない。夫は彼女の姿をそれ以来目にしていない。居場所がわからなくなっているんだよ」

彼は二つの拳を下におろした。そしてそれをゆっくりとねじった。「やっぱり探偵か」と彼は唸った。「第一印象というのはいつだって正しいんだ。その勘をそのまま信用しておけばよかったんだ。おれはちゃんとそう言ったよな？　なのにおれは秘密をそっくり打ち明けちまった。まったくなんという間抜けだったんだろう」

「私は信頼を尊重することにかけては、人後に落ちないつもりだ」と私は言った。そして彼を回り込むようにしてキッチンに行った。

緑と白の大きなレンジがあった。シンクはラッカーを塗られた黄色松材でできていた。サービスポーチには自動点火式の温水器があり、キッチンのもう一方の側には開口部があり、明るい朝食用の小部屋に通じていた。そこにはたくさん窓があり、上等なプラスティック製の朝食セットが置かれていた。棚には色とりどりの皿やグラスや、白目細工の盛り皿が愉しげに並んでいた。

すべてが見事に整然としていた。流し台には汚れたカップや皿はなかった。飲んだあとのあるグラスや、空っぽの瓶も見当たらなかった。蟻もいなければ、蠅もいなかった。キングズリー夫人がどれほど自堕落な生活を送っていたにせよ、だらしのない痕跡を残してここを出て行くような真似だけはしなかったようだ。

私は居間に戻り、もう一度玄関ポーチに出て、ビル・チェスが元通りドアに鍵をかけ終えるのを待った。彼がその作業を終え、こちらを向いていかにも非難を込めた目で私を見たとき、私は言った。

「私は君に、洗いざらい思いの丈を打ち明けてくれと頼んだわけじゃない。とはいえ、君がそうするのを止めもしなかった。キングズリーに、奥さんが君を誘惑したという話をする必要はないと思う。そのことに関して、まだ語られていないことがこれ以上ないとすればだが」

「糞野郎め」と彼は言った。非難の色はまだ顔に浮かんでいた。

「わかったよ、私はたしかに糞野郎だ。で、おたくの奥さんとキングズリー夫人が一緒にここを出て行ったという可能性はないだろうか?」

「何の話をしているんだ?」と彼は言った。

「君が憂さ晴らしに酒を飲みに行ったあと、二人の女が争いをし、それから仲直りをして、抱き合って泣き暮れるみたいなことはなかっただろうか。そしてキングズリー夫人は奥さんと連れだって山を下りた。彼女は自分の車をここに持っていたんだろう？」

それは馬鹿げた話だ。しかし彼はそれについて真剣に考え込んだ。

「あり得ない。ミュリエルは誰かにすがって泣くような女じゃない。彼女はもう涙も出ないようになってしまったし、もし仮に誰かにすがって大泣きしたくなったとしても、薄っぺらな尻軽女を相手に選んだりはせんよ。そして移動手段について言えば、彼女は自分用のフォードを持っていた。おれの車を運転するのは難しいんだ。義足でも運転できるように改造されているからな」

「ふと思いついただけだよ」と私は言った。

「何かつまらんことをまた思いついても、いちいち口に出さないでもらいたいね」と彼は言った。

「まったく見ず知らずの他人に、大事な秘密をあっさり打ち明けたりするわりには、けっこう感じやすい人間のようだ」と私は言った。

彼は私の方に一歩踏み出した。「あんた、おれに喧嘩を売ろうっていうのかい？」

「いいか」と私は言った。「君は基本的に悪いやつじゃない、そう思うように、こっちとしても極力努めているんだ。少しくらいそれを助けてくれたっていいんじゃないか？」

彼はしばらくぜいぜい呼吸していたが、それから両手を下におろした。そしてどうしようもないという風に広げた。

「まったくもう、おれのやることなすこと、すべてとんちんかんだな」と彼は言ってため息をついた。「湖のまわりを散歩したいか？」

「ああ、そちらの脚の具合さえよければ」

「それしきのことはいつもやっているさ」

我々は肩を並べて歩き始めた。まるで仲直りした子犬たちみたいに友好的に。おそらくせいぜい五十メートルほどしかそれも続くまいが。車が一台通るのがやっとという幅の道が、湖面ぎりぎりの高さにせりだすような格好で、高く聳（そび）える岩のあいだを縫って抜けていた。湖の先端まで行く半ばあたりのところに、別のもう少し小振りのキャビンが、石造りの基礎の上に建てられていた。三つめのキャビンは向こう端のより先にあった。ほとんど平らになった狭い地面の上に、それは建てられていた。どちらのキャビンも扉を閉ざされ、長いあいだ人が訪れていないように見えた。

少し間を置いてからビル・チェスは言った。「あの浮気女が行方不明だっていうのは、ほんとのことかね？」

「そのようだ」

「あんたは本物の刑事なのか、それともただの私立探偵なのか？」

「ただの私立探偵さ」

「どっかの男と駆け落ちしたってわけか？」

「そうじゃないかと私は踏んでいる」

「そうに決まってる。あの女のやりそうなことだ。キングズリーにだってそれくらいの見当はつくだろう。彼女にはたくさんお友だちがいたからね」

「そういつらはここに来たのか？」

彼は返事をしなかった。

「その中にレイヴァリーという名前の男はいただろうか？」

「おれが知るわけない」と彼は言った。

「その男については何も秘密はないんだ」と私は言った。「彼女はエル・パソから、自分とレイヴァリーは今から一緒にメキシコに行くという電報を夫に送った」、私はポケットの中から電報を取り出し、彼に見せた。彼はシャツの中から眼鏡をごそごそと取り出し、歩を止めてそれを読んだ。電報を返し、眼鏡をしまった。そして青い湖面を見やった。

「そちらが秘密を打ち明けてくれたからこそ、私もこうやって信頼して内輪話をしているんだぜ」

「レイヴァリーは一度ここに来たことがある」と彼は慎重に言った。

「彼は二カ月ほど前に彼女に会ったことを認めている。たぶんここで会ったんだろうね。それ以来一度も会っていないと、彼は主張している。彼を信用するべきなのかどうか、それがわからない。信じるだけの根拠もないし、信じちゃいけないという根拠もない」

「彼女は今、彼と一緒じゃないのか?」

「レイヴァリーはそう言っている」

「結婚するというような些細な手続きに、あの女がこだわるとはおれには思えんね」と彼は面白くもなさそうに言った。「フロリダに新婚旅行に行くという方が彼女には似合っているんじゃないか」

「でも具体的な情報は何ひとつ持ち合わせていないってわけか? 彼女が出て行くところも見なかったし、裏のとれそうな話も耳にしなかった」

「そのとおりさ」と彼は言った。「でももし何かを知っていたとしても、あんたに告げぐちしたりはしないだろうよ。おれはへたれ男だが、そこまで落ちちゃいない」

「ああ、そいつは何よりだ」

「おれはあんたには何の借りもないぜ」と彼は言った。「私立探偵なんて、どいつもこいつもまったく反吐が出るぜ」

「また逆戻りか」と私は言った。

湖の先端まで来ると、私は彼をそこに残し、船着き場の突堤の上に進んだ。そして突端にある木製の手すりにもたれかかり、バンド用ステージのように見えるものを眺めた。それは二枚の大道具の壁面を、ダムに向けて浅い角度で合わせたものに過ぎなかった。六十センチほどの奥行きの屋根が、壁のこちら側に笠木のように突き出していた。ビル・チェスがあとからやってきて、手すりの私の隣に寄りかかった。

「酒をごちそうしてもらった恩義を忘れたわけじゃない」と彼は言った。

「ああ。湖に魚はいるのか？」

「こすっからい年寄りの鱒（ます）が何匹か住んでいる。ぴちぴちしたのはいないね。おれは釣りにはあまり興味がないから、魚にはかまわずにいる。またまた喧嘩腰になって悪かったな」

　私はにやりと笑い、手すりの上から身を乗り出して、深く澄んだ水の中を覗き込んだ。じっと見ていると、水は緑色に見えた。底の方に渦を巻くような動きがあった。そして素速い緑色の何かが水中を移動するのが見えた。

「あいつがそのじいさんだよ」とビル・チェスが言った。「大きさを見てみな。あんなに太っちまって、ちっとは恥ずかしく思うべきだな」

　ずっと深いところに、水底（みなそこ）の床敷きのように見えるものがあった。そんなものがあることの意味が私にはわからなかった。だから彼に尋ねてみた。

「ダムがこしらえられる前は、あそこが船着き場だったのさ。ダムができて水位が上がり、以前の船着き場は二メートル近く水底になってしまった」

　平底のボートが突堤の柱にすり切れたロープで繋がれていた。それはほとんど身動きもせず水面に浮かんでいたが、微動だにしないというわけではなかった。空気は平和で静謐（せいひつ）

で陽光に満ち、都会ではまず味わえない落ち着きを与えてくれた。私はドレイス・キングズリーのことも、彼の妻のことも、その男友だちのこともみんな忘れて、そこでそのまま何時間ものんびりと寛いでいることもできただろう。

隣で突然、はっとする動きがあった。そしてビル・チェスが言った。「あれを見ろ！」、彼の声は山あいの雷鳴のように響き渡った。

硬い指が私の腕に、いいようのない強さでぐいと食い込んだ。彼は手すりから大きく身を乗り出し、気が触れたようにまじまじと水の中を睨んでいた。顔は黒々と日焼けしていたが、それでも目に見えて青ざめていた。私も彼の隣から、水没した船着き場の端の方を覗き込んだ。

ぼんやりとではあるが、水底に沈んだその緑色の板材の端のところで、暗闇の中から何かが突き出され、揺れているのが見えた。それは戸惑い、手招きするように揺れながら、床板の下にまた引っ込んで見えなくなった。

その何かは、どう考えても人間の腕としか見えなかった。

ビル・チェスは背筋をまっすぐ伸ばした。音もなく向きを変え、大きな足音を響かせながら突堤を戻っていった。そしてばらばらに積まれた石の山の上に身を屈め、ひとつを持ち上げようとした。はあはあという荒い息づかいがこちらまで聞こえた。彼は大きな石をぐいと持ち上げ、それを胸の高さに留めたまま、突堤まで運んできた。三十キロはあっただろう。こわばった褐色の皮膚の奥で、首の筋肉が、キャンバスの下のロープのように盛り上がった。歯が激しく食いしばられ、その隙間から鋭い音を立てて息が洩れた。彼は突堤の先端にたどり着き、しっかりと立ち位置を定め、岩を頭上高く持ち上げた。しばしその姿勢を維持し、目線を下に落とし、距離をはかった。苦痛に満ちた不明瞭な音が口から洩れた。身体がよろめくように前に傾けられ、手すりに強くぶつかってそれを震わせた。そして重い岩は勢いよく水面を割った。

水しぶきは我々二人の頭上を越えて飛んだ。岩はまっすぐ落ちて、水底に沈んでいる厚板の端にしっかり命中した。見え隠れしながら揺れる何かがあった、まさにそのあたりに。しばらくのあいだ、湖水は沸き立つように混乱していた。さざ波が遠くまで広がっていったが、やがて水紋も小さくなり、真ん中にはあぶくの跡が見えるだけになった。そして水底から、板が割れるような音が鈍く聞こえてきた。その音は実際よりもずっと遅れて我々の耳に届いたように思えた。大昔の朽ちた厚板が唐突に水面から姿を見せた。ぎざぎざに割れた端の方が三十センチばかり水上にまっすぐ突き出し、それからぴしゃりと音を立てて倒れ、そのままどこかに漂っていった。

水底が次第にくっきり見えるようになってきた。材木ではない何かがそこで動いていた。そしていかにも気怠い、あきらめたような様子で、それはゆっくり身を持ち上げた。暗い色合いの、細長く捻(ねじ)れたその何かは、回転するような格好で水中を上がってきた。とくに急ぐでもなく、どうでもよさそうにゆっくり水面を割った。ウールを、濡れてインクよりも黒くなった革の胴着を、スラックスを私は目にした。靴を、そしてスラックスの裾と靴とのあいだにあるおぞましく膨らんだものを目にした。水中に波のように、大きく広がるまっすぐなダーク・ブロンドの髪を目にした。髪はまるで視覚効果を計算したかのように、しばしそのままの形状を留めていたが、やがて再びもつれあって渦巻いた。

そのものはもう一度回転し、片腕が水面のほんの僅か上に持ち上げられた。腕の先は膨張した手になっていた。まるで作り損ないの手のようだ。それから顔がこちらに向けられた。どろどろにむくんだ白灰色の塊で、顔の造作はそっくり失われていた。目もなければ、口もない。灰色のぐにゃぐにゃしたこねもの、人の髪がついた悪夢だ。

かつては首であったところに、緑色の石がついた重そうなネックレスが、半ば食い込むようにかかっていた。大きなざっくりした緑色の石が、きらきら光る何かで繋げられていた。

ビル・チェスは手すりを力の限り強く握りしめていた。拳は磨かれた骨のように見えた。「ミュリエル！」、彼の声はしゃがれていた。「ああ、なんてこった、あれはミュリエルだ！」

その声は遙か遠くから聞こえてくるようだった。丘の向こうから、沈黙する密な木立を抜けて。

7

丸太でできた小屋の窓の向こうにはカウンターが見えた。その一方の端には、埃(ほこり)だらけの書類フォルダーが積み上げられている。ドアの上半分についたガラス窓には、剝げかけた黒い字で「警察署長・消防署長・町制執行官(タウン・コンスタブル)・商工会議所」と記されていた。下の両隅にはUSO（米軍慰問協会）のカードと、赤十字のエンブレムが貼ってあった。

私は中に入った。カウンターの背後の片端にはだるま型のストーブがあり、もう一方の端にはロールトップ型のデスクが置かれていた。壁にはその地区の地図の青写真が貼られ、その隣のボードには四個のフックがついており、そのひとつには夥(おびただ)しい修繕のあとが見える古いマッキノー・コートがかかっていた。カウンターの積み上げられた書類フォルダーの隣には、型どおりに備え付けのペンと、くたびれた下敷きと、ねとねとしたインクの入った汚れた瓶が置かれていた。デスクの横の壁には電話番号が所狭しと記されていた。数字は力強く壁に刻み込まれ、材木が朽ち果てるまでそこに留まっていそうだ。子供の手で書かれたような字だった。

デスクの前の木製の袖付き椅子に座った男は、床板にぺったりと両足を下ろしていた。まるでスキー板でも履いているみたいに、足の裏全面をぺたりと床につけている。巻いたホースをそのまま収納できそうなほど大きな痰壺(たんつぼ)が、男の右脚に寄りかかっていた。男は汗の染みのついたステットソン帽を、頭の後ろにずらせてかぶっていた。大きな無毛の両手が、腹の上で心地よさそうに組まれていた。手が載せられたカーキ色のズボンは、もう何年も前に擦り切れて薄くなってしまったみたいだ。シャツはズボンに合っていたが、ただしズボンよりも更に色褪せていた。シャツのボタンは首までしっかりかかって、ネクタイは結ばれていなかった。髪の毛はくすんだ茶色で、こめかみの部分だけが古い雪のような色になっていた。身をいくらか左に傾けるようにして椅子に腰掛けていた。というのは右の尻ポケットの内側にヒップ・ホルスターがあり、45口径の拳銃が十五センチばかり上に突き出して、それが頑丈そうな背中を圧迫していたからだ。左の胸についた星のバッジは先端がひとつ折れ曲がっていた。

両耳は大きく、目はフレンドリーで、顎はのんびり動いて何かを噛んでいた。彼はリス同然に無害で、またリスほど神経質でもなさそうに見えた。その男のすべてが一目で気に入った。私はカウンターに身をもたせかけ、彼を見た。相手も私を見た。そして肯き、半パイントほどの煙草の嚙み汁を、まとめて右の足下にある痰壺に落とした。それは何かが水中に落ちるときのいやな音を立てた。

私は煙草に火をつけ、灰皿を探した。

「床に落とせばいいよ、お若いの」とそのフレンドリーな大男は言った。

「パットン保安官ですか？」

「執行官にして保安官代理だよ。このへんで警察が必要となれば、わたしが引き受ける。少なくとも次の選挙まではな。今回はなかなかしっかりした若いのが二人ばかり候補に立つから、わたしは敗れるかもしれん。月給八十ドルがもらえて、キャビンと薪と電気代が支給される。こんなささやかな山奥じゃ、それは決してはした金とは言えないのだ」

「あなたに勝てる人はいないでしょう」と私は言った。「名前を売るネタができましたから」

「ほう、そうかね？」と彼はどうでもよさそうに言った。そしてまた痰壺をぺっとおとしめた。

「あなたの担当区域がリトル・フォーン湖まで及んでいれば、ということだが」

「キングズリーの所有地だな。ああ、わたしの管轄だ。あそこの何かがあんたを煩わせているのかね、お若いの？」

「湖に女の死体が沈んでいる」

彼は心底びっくりしたようだった。組んでいた両手を解き、片方の耳を掻いた。両方の椅子の肘掛けをぐいと摑んで立ち上がり、素早く足で蹴って後ろにやった。立ち上がるとがっしりとした大男であることがわかった。脂肪は味付け程度についているだけだ。

「それは誰かわたしの知っている人かね？」と彼は落ち着かない声で尋ねた。

「ミュリエル・チェスだ。あなたも知っているんじゃないかな。ビル・チェスの奥さんだよ」

「ああ、ビル・チェスは知っておるよ」。彼の声が少し硬くなった。

「自殺のように見える。彼女は今から家を出て行くというような書き置きを残していた。しかしそれは自殺の遺書ともとれそうだ。かなりひどい見かけになっている。長いあいだ水に浸かっていたからね。状況から判断して、一カ月くらいだろうか」

彼はもう一方の耳を掻いた。「それはいったいどういう状況なのだろう？」、彼の目は今では私の顔を探っていた。ゆっくりと静かに、しかし怠りなく探っている。急いで何かに取りかかろうという素振りは見受けられなかった。

「一カ月前に喧嘩をしたんだ。ビルはそのあと湖の北岸に行って、何時間か姿を消していた。彼が帰ってくると、女房はいなくなっていた。それ以来姿を見かけていない」

「なるほど。ところでお若いの、おたくはどなたかね？」

「私の名前はマーロウ。地所を見るためにロサンジェルスからやってきた。キングズリーからビル・チェスにあてた紹介状を持っている。彼に案内してもらい、湖のまわりを歩いて回り、映画会社がこしらえた小さな船着き場まで行った。その手すりから身を乗り出して、水の中を覗くと、水底に沈んだ昔の船着き場の下から、人の腕とおぼしきものがこちらに向けて腕を振っているのが見えた。ビルが重い岩をそこに放り込んだら、死体が上がってきたんだ」

パットンは筋肉ひとつ動かさずに私を見ていた。

「なあ、保安官、今すぐ現場に行ってみた方がいいんじゃないかな？　あの男はショックでほとんど頭がおかしくなりかけているよ。あそこに一人きりなんだ」

「あいつはどれほどの量の酒を持っていた？」

「別れたときにはもう僅かしかなかった。私はパイント瓶を持っていたんだが、話しながらほとんど飲んでしまったから」

彼はロールトップのデスクに行って、戸棚の鍵を外した。三本か四本の瓶を取り上げ、それを光にかざした。

「こいつはまだたっぷり入っておるな」と彼は言って、瓶のひとつをとんとんと叩いた。「マウント・ヴァーノン。これでやつは落ち着くはずだ。郡は緊急用の酒を経費として認めてはくれん。だからあちこちでちょっとずつ押収しておく必要があるんだ。自分で飲んだりはせんよ。こんなもので頭のたがを外したがる連中のことが、わたしにはよく理解できんのだ」

彼は左の尻ポケットに酒瓶を突っ込み、デスクに鍵を掛け、それからカウンターのフラップを持ち上げた。ドアのガラス・パネルの内側に、一枚のカードをはさんだ。一緒に出て行くときに、私はそのカードに書かれた文句を読んだ。「二十分で戻ります――おそらく」

「ちょっと行って、ドクター・ホリスを連れてくる」と彼は言った。「すぐに戻ってきて、あんたを拾う。あれはあんたの車かね？」

「そうだ」

「戻ってきたら、わたしの車のあとをついてきてくれ」

彼は車に乗り込んだ。車にはサイレンがついており、二つの赤いスポットライトと、二つのフォッグライトと、赤と白の防火プレートと、新しく取り付けられた空襲報知用のホーンが屋根の上にあった。バックシートには三本の斧と、頑丈なロープが二巻きと、消火器があり、ガソリンとオイルと水を入れた缶がそれぞれランニングボードのフレームに取り付けられ、ラックには予備のタイヤがロープで縛り付けられていた。シートからは詰め物が飛び出して、薄汚い塊になっていた。まだ残っているペイントの上には一センチ以上の埃がたまっていた。

フロントグラスの右下の内側には、律儀な大文字で印刷された白いカードが置かれていた。そこにはこうあった。

「有権者のみなさん！　ジム・パットンを執行官に再任してください。彼は新しく仕事を探すには歳を取りすぎています」

彼は車をターンさせ、白い土埃を巻き上げて、通りを去っていった。

8

彼は道路を隔てて鉄道駅の向かい側にある、白い木造建物の前で車を停めた。その建物の中に入り、ほどなく一人の男と共に出てきた。その男はバックシートに乗り込み、斧やらロープやらと同席した。警察車両は戻ってきて、私はそのあとをついていった。我々はメインストリートの人混みを抜けていった。スラックスやらショートパンツやら、フランス水夫風のジャージーやら、粋に結ばれたバンダナやら、屈強な膝やら、緋色の口紅やらのあいだを。村を過ぎると埃っぽい上り坂になり、とあるキャビンの前で車は停まった。パットンが軽くサイレンを鳴らすと、色褪せたオーヴァーオールを着た男がキャビンのドアを開けた。

「乗れよ、アンディー。事件だ」

青いオーヴァーオールの男はむっつりした顔で肯き、身を屈めるようにしてキャビンに戻っていった。そしてオイスター・グレーのライオン狩猟用の帽子をかぶって、また姿を現した。彼はパットンの車の運転席に乗り込み、パットンが隣にずれた。三十前後で、髪は黒くほっそりとして、土地のものらしくどことなく薄汚れて、どことなく栄養状態が悪そうに見えた。

我々はリトル・フォーン湖に向かった。そのあいだに私は、泥饅頭（どろまんじゅう）をいくつも作れそうなくらい埃をかぶることになった。五本の木材をわたしたゲートでは、パットンが車を降りて我々を中に通した。そうやって湖に着いた。パットンが再び車を降り、湖岸まで行って、小さな船着き場の方を見やった。ビル・チェスが両手で頭を抱え、裸の姿でその床に座り込んでいた。彼の隣の濡れた板張りの上には、長くのびた何かが置かれていた。

「車でもう少し先まで行こう」とパットンが言った。

二台の車は湖の端まで行った。そして我々四人は隊列をなして突堤に進んだ。背中を向けているビル・チェスに向かって。医師が歩を止め、ハンカチーフを口にあてて苦しそうに咳をした。それから考え深げにハンカチーフを見た。彼は骨張った体つきの、出目の男で、いかにも悲しげな病んだ顔をしていた。

かつては一人の女性であったそのものは、顔を伏せてボードの上に置かれ、脇の下のところにロープが巻かれていた。ビル・チェスの衣服はそのとなりに置かれていた。彼の動かない方の脚は、前にまっすぐに投げ出されていた。膝のところに傷があった。もう一方の足は曲げられ、彼はそこに額をつけていた。我々が背後から近づいても、身動きひとつせず、顔も上げなかった。

パットンはパイント瓶を腰から取りだし、蓋をとって彼に手渡した。

「ぐっとやれよ、ビル」

あたりには吐き気を催すような匂いが漂っていたが、ビル・チェスはそれには気づかないようだった。パットンも医師も同様だ。アンディーと呼ばれた男が汚い茶色の毛布を車から持ってきて、それを投げるように死体に被せた。それから何も言わず、松の木の下に行って吐いた。

ビル・チェスは酒をぐいぐいと飲み、その瓶を曲げた裸の脚に押しつけた。そして表情のないこわばった声で語り始めた。誰の顔を見るでもなく、特定の誰かに話しかけるというのでもなく。夫婦のあいだの喧嘩について、そしてそのあとに起こったことについて彼は話した。しかし喧嘩の原因については語らなかった。キングズリー夫人のことはひとことも持ち出さなかった。私がその場を離れたあと、自分はロープを取ってきて、服を脱ぎ、水の中に入って死体を引き上げたのだと言った。岸まで引っ張り上げ、それから背中に担いで突堤まで運んできた。どうしてそんなことをしたのか、自分でもよくわからない。そのあともう一度水の中に入った。その理由については語る必要もなかった。

パットンは嚙み煙草をひとつかみ口の中に入れ、音もなく嚙んだ。その穏やかな目にはどのような表情も浮かんでいなかった。それから彼はぎゅっと歯を嚙みしめ、身を屈めて死体にかかった毛布を持ち上げた。そして死体を注意深く裏返した。まるでそれがばらばらになってしまうんじゃないかと心配しているみたいに。首に巻かれた大きな緑石のネックレスの上で、夕方近くの太陽がちらりと目配せした。ネックレスは膨らんだ首にところどころ食い込んでいた。石は粗くカットされ、光沢を持たなかった。石鹼石かまがいものの翡翠のようだ。鎖は金メッキがしてあり、その両端はきらきら光る小さな宝石がついた鷲(わし)の頭の留め金になっていた。パットンは広い背中をまっすぐ伸ばし、タン色のハンカチーフで鼻をかんだ。

「意見を聞かせてくれよ、ドク」

「何について？」と出目の男は唸るように言った。

「死亡の原因と時期について」

「冗談を言ってるんだろう、ジム・パットン」

「何もわからんってことかね？」

「一目見ただけで？　よしてくれよ」

パットンはため息をついた。「どうやら溺れ死んだみたいだが」と彼は意見を述べた。

「もちろん確かなことはわからん。これまでにもナイフで刺されたり、毒殺されたり、そういう殺され方をした事件があった。犯人は被害者を水に沈めて、別の死因に見せかけようとするんだ」

「山の中でそんな事件がしょっちゅう起こるのか？」と医師は意地悪く尋ねた。

「このあたりで起こった殺人事件といえば」とパットンは目の端にビル・チェスの姿をとらえながら言った。「湖の北側でダッド・ミーチャムじいさんが殺されたやつくらいだ。じいさんはシーディー・キャニオンに小屋を建てて、夏のあいだちょこっと砂金の採掘をやっておったんだ。ベルトップ近くの谷にある古い砂鉱床の、採掘権を持っていてね。秋の終わりにかけて、やつの姿を見かけないようになった。それから大雪が降って、小屋の屋根が陥没して一方に傾いてしまった。だからわたしらはそこに行ってみた。少しでも修繕してやろうと思ってな。ダッドは冬が来たので、誰にも言わずに山を下りたんだろうと、みんな思っていた。年寄りの砂金掘りなんて、だいたいつむじ曲がりの連中だからな。ところがだ、じいさんは山を下りたんじゃなかった。じいさんはベッドに横になっておったよ。頭の後ろに薪割り用の斧を深々と叩き込まれてな。誰がやったかは、突き止められなかった。じいさんは夏のあいだに手にした砂金を、小袋に入れて隠していると考えるやつがいたんだな」

彼は考え深げにアンディーを見た。ライオン狩猟用の帽子をかぶったその男は、口の中の歯を指でいじっていた。アンディーは言った。

「もちろん誰がやったか、おれたちにはわかってた。ガイ・ポープがやったのさ。ただし、ダッド・ミーチャムの死体が見つかる九日前に、ガイは肺炎で死んでいた」

「十一日前だ」とパットンは言った。

「九日だよ」とライオン狩猟用の帽子をかぶった男は言った。

「なにしろ六年前の話だからな、アンディー。まあ、好きなように話せばいいさ。なんでガイ・ポープがやったとわかったんだ？」

「おれたちはガイのキャビンで、おおよそ三オンス（約九〇グラム）ぶんの小さな塊金（ナゲット）を見つけた。粉金に混じってな。ガイの砂鉱床じゃ、砂粒より大きなものはこれまでひとつも見つかってないんだ。ダッドは一ペニーウェイト（一・五五グラム）はあるナゲットを何度となく見つけていた」

「世の中、そういう風にできているのさ」とパットンは言った。そしてさりげない笑みを浮かべて私を見た。「いかに注意深くなろうとしても、人は何かを見落とすものだ。違うかね？」

「警官のお得意な話だ」とビル・チェスは吐き捨てるように言った。そしてズボンをはき、もう一度腰を下ろして靴を履き、シャツを着た。服を着終わると立ち上がり、酒瓶に手を伸ばしてたっぷりとその中身を飲み、瓶を板張りの上に注意深く置いた。そして毛むくじゃらの両手首を、パットンに向けてぐいと突き出した。

「あんたらの魂胆はわかっている。おれに手錠をはめて、それで一件落着としたいんだろう」、彼は荒々しい声でそう言った。

パットンは彼を無視して手すりのところに行き、下を覗き込んだ。「妙なところに死体があったもんだな」と彼は言った。「ここには流れと呼べるようなものはない。もしあるとしても、ダムの方に向かって行くはずだが」

ビルは両手を降ろし、静かに言った。「自分で身を投げたんだよ、間抜け。ミュリエルは水泳が得意だった。彼女は水に飛び込んで、ボードの下に潜り込み、水を飲んだんだ。そうしなくちゃならなかった。他に道はなかったから」

「そうとは限らんぜ、ビル」とパットンは穏やかに反論した。彼の目は真新しい皿のように空白だった。

アンディーは首を振った。パットンはにやりと笑みを浮かべて彼を見た。「また何か異論があるのか、アンディー？」

「あのね、やはり九日だよ。よおく勘定してみた」とライオン狩猟用の帽子をかぶった男は難しい顔をして言った。

医師は両手を上にあげて歩き去った。一方の手は頭の上に伸ばされた。彼はハンカチーフに向けて再三咳をし、そのハンカチーフを情熱を込めてじっくり検証した。

パットンは私に目配せし、手すり越しにぺっと唾を吐いた。「こっちを片付けなくちゃな、アンディー」

「あんたは二メートル近い水底に、死体を引っ張り込もうとしたことがあるかい？」

「いや、そういう経験はないと思うね、アンディー。しかしロープを使えば、できないことじゃあるまい」

アンディーは肩をすくめた。「もしロープが使われていたら、その痕が死体に残るだろう。すぐにばれちまうのなら、わざわざ隠蔽工作をする必要もなかろうに」

「問題は時間だ」とパットンは言った。「あれこれ手を打つための時間が、犯人には必要なのさ」

ビル・チェスはうなり声をあげ、酒瓶に手を伸ばした。彼らの山男らしい生真面目な顔を見ていると、彼らが腹の中で本当は何を考えているのか、私にはさっぱり摑めなくなってきた。

パットンはどうでもよさそうに言った。「書き置きらしいものがあったという話を聞いたが」

ビル・チェスは札入れの中をごそごそと探して、畳まれた罫線入りの紙片を引っ張り出した。パットンはそれを受け取り、ゆっくり読んだ。

「日付は書かれておらんね」と彼は言った。

ビルは重い表情で首を振った。「ああ。彼女が出て行ったのは一ヵ月前のことだ。六月十二日だ」

「前にも家を出て行ったことがあったよな？」

「そうだよ」、ビル・チェスは揺るぎのない目で相手を見た。「おれは飲んだくれて、女のところに泊まったんだ。去年の十二月、初雪の降るちょっと前のことだ。あいつは一週間ほどいなくなって、それからすっかりめかしこんで戻ってきた。しばらくここから離れていたかった。ロサンジェルスで、昔の仕事仲間の女のところに厄介になっていたということだった」

「その女性の名前はわかるか？」とパットンは尋ねた。

「名前は口にしなかったし、おれも訊かなかった。どうこう言えるような立場にはなかったからな」

「なるほど。そのときには彼女は書き置きを置いていったかね、ビル？」とパットンはさりげなく尋ねた。

「いいや」

「この書き置きはずいぶん古いもののように見えるんだが」とパットンはその紙片を示しながら言った。

「この一カ月ずっと持ち歩いていたからな」とビル・チェスは怒鳴りつけるように言った。

「前にも家を出て行ったことがあると、誰に聞いた？」

「さあ、忘れたね」とパットンは言った。「ここがどんな土地柄か、あんたにもわかっておるだろう。隠し事なんぞとてもできるところじゃない。まあ、観光客が押し寄せる夏場はべつにしてな」

しばらくのあいだ誰も口をきかなかった。それからパットンがどうでもよさそうに言った。「彼女が出て行ったのは六月十二日だと言ったね。あるいは彼女が出て行ったとあんたが考えたのが。そのとき湖の向こう岸に人が滞在していたと、あんたは言ったっけな?」

ビル・チェスは私の顔を見た。彼はまたとても暗い表情を顔に浮かべていた。「この覗き屋に尋ねればよかろう。この男が既に洗いざらいしゃべりまくっていなければだが」

パットンは私の方をちらりとも見なかった。彼は湖のずっと向こうの山の稜線を見ていた。そして穏やかな声で言った。「ここにいるマーロウさんは、何ひとつ話しちゃいないよ、ビル。わたしが彼から聞いたのは、死体がどうやって浮上してきて、それが誰の死体だったかということ、そしてまた、ミュリエルは家を出て行って、そのときに書き置きを残していったとあんたは考えていた、というくらいだ。あんたは彼にその書き置きを見せた。その程度なら話しても、とくに具合が悪いということもなかろうよ」

またひとしきり沈黙があった。ビル・チェスは一メートルばかり離れたところにある、毛布を掛けられた死体をじっと見下ろしていた。両手を堅く握りしめていた。そして大粒の涙がその頬をつたった。

「ミセス・キングズリーがここに滞在していた」と彼は言った。「彼女は同じ日に山を下りていった。キャビンには誰もいなかったよ。ペリー家とファークォア家の人たちは今年になってからは、まだ一度も顔を見せていない」

パットンは肯き、沈黙を守っていた。緊張をはらんだ空白があたりを包んでいた。そこで口にされていない何かは全員にとって明白なことであり、あえて口にされる必要もないのだというように。

それからビル・チェスが荒々しく言った。「おれを連行してくれ、畜生め！　ああ、おれがやったんだよ！　おれが女房を溺れさせたんだ。あれはおれの女だったし、おれの愛する女だった。おれはろくでなしだったし、いつだってろくでなしだし、これからもずっとろくでなしのままだろう。しかしそれでも彼女のことを心から愛していたんだ。あんたらにはこの気持ちはわかるまい。わかってもらおうとも思わんよ。さあ、おれを連行してくれ、畜生め！」

誰も口を開こうとはしなかった。

ビル・チェスはその日焼けした堅い拳をじっと見下ろしていた。そして荒々しくそれを宙に振りかざし、渾身の力を込めて自分の顔に振り下ろした。

「このクソ馬鹿野郎」と彼は荒れた囁き(ささや)を口から吐いた。

鼻からゆっくりと血が流れ出した。彼は立ち上がった。血は唇をつたって、口の脇から顎の先に達し、一滴がゆっくりとシャツの上にこぼれた。

パットンは静かに言った。「事情を調べなくちゃならんから、あんたには山を下りてもらうことになるよ、ビル。わかるよな？　あんたに罪科があると思っているわけじゃないが、本署の連中があんたの話を聞くことになる」

ビル・チェスは重々しい声で言った。「服を着替えてもかまわんかね？」

「もちろん。彼についていってくれ、アンディー。そしてここにあるものをうまくくるめるようなものが何かないか、見てきてくれないか」

二人は湖の縁に沿って続く道を歩いていった。医師は咳払いをし、湖面の向こうを見やり、ため息をついた。

「私の救急車であの死体を運んでほしいんだろう、違うか、ジム？」

パットンは首を振った。「いいや。郡の財政は厳しくてね、ドク。あんたの救急車の代金を払うより、この車で運んだ方が安上がりだ」

医師は腹立たしげに歩き去った。そして肩越しに言った。「葬儀代を私に払ってもらいたくなったら、教えてくれ」

「きついことを言うね」とパットンはため息混じりに言った。

9

インディアン・ヘッド・ホテルは新しいダンスホールの向かいの角にある、褐色の建物だ。その建物の前に車を停め、化粧室を使わせてもらった。顔と手を洗い、髪についた松葉を櫛でとった。それからロビーに付属したレストラン・バーに入った。そこは客で溢れかえっていた。レジャー用上着を着て、酒の匂いをぷんぷんさせた男たち、甲高い声で笑い、爪を雄牛の血の色に塗り、汚い拳を見せている女たち。支配人は安物映画に出てくるタフガイそのままに、シャツだけの格好で、嚙みつぶした葉巻をくわえ、油断のない目でフロアを睨みながら巡回していた。レジスターでは淡い色合いの髪の男が、小さなラジオから戦況を伝えるニュースを聞き取ろうと悪戦苦闘していた。水が加えられたマッシュ・ポテトみたいに、ラジオの音にはたっぷりと雑音が混じっていた。部屋のいちばん奥では、身体に合わない白い上着と紫のシャツを着た五人編成のヒルビリー音楽バンドが、バーの喧噪に負けない音を出そうと奮闘していた。彼らのガラスのような目は微笑みを浮かべながら、煙草の紫煙がつくった霧と、混濁した酔声に向けられていた。ピューマ・ポイントでは、美しい夏のシーズンが今まさに佳境を迎えていた。

私はそこで「定番ディナー」と称されるものをかき込み、それをなんとか無理やりブランディーで腹に落ち着かせ、そのあとメインストリートに出た。外はまだ昼間のように明るかったが、ネオンサインのいくつかは既にともされて、夜の賑わいはしっかり始まっていた。車の警笛は楽しげに鳴り響き、子供たちは金切り声を上げ、勢いよく転がり、スキーボール（玉転がしゲーム）がかたかたと転がり、射撃場では22口径の銃声が明るく響き、ジュークボックスがそこかしこで気が触れたような音をまき散らし、それらすべての音の背後では、モーターボートがすさまじい爆音を立てて湖面を走り回っていた。どこに行くあてもなく、彼らはまるで死に神を相手にレースをしているかのようだった。

私のクライスラーのシートには痩せた、生真面目そうな顔つきの、茶色の髪の娘が座っていた。暗い色合いのスラックスをはいて、煙草を吸いながら、観光牧場のカウボーイのなりをした男と話していた。男は車のランニングボードに腰を下ろしていた。私は車を回り込んで、運転席に座った。カウボーイはジーンズの膝をあげて、車からゆっくりと離れていった。娘は動かなかった。

「私はバーディー・ケッペル」と彼女は明るい声で言った。「昼間はここで美容師をしているの。そして夜は『ピューマ・ポイント報知』の記者をしている。勝手に車に乗り込んかに送ってもらいたいのかな？」

「それはかまわない」と私は言った。「ただそこに座っていたいのかい？　それともどこかに送ってもらいたいのかな？」

「もっと静かなところまで、少しばかり運転してくれていいわよ、ミスタ・マーロウ。もし私に何か話してもいいというような親切心がおありなら」

「この町では噂が伝わるのがずいぶん早いらしい」と私は言って、車のエンジンをスタートさせた。

郵便局を越えて、角まで行った。そこには「電話」と書かれた青と白の矢印があり、それは湖に通じる狭い通りを指していた。私はそこを曲がり、電話局の前を通り過ぎた。電話局は細長いログ・キャビンで、正面には柵で囲われた小さな芝生の庭がついていた。もうひとつ小さなキャビンを通り過ぎ、大きな樫の木の前で車を停めた。その木は通りを越えて、優に十五メートルくらい向こうまで大きく枝を広げていた。

「ここでいいかね、ミス・ケッペル？」

「ミセスよ。でもただバーディーと呼んでくれればいい。みんなそうしている。その方がいいの。お会いできてなにより、ミスタ・マーロウ。ハリウッドからみえたのよね。あの罪深い街から」

彼女はよく日焼けした引き締まった手を差し出し、私は握手した。豊かな金髪をヘアピンで留めていたが、それは氷配達人が使う氷挟み並みに頑丈そうに見えた。

「ドク・ホリスと話をしたの」と彼女は言った。「気の毒なミュリエル・チェスのことでね。それであなたからもっと詳しい話を聞けるかと思ったわけ。あなたが死体を発見したということだけど」

「死体を発見したのは実はビル・チェスだ。私は彼と一緒にいただけだよ。ジム・パットンとは話をしたのかね？」

「まだしていない。彼は山を下りていったから。いずれにせよ、彼は私にはあまり話してくれないだろうけど」

「彼は再選を目指しているし、君は新聞記者をしている」と私は言った。

「ジムは政治家じゃないの、ミスタ・マーロウ。そして私は新聞記者といえるほどのものじゃない。ここで私たちが発行しているささやかな新聞は、ほとんどアマチュア仕事みたいなものだから」

「ふうむ。それで君はいったい何を知りたいんだね？」、私は彼女に煙草を差し出し、それに火をつけてやりながら言った。

「そこで起こったことをあなたが話してくれるかもしれない」

「私はここにドレイス・キングズリーの所有する土地を見にやって来た。彼からの紹介状を持ってね。ビル・チェスが私を案内してくれた。いろんな話をしているうちに、彼の奥さんが家を出て行ったということがわかった。彼女の残した書き置きを見せてもらった。私は酒瓶を携帯していて、彼はそれを少なからず飲んだ。気持ちが落ち込んでいるようだった。酒を飲んで口が緩んだということはあるにせよ、要するに孤独で、誰かに話をしたかったんだろうね。それがそこで起こったことだよ。彼のことを知っていたわけじゃない。湖の向こうの端を回って帰ってくるとき、突堤の先に出た。そこでビルは水底に沈んだ材木の下から腕が振られているのを目にした。そしてその腕はミュリエル・チェスの遺体の一部であることが判明した。私に話せるのはそれくらいだよ」

「ドク・ホリスの話では、遺体はずいぶん長いあいだ水に浸かっていたようね。ほとんど原形をとどめていなかったらしい」

「そうだ。彼女は一カ月前に出て行ったきりだとビル・チェスは考えていた。それ以外に考えようはなかった。でもその書き置きは自殺の遺書だったらしい」

「それに疑いの余地はないと思う、マーロウさん？」

私は横目で彼女を見た。ふわふわした茶色の髪の下から、思慮深い一対(いっつい)の黒い瞳が私を見ていた。夕闇がとてもゆっくりと、あたりに降り始めていた。そこにあるのは、光の質のほんの微(かす)かな変化に過ぎなかった。

「警察はこういう事件があると、常に疑ってかかるものだ」と私は言った。

「あなたはいかが？」

「私の考えなど何の役にも立たない」

「でも聞いてみたいわ」

「今日の午後、初めてビル・チェスに会った」と私は言った。「頭に血が上りやすい男のように見えた。そして本人の言を借りれば、聖人君子というわけでもない。でも奥さんのことを心から愛していたみたいだ。彼女が船着き場の水底で朽ちつつあると知りながら、素知らぬ顔をしてここで暮らせたとは、私には考えにくいんだ。明るい陽光の下、キャビンから出てきて柔らかく青い湖面を見渡し、その底に何があるか、そこで何が進行しているかを、心に思い浮かべていたとは。そして彼女をそこに沈めたのが自分だと自覚していたとはね」

「私も同感よ」とバーディー・ケッペルは穏やかな声で言った。「誰しもきっとそう思うでしょうね。でも私たちは心の底で知っている。そういうことはこれまでにも起こってきたし、これからも起こるだろうって。不動産の仕事をしてらっしゃるの、マーロウさん？」

「違う」

「じゃあ、どういうお仕事なのかしら？　もしよろしければ知りたいんだけど」

「できれば伏せておきたい」

「それだけ聞けば十分よ」と彼女は言った。「ドク・ホリスは、あなたがジム・パットンにフルネームを教えるのを耳にしていたの。そしてうちの社にはロサンジェルス市内の電話帳がある。でもだれにも教えていないわ」

「それはありがたい」と私は言った。

「これから先も言わないでおくわ」と彼女は言った。「もしあなたがそうしてほしいのなら」

「その代価は？」

「そんなものはない」と彼女は言った。「まったくの無料よ。自分が立派な新聞人であると主張するつもりはない。また私たちはジム・パットンに恥をかかせるような記事を書いたりはしない。ジムは地の塩とも言うべき人だから。でもそのことは多くを物語っている。違うかしら？」

「間違った結論を引き出さないでもらいたい」と私は言った。「私はビル・チェスには何の関心も抱いていなかった」

「ミュリエル・チェスにも関心は抱いていなかった？」

「私がどうしてミュリエル・チェスに関心を抱くのだろう？」

彼女はダッシュボードの下にある灰皿で注意深く煙草の火を消した。「まあ、そういうことにしておきましょう」と彼女は言った。「でもあなたが頭に留めておいた方がよさそうな情報がある。もしまだご存じなければ、ということだけど。六週間ばかり前に、デソトという名前のロサンジェルスの警官がここにやってきた。偉そうな態度の、いかにもタフぶった男よ。私たち、そいつのことが気に入らなかったから、あまり多くはしゃべらなかった。うちの新聞社の三人は、ということだけどね。彼は一枚の写真を見せて、ミルドレッド・ハヴィランドという女性を捜しているのだと言った。警察の仕事として。でもそれは引き延ばされた通常のスナップショットだった。警察の手配写真じゃなくて。この女がここに滞在しているという情報が入ったんだと彼は言った。その写真の女性はミュリエル・チェスにかなり似ていた。髪は赤毛のように見えたし、髪型も今のものとはずいぶん違っていた。眉毛も抜かれて、アーチ形になっていて、そういう変化は女性の印象を大きく変えてしまうものなの。とはいえその女性はビル・チェスの奥さんにすごくよく似ていた」

私は車のドアを指でとんとんと叩いた。そしてやや間を置いて言った。「で、その警官にはどう言ったんだね？」

「とくに何も教えなかった。まず第一に、それがミュリエルだという確信が持てなかったから。第二に、その男の態度が気に入らなかったから。第三に、もし確信が持てたとしても、その男の態度が良かったとしても、彼女をそいつに売り渡すようなつもりは私たちにはなかったから。どうしてか？　誰にだって悔やむべき過去はあるものじゃない。私だってそうよ。私は一度結婚していた。それも、レッドランド大学の古代言語の教授とね」、彼女は明るく笑った。

「なにか興味深いネタを仕入れられたかもしれなかったのに」と私は言った。

「そうね。でもここでは私たちは普通の住民なのよ」

「そのデソトという男は、ジム・パットンに会ったのかな？」

「ええ、そのはずよ。ジムは何も言わないけど」

「その男は君にバッジを見せただろうか？」

彼女は少し考えてから首を振った。「見せてもらったという記憶がないし、とくに見せてもらおうとも思わなかった。疑いもせず話を聞いていた。態度からして、いかにもタフな大都会の警官という風だったし」

「話を聞いていると、けっこうあやしい気がするね。誰か、ミュリエルにその男の話はしたのかな？」

彼女は躊躇した。フロントグラスの向こうを長いあいだ見つめていた。それから頭をこちらに向けて肯いた。

「私が教えた。余計なお世話だったかもしれないけど」

「彼女はなんて言った？」

「何も言わなかったわ。ばつが悪いような、ちょっと奇妙な小さな笑い声を上げただけ。まるで私が何かまずいジョークでも口にしたみたいに。そしてそのまま歩いて行ってしまった。でも彼女の目の中に、奇妙な光がちらりと一瞬浮かんだようだった。そういう印象を受けた。それでもあなたはミュリエル・チェスにぜんぜん関心を抱いていなかったというの、マーロウさん？」

「どうして彼女に関心を抱かなくてはならないんだ？　今日の午後ここに来るまで、彼女の名前を耳にしたこともなかったというのに。本当のことだよ。そしてミルドレッド・ハヴィランドという名前もね。町まで送ろうか？」

「いいえ、けっこうよ。歩いて戻るわ。目と鼻の先だから。どうもありがとう。ビルが面倒に巻き込まれないといいんだけど。とりわけ、こんな気の滅入るごたごたにね」

彼女は車を降り、片足を宙にあげたまま、頭を後ろにやって、声を上げて笑った。「私はかなり優秀な美容師だって言われる」と彼女は言った。「そうありたいと思っている。でもインタビュアーとしては失格よね。おやすみなさい」

おやすみと私は言った。彼女は夜の中に歩き去って行った。私はそこに腰を下ろしたまま、彼女がメインストリートに達し、それから角を曲がって消えていくのを目で追っていた。それからクライスラーを降りて、電話局の田舎風の小さな建物に向けて歩いて行った。

10

革の犬の首輪をつけた、飼い慣らされた牝鹿が私の前をゆっくり歩いて、通りを横切った。私はその粗い毛の生えた首をとんとんと叩いてから、電話局に入っていった。スラックスをはいた小柄な娘が小さなデスクの前に座って、帳簿の仕事をしていた。彼女は私にベヴァリー・ヒルズまでの電話料金を教えてくれ、小銭を両替してくれた。電話ブースは外にあり、正面の壁にくっついていた。

「山が気に入っていただけるといいんですけど」と彼女は言った。「ここはとても静かだし、落ち着けます」

私はブースに入ってドアを閉めた。九十セント使って、ドレイス・キングズリーと五分間話をすることができた。彼は自宅にいて、すぐに回線は繋がったが、通話は山地特有の雑音に満ちたものだった。

「そちらで何か発見はあったかね?」と彼は尋ねた。ハイボールが三杯ほど入った声だった。彼の声は再びたくましく偉そうな響きを帯びていた。

「あまりに多くの発見がありました」と私は言った。「でもそれは私たちが求めていたものではまったくなかった。今お一人ですか?」

「それが何か問題なのか?」

「私の方には問題ありません。しかしこれから何を話すことになるか、私にはわかっています。あなたにはわからない」

「それが何であれ、さっさと話してくれてかまわん」と彼は言った。

「ビル・チェスとずいぶん長く話をしました。彼はひとりぼっちだった。奥さんが家を出て行ったんです。ひと月前にね。ふたりは喧嘩をして、彼は外に出て飲んだくれていた。帰宅してみると、彼女は姿を消していた。書き置きが残されていた。そこには、あなたと一緒に暮らすくらいなら死んだ方がましだと書かれていた」

「ビルはいささか酒を飲み過ぎる」、そう言うキングズリーの声は遙か彼方から届いてくるようだった。

「彼が帰宅したとき、ふたりの女性がどちらも姿を消していました。ミセス・キングズリーがどこに行ったのか、チェスは知りません。レイヴァリーは五月にここに来ていました。しかしそれ以来、姿を見せていない。レイヴァリー自身そのことは認めています。もちろんビルが飲んだくれて正体を失っているときに、レイヴァリーがここに戻ってきたという可能性はあります。でもそうは考えにくいし、となると二台の車が山を下りていったことになる。そこで私は考えました。ミュリエル・チェスはおたくの奥さんと一緒にそこから出て行ったのではないかと。ただしミュリエルもまた、自分の車を持っていたわけですが。しかしその仮説も、もともと大したものではなかったにせよ、新たな展開によってあっさり吹き飛ばされてしまいました。ミュリエル・チェスはそもそも山を下りなかったのです。彼女はあなたの所有する湖の底に沈んでいました。死体が浮かび上がってきたのは今日のことです。私はその現場に居合わせました」

「なんてことだ!」、キングズリーの声には相応の恐怖が混じっていた。「彼女が身投げをしたというのか?」

「おそらくは。彼女の書き置きは自殺の遺書ともとれます。読み方によっては、ほかの意味にも読み取れますが。死体は突堤の足下の、水底に沈んだ古い船着き場の下にはまっていました。二人で突堤に立って、水の中を覗いているときに、その死体の腕が揺れているのをビルが目にしたんです。彼が死体を浮かび上がらせました。そして警察に逮捕されました。かわいそうに、すっかり参っています」

「なんてことだ!」とキングズリーは繰り返した。「そりゃ参って当然だ。どうだい、ひょっとして彼が――」、そこで交換手が割って入ったので、彼は口を閉ざした。あと四十五セント払ってもらいたいということだった。私は二十五セント貨を二枚入れた。それで回線はクリアになった。

「ひょっとして彼が、何ですか？」

突然きれいになった回線の中に、キングズリーの声が響いた。「ひょっとして彼が彼女を殺したみたいに、きみの目には映ったかね？」

私は言った。「そう映りましたよ、とっても。ここの執行官のジム・パットンはその書き置きに日付が書かれていないことが、もうひとつ気に入っていない。女遊びが原因で彼女が家を出て行ったことが、前にも一度あったようです。ビルはそのときの古い書き置きをとっておいたんじゃないかと、パットンは疑っている。いずれにせよ、彼らは取り調べのために、ビルをサン・バーナディノに連行し、死体は検死に送られました」

「それできみはどう考えるんだね？」と彼はゆっくりと尋ねた。

「そうですね。ビルは自分で妻の死体を見つけました。彼は何も私をその突堤まで連れて行く必要はなかったんです。もしそんなことをしなければ、彼女はもっと長く、あるいは永遠にそこに沈んだままになっていたでしょう。書き置きが古く見えたのは、彼がそれを財布に入れて持ち歩いて、しょっちゅう出し入れして眺めていたせいかもしれない。書き置きは前回も今回も、どちらも日付なんてなかったかもしれない。そういう書き置きには、日付を入れないことの方が多いでしょう。その手のものはだいたい走り書きされるものだし、日付なんて気にかけやしません」

「死体はかなり傷んでいたに違いない。そこから何が判明するのだろうか？」

「当地の警察がどの程度の設備をそなえているのか、私にはわかりませんが、死因が水死であったかどうか、それくらいはわかるはずです。水やら腐敗やらによってまだ消されていない、暴力の痕跡があるかどうかも判明するでしょう。もし撃たれたり刺されたりしていたら、それもわかるはずです。もし喉の舌骨が折れていたら、窒息させられたと推測できます。我々にとっていちばん重要な問題は、私がなぜここにやってきたかを説明しなくてはならないことです。私は検死審問で証言しなくてはなりません」

「そいつは具合が悪いな」とキングズリーはうなり声をあげた。「きわめてよくない。それで、これからどうするつもりなんだね？」

「帰り道プレスコット・ホテルに立ち寄って、何かわかることがないか調べてみます。あなたの奥さんとミュリエル・チェスは友好的にやっていましたか？」

「そう思うね。クリスタルは普段は、大方の人とうまくやっていける。私はミュリエル・チェスのことはよく知らないが」

「ミルドレッド・ハヴィランドという女はご存じですか？」

「なんだって？」

私はその名前を繰り返した。

「知らんね」と彼は言った。「私が知っていなくちゃならない理由があるのか？」

「私が何かを質問するたびに、質問が戻ってきますね」と私は言った。「いいえ、あなたがミルドレッド・ハヴィランドを知っていなくちゃならないという理由は何もありません。とくにあなたがミュリエル・チェスのことをよく知らないのであれば。明日の朝にもう一度電話をします」

「そうしてくれ」と彼は言った。それから少し躊躇した。「そんな面倒に巻き込んでしまって、申し訳なかったな」と彼は付け加えた。それからまた何かを躊躇していたが、やがておやすみと言って電話を切った。

ベルがすぐにもう一度鳴り、長距離電話の交換手が鋭い声で私に文句を言った。私が五セント余分にコインを入れ過ぎたと。私はそのような場合に私がいつも口にする類いの台詞(せりふ)を口にし、それは彼女の気に入らなかった。

私はブースの外に出て、肺に新しい空気を送り込んだ。首輪をはめた飼い慣らされた牝鹿は、歩道の突き当たりのフェンスの隙間を塞いで立っていた。押し出そうとしたが、鹿は私に寄りかかってきて、そこからどこうとはしなかった。仕方なくフェンスを乗り越えてクライスラーに戻り、村まで運転して帰った。

パットンのオフィスに戻ると、天井から吊された明かりはついているものの、小屋の中は無人だった。「二十分で戻ります」という札が、ドアのガラス部分の内側にまだそのまま立てかけてあった。私はボート乗り場に行って、その先の人気(ひとけ)のない水泳用ビーチの波打ち際まで行ってみた。数台の小型エンジン付きのボートやスピードボートが、滑らかな湖面をまだ意味もなく走り回っていた。湖の対岸の、模型の斜面に置かれた玩具のようなキャビンには、小さな黄色い明かりが灯り始めていた。北西に連なる尾根の上には、明るい星がひとつ低い位置で光っていた。三十メートルくらいの高さのある松の木の尖ったてっぺんには、一羽のコマドリがとまって、あたりがとっぷり暮れるのを待ち受けていた。そうなれば彼は「おやすみの唄」をうたうことができるのだ。ほどなくあたりはすっかり暗くなり、コマドリは「おやすみの唄」をうたい、漆黒の夜空の奥に飛び去っていった。私は一メートルほど先の静まりかえった湖面に向かって煙草をはじき飛ばし、車に戻って再びリトル・フォーン湖を目指した。

11

私道の入り口のゲートには南京錠がかかっていた。私は二本の松のあいだに車を停め、ゲートを乗り越え、足音がしないように道路の脇を歩いた。やがて足下に唐突に、小さな湖の煌(きら)めきが姿を見せた。ビル・チェスのキャビンは真っ暗だった。対岸にある三軒のキャビンは、青白いむき出しの花崗岩を背景に、無骨な影となって見えた。ダムのてっぺんをちょろちょろと越えていく水が、白く光っていた。その水は外壁の斜面をつたって、下にある小川に向けてほとんど音もなく落下していった。耳を澄ませたが、それ以外の音は何ひとつ聞き取れなかった。

チェスのキャビンの正面ドアはロックされていた。歩いて裏側にまわってみたが、裏口には頑丈な南京錠がかかっていた。網戸を手で触りながら、壁に沿って歩いた。網戸はどれもしっかりしていた。高い位置にあるひとつの窓には網戸がついていなかった。小さな両開きの山小屋風の窓で、北側の壁の中ほどにある。この窓もロックされて
い
いた。私はじっとそこに立ち、更に耳を澄ませた。風もなく、樹木はその影と同様、しんと静まりかえっていた。

ナイフを出して、両開きの窓のあいだの隙間を試してみた。駄目だった。留め金はぴくりとも動かない。私は壁によりかかって考えた。それから急に大きな石を拾い上げ、二つの窓枠が合わさっている真ん中の部分に思い切り叩きつけた。裂けるような音を立てて、留め金が乾いた木枠から抜け落ちた。窓は内側の暗闇に向けてさっと開いた。私は苦労して窓枠をよじ登り、痙攣する片脚をくねらせ、身体をなんとか開口部に押し込んだ。そして部屋の中に文字通り転がり込んだ。身体の向きを変え、高地における激しい運動に小さな苦痛の吐息を洩らし、それからまた耳を澄ませた。

まぶしい一筋の閃光が私の目をまっすぐに射た。

どこまでも沈着な声が言った。「わたしならそこでしばらく休んでいるね、お若いの。さぞくたびれたろう」

閃光は私を、まるでつぶされた蠅のように壁に釘付けにしていた。それから懐中電灯のスイッチが切られ、テーブルの上の明かりが灯った。閃光が消えた。ジム・パットンがテーブルの横の、古い茶色のモリス・チェアに座っていた。縁飾りのついた茶色のテーブル掛けが垂れて、それが彼の分厚い膝にかかっていた。彼はその午後とまったく同じ身なりをしていたが、ただそこに袖無しの革の上着が加わっていた。それはグローヴァー・クリーヴランドの第一期大統領時代（一八八五―一八八九）には新品であったに違いないと思われる代物（しろもの）だった。手に握られているのは懐中電灯だけだ。その目にはどのような表情も浮かんでいなかった。顎は優しいリズムを刻んで動いた。

「いったい何をするつもりなのかね、お若いの——不法侵入のほかに？」

私は椅子をひとつ探し当て、それにまたがるように座った。そして両腕を背中の方に傾け、キャビンを見渡した。

「少しばかり思いついたことがあってね」と私は言った。「しばらくは見込みがありそうに見えたんだが、今ではもう、どうでもいいことに思える」

キャビンの内部は、外見から想像するよりも広かった。私が今いるのは居間の一角で、そこには簡素な家具がいくつか置かれていた。松材の床には絨毯が一枚敷かれ、奥の壁につけて丸いテーブルがあり、椅子が二脚セットされていた。開いたドアの奥には、真っ黒な大型の調理用ストーブの一部が見えた。

パットンは肯き、悪意のない目で私をじっくり検分していた。「車の音が聞こえた」と彼は言った。「その行き先がここであることは明らかだった。でも歩き方は見事なものだった。足音はこれっぽちも聞こえなかったよ。あんたには大いに興味を惹かれておったんだよ、お若いの」

私は何も言わなかった。

「お若いのと呼んでもかまわんかね？」と彼は言った。「なれなれし過ぎることはわかっているんだが、そう呼ぶのが習慣になってしまって、なかなかやめられんのだ。長くて白い顎髭をはやしておらず、神経痛に悩まされていない人間は、わたしにとっちゃみんな『お若いの』になっちまうのさ」

どのように呼んでもらってもけっこうだ、と私は言った。そういうことはとくに気にしない。

彼はにやりと笑った。「ロサンジェルスの電話帳には、私立探偵の名前が山ほど載っている」と彼は言った。「しかしマーロウという探偵は一人しかいなかった」

「なぜわざわざ調べたんだろう？」

「ただの好奇心と呼んでくれてかまわない。それに加えて、ビル・チェスがあんたのことを、探偵みたいなものだと言っていた。そのことはわたしには隠していたようだが」

「なんとなく言いそびれてしまった」と私は言った。「面倒をかけて悪かったね」

「いいや、面倒というほどのものじゃない。私は大抵のことを面倒と感じないようにできているんだ。身分証明書は持っているかね？」

私は札入れを取り出し、あれやこれやの書類を彼に見せた。

「ううむ、あんたはそういう仕事に向いた良い体格をしておる」と彼は満足したように言った。「それに表情も読みとりにくい。おそらくこのキャビンを捜索するつもりだったんだろうが」

「そうだね」

「家捜しはあらかた済ませておいたよ。町に戻って、またすぐここに来たんだ。家にほんのちょっと立ち寄って、そのままここに来たということだ。しかしあんたにここの家捜しをさせるわけにもいかんだろう」、彼は耳たぶを掻いた。「いかないと思うんだが、いや、わたしにもよくわからんな。あんたの雇い主が誰か、教えてもらえまいか？」

「ドレイス・キングズリー。奥さんの行方を捜している。一ヵ月前に家を出て行ったきりだ。彼女は最後にここにいたんだよ。だからここから捜索を開始することにした。男と駆け落ちしたと考えられているんだが、相手の男はそれを否定している。ここに来れば、何か手がかりが得られると思った」

「で、手がかりは見つかったのかね？」

「いや。サン・バーナディノ、そしてエル・パソまでは足取りが辿れるんだが、その先がわからない。まあ、まだ調査に取りかかったばかりだが」

パットンは立ち上がり、キャビンのドアの鍵を外した。松の木のつんとするにおいが、中に入り込んできた。彼は外にぺっと唾を吐き、もう一度椅子に腰を下ろし、くしゃくしゃした茶色の髪をステットソン帽の中に押し込んだ。帽子を脱いだ彼の頭は、滅多に帽子をとらない人の大半がそうであるように、どことなく見苦しい形をしていた。

「あんたはビル・チェスにはまったく関心を持っていなかったということなのか？」

「これっぽちも」

「探偵というのは離婚問題をたくさん扱うんだろうな」と彼は言った。「わたしに言わせれば、薄汚い仕事だが」

私はそれを聞き流した。

「キングズリーは奥さんの行方を捜すにあたって、警察の助けを借りようとはしなかった、ということになるのかな?」

「その線はまずないね」と私は言った。「妻がどういう女か承知しているから」

「あんたの立場は聞かせてもらったが、それはあんたがビルのキャビンの家捜しをしようとしたこととの十分な説明にはなっておらんぜ」と彼は言った。妥当な意見だ。

「あちこち嗅ぎ回るのが得意技でね」

「おいおい」と彼は言った。「もう少しましなことを言えないのかね」

「じゃあ、ビル・チェスに興味を惹かれたからとでも言っておこうか。しかしそれはただ単に彼が面倒に巻き込まれ、身動きのとれない状態にいるからだよ。ろくでもない悪党だからというんじゃなくてね。もし彼が女房を殺したのだとしたら、何かそれを示唆するものがここに見つかるはずだ。もし殺していなかったとしたら、殺していないことを示唆する何かが見つかるはずだ」

彼は首を横にじっと傾けていた。周囲を警戒する鳥のように。「たとえばどういうものが？」

「衣服、宝石、化粧品、もう戻るつもりもなく家を出て行くときに、普通の女性が持って行きそうなもの」

彼はゆっくり背中を後ろにもたせかけた。「しかし彼女は出て行っておらんのだぜ、お若いの」

「だったら、そういう品物はここに残されているはずだ。しかしもしそれらが残されていたら、彼女がそういうものを持って行かなかったことにビルは気づいたはずだ。そして彼女がどこにも行かなかったと知っていたことになる」

「ふうむ、わたしとしちゃ、どちらの場合も気に入らんね」と彼は言った。

「しかしもしビルが女房を殺していたなら」と私は言った。「彼女が家を出て行くときに持っていったはずのものを、そっくり処分していただろう」

「そして彼はどのようにそれらを処分するとあんたは考えるのかね、お若いの？」、黄色い電灯の光が、彼の横顔をブロンズ色に染めていた。

「彼女は自分のフォードを持っていたということだ。それ以外のものなら、焼き捨てられるものは焼き捨てるだろうし、焼き捨てられないものは森の中に埋めるだろう。湖に沈めるのはいささか危険かもしれないから。しかし自動車は焼くことも、埋めることもできない。彼にはその車を運転することはできただろうか？」

パットンは驚いたようだった。「できるさ。彼は右の膝を折り曲げることができない。だからフットブレーキを扱うのがかなり厄介になるが、ハンドブレーキでなんとか間に合わせられる。ビル専用のフォードでは、ブレーキペダルは中央より左側、クラッチのそばにつけられている。左足でクラッチとブレーキの両方を操作できるように」

私は小さな青い瓶にタバコの灰を落とした。瓶に貼られた小さな金色のラベルによれば、そこにはかつてオレンジ・ハニーが一ポンド入っていたらしい。

「自動車の処分は彼にとって厄介な問題になったはずだ」と私は言った。「どこに運んでいっても、帰りの足が問題になる。そして帰ってくるところを誰かに見られるとまずいことになる。どこかの通りに車を放置するわけにもいかない。たとえばサン・バーナディノの通りに置いてくれれば、車の身元はすぐに割れてしまうし、それは彼にとって好ましいことではない。いちばん上手なやり方は、盗難車を扱う業者に引き渡してしまうことだが、彼にはたぶんそんな知り合いはいまい。あとできるのは、どこかの森の中に車を隠してしまうことくらいだ。歩いて戻れる距離のところにね。そして彼が歩いて戻れる距離はそれほど長いものではない」

「興味を持たないと主張する人物のために、あんたはずいぶん込み入った推測をおこなうのだな」とパットンは乾いた声で言った。「森の中に車は隠されたとしよう。それからどうなる？」

「車が見つかる可能性について考慮しなくてはならない。人気のない森だ。しかし、レンジャー隊員や木こりたちが入り込んでくることはたまにある。もし車が発見されるとしたら、ミュリエルの身の回りのものが車中に残されていた方がいい。そうすれば彼にも二つばかり逃げ道ができる。どちらにもあまり説得力はないが、少なくともあり得ないことではない。ひとつは、未知の第三者がミュリエルを殺害した。そしてその殺人が発覚したときには、ビルがその犯罪に関わっていると思わせるように細工しておいた。二つめは、ミュリエルは実際に自殺したが、ビルに殺人の容疑がかかるように見せかけておいた。復讐的自殺というやつだ」

パットンはそれについて静かに注意深く考えを巡らせた。ドアのところまで行って、また唾を外に吐いた。それから再び腰を下ろして、髪をくしゃくしゃにした。そして厳しい懐疑の目で私を見た。

「最初の仮説はあんたが言うようにあり得るだろう」と彼は認めた。「しかしながら、そんなことをやらかしそうな人物は、わたしには一人として思いつけない。それにどうして彼女が書き置きを残したかということも問題になる」

私は首を振った。「ビルは前回の書き置きをとっておいたとしよう。そしてミュリエルは今回、書き置きも残さずどこかに去ってしまったとしよう。とにかく彼女は去ってしまったとビルは考えた。その後一ヵ月、彼女からは何の音信もない。彼はだんだん心配になってくる。確信も持てなくなってくる。そしてこう考える。もし彼女の身に何か間違いが起こっていたとしたら、その古い書き置きを持ち出すことで、自分の身を少しなりとも護れるかもしれないと。彼はそんな不安は口にしなかったが、内心そう考えたとしても不思議はない」

パットンは首を横に振った。その仮説が気に入らなかったのだ。私だって気に入らなかった。彼はゆっくりと言った。「あんたのもうひとつの考えについて言えば、それはただ馬鹿げているとしか言えんね。自殺をしておいて、誰かに殺されたように見せかけるなんて、わたしの考える人間の素朴な本性とはまるで相容れないものだ」

「じゃあ、あなたの考える人間の本性は、いささか素朴すぎるということになるかもしれない」と私は言った。「なぜならそういうことは現実に起こっているし、その手の仕掛けをするのは、だいたいいつも女性なのだ」

「あり得ない」と彼は言った。「わたしは五十七歳で、いろいろ気の触れた人間をこれまでうんと目にしてきた。しかしそこまで頭のたがが外れた人間にお目にかかったことはない。わたしにいちばんもっともらしく思えるのは、ミュリエルは実際に家を出て行こうとして、実際に書き置きを書いたということだ。ところが彼女が出て行く前にビルがそれに気づき、かっとなって殺してしまった。そのあとで彼は、さっき我々が話したようなことをやったんだろうと」

「私はミュリエルに会ったことがない」と私は言った。「だから彼女がどんなことをしそうな人間なのか、それはわからない。ビルが彼女に出会ったのは一年ほど前、場所はリヴァーサイドのどこかだ。ビルはそう言っていた。彼女は長くてややこしい過去を抱えていたかもしれない。どんな女性だったのだろう、彼女は？」

「小柄なブロンドで、めかしこめばなかなかキュートだった。ビルとうまくやっているように見えた。口数の少ない娘で、表情を顔に出すことはあまりなかった。ビルに言わせれば、かっとしやすいということだったが、そういうところを目にしたことはない。あの男のほうは頭に血が上ると、かなり問題になったが」

「そしてあなたは、ミルドレッド・ハヴィランドという名前の写真の女は、彼女に似ていたと思うのかな？」

彼の顎は噛むのをやめた。口がぐいと硬く引き締められた。それからまたゆっくりと煙草を嚙み始めた。

「参ったね」と彼は言った。「これからは夜寝る前に、ベッドの下をいちいち覗き込まなくてはな。あんたが潜り込んではいないかと。いったいどこでそんな話を仕入れてきたんだね？」

「バーディー・ケッペルというなかなか素敵なかわいい女性が教えてくれた。彼女がパートタイムの記者をしている新聞のために、私の話を聞きにきたときにね。デソトという口サンジェルスの警官が、その女の写真を見せてまわっていたという話が、そこでたまたま出たんだ」

パットンはその分厚い膝をぴしゃりと叩き、身を屈めた。

「わたしはそこで間違いを犯した」と彼はあらたまった声で言った。「いくつも犯した間違いのうちのひとつというべきか。その図体のでかい、偉そうな男はわたしにその写真を見せる前に、町の大方の人間にそれを見せてまわっていた。わたしとしちゃ、ちっとばかり面白くない。その女はミュリエルのようにも見えたが、彼女だという確信は持てなかった。いかなる理由で彼女を捜しているのかと、わたしは相手に尋ねた。それは警察の仕事だと彼は言った。山奥の無知な警官ではあるが、こちらも警察の仕事にいちおう関わっているものなんだが、とわたしは言った。自分が命じられたのは、この女の居所を探し当てるようにということだけで、それ以外のことは何も知らないと彼は言った。あるいはわたしをそんな風に軽くあしらったことは、彼にとって間違いだったかもしれん。わたしは彼に、その写真の女に似た人物には覚えがないと言った。おそらくそれは適切とはいえんことなのだろうが」

その物静かな大柄の男は、天井の隅に向けてうっすら微笑みかけた。それから視線を下げ、私の顔を直視した。

「そのことを内密にしておいてくれたなら、あんたに感謝するよ、マーロウさん。あんたの推測もなかなかのものだった。ところでクーン湖の方には行ったことがあるかね？」

「名前を耳にしたこともないね」

「ここから一マイルばかり奥に行ったところにある」と彼は言って、肩越しに親指で方向を示した。「森を抜ける細い小道があって、西に向けて曲がっている。車が樹木にぶつかることなくやっと抜けられるほどの道だ。一キロ半ほどのあいだに百五十メートルほど標高があがり、クーン湖のほとりに出る。ずいぶん綺麗なところだよ。人々はそこにピクニックに行くが、そうしょっちゅうではない。車のタイヤが傷むからね。葦がいっぱいはえた浅い湖が二つか三つある。この季節でも、日陰にはまだ雪が残っている。手作りのログ・キャビンが何軒か建っているが、思い出せる限りの昔から、残らず倒壊している。そしてこれも崩れ落ちてしまった、大きな木造の建物がひとつある。たしか十年ばかり前に、モンクレア大学がサマー・キャンプのためにこしらえたものだ。どれももう長いあいだ誰にも使われてはいない。この建物は湖から少し離れた、深い森林の中に建てられている。その建物の裏手には、錆び付いたボイラーを備えた洗濯場がある。その並びには、大きな薪小屋があり、スライド式の扉にはローラーがついて、開け閉めできるようになっている。もともとガレージとして作られたものだが、今は薪置き場として使われていて、シーズンが過ぎると鍵をかけて閉ざしてしまう。ここでは薪は盗みの対象になる、数少ないもののひとつだが、このあたりの住人は、わざわざ鍵を壊してまで薪を盗んだりはしない。その薪小屋でわたしが何を見つけたか、おそらく想像がつくんじゃないかな」

「あなたはサン・バーナディノに行ったと思っていたのだが」

「気が変わったのさ。奥さんの遺体を後部席に乗せた車にビルを乗せて、サン・バーナディノまで連れていくのは、あまり良い考えとは思えなかった。それでわたしは遺体をドクの救急車に乗せてもらい、ビルはアンディーと一緒に行かせることにした。わたしはこのへんをもう少し調べてみた方がいいように思ったんだ。保安官や検死官に事件をそっくり引き渡しちまう前にね」

「ミュリエルの車はその薪小屋の中にあった?」

「そのとおり。そして車の中には鍵のかかっていない二個のスーツケースがあった。中には服が入っていた。かなり急いで詰め込まれたらしい服だ。女性の衣服だよ。わたしが言いたいのはな、お若いの、そんな場所があることは、土地の者以外にはまずわからんということだよ」

私はそれに同意した。彼は袖無し上着の斜めに切られたサイドポケットに手を突っ込み、小さくひねられたティッシュペーパーを取り出した。そしてそれを手のひらの上で開き、その開いた手を私の方に差し出した。

「これを見てごらん」

私は身を乗り出してそれを見た。ティッシュペーパーの上にあったのは、金の鎖だった。

そこについたロックは、鎖のリンクそのものと同じくらい小さいものだった。鍵のかかったまま、金の鎖は無理にもぎとられていた。全体の長さは十七、八センチというところだろう。鎖にもティッシュペーパーにも白い粉がくっついていた。

「どこでこいつを見つけたと思うね？」とパットンが尋ねた。

私は鎖を手に取り、切られた端っこを合わせてみた。合わなかった。私はそれについては何も意見を述べなかった。指を濡らして白い粉につけ、それを舐めてみた。

「粉砂糖を入れた缶だか箱だかの中に入っていたようだ」と私は言った。「鎖はアンクレットだ。女性の中にはそれを決して外さないものもいる。結婚指輪と同じように。これを外したのが誰であれ、その人物は鍵を持っていなかった」

「そこからあんたは何を推測するね？」

「大したことは何も」と私は言った。「ビルがミュリエルのアンクレットをもぎ取りながら、緑のネックレスを首に残しておいたというのは筋が通らない。ミュリエルがそれを自分でもぎ取って――もし彼女がその鍵をなくしていたとすればだが――あとで発見されるようにそれを隠しておいたというのも筋が通らない。そこまで徹底した捜査が行われるには、まず死体が発見される必要があるからね。もしビルがそれをもぎ取っていたなら、きっと湖に投げ込んでいたはずだ。しかしもしミュリエルがそれをとっておきたい、しかしビルには見つからないようにしたいと思えば、砂糖缶の中に隠すのはいちおう筋は通っている」

パットンも今回は虚を衝かれたようだった。「どうしてだね？」

「それはいかにも女性がものを隠しそうな場所だから。粉砂糖はケーキのアイシングをつくるのに使われる。男はまずそんなところを探したりはしない。よくそこに目が行ったものだね、保安官」

彼は少し恥ずかしげに微笑んだ。「いや、手がぶつかって、箱が床に落ちて、そこから砂糖がこぼれたんだ」と彼は言った。「もしそういうことがなければ、そいつを見つけることはなかっただろうな」、彼はティッシュペーパーを丸め、ポケットの中に戻した。そして「これでおしまい」という風に立ち上がった。

「あんたはまだここに留まるかね。それとももう街に帰るかね、マーロウさん？」

「街に戻る。検死に呼び出されるまではね。きっと私は呼び出されることになるのだろうな？」

「そいつはあくまで検死官の判断次第だ。あんたが押し入った窓を形だけでも閉じてくれれば、わたしは明かりを消して戸締まりをする」

私は言われたとおりにした。彼は懐中電灯のスイッチを入れ、電灯を消した。我々は外に出て、彼はキャビンのドアがしっかり施錠されていることを確認した。網戸を静かに閉じ、そこに立って、月明かりに照らされた湖面の彼方を眺めた。

「ビルに彼女を殺すつもりがあったとは思わんよ」と彼は悲しげに言った。「場の勢いで思わず絞め殺してしまったのかもしれない。あの男の手の力は強かったからな。殺してしまったあとで、そのことが発覚しないように、あらん限りの知恵をしぼらなくてはならなかった。そのことは気の毒に思うよ。しかしだからといって、その事実や、それによってもたらされるものごとが変更させられるわけではない。単純で当たり前の推理だが、単純で当たり前のことが大方(おおかた)の場合、結局正しいことだったと判明するのだ」

私は言った。「それなら彼は逃亡していたんじゃないかな。涼しい顔をしてここに居残るとも思えないんだが」

パットンはマンザニタの茂みの陰の、ビロードのように黒い暗がりに向けて、ぺっと唾を吐いた。それからゆっくりと言った。「彼は政府から年金を受け取っていたし、もしここから逃げ出したら、それも受け取れないことになる。そして男というものはだいたいにおいて、もし何かがすぐ前にやってきて、そいつにまっすぐ目の奥を覗き込まれたとしても、なんとかその場に踏みとどまれるものだ。ちょうど現在、世界中で繰り広げられている状況と同じようにな。じゃあ、おやすみ。わたしはもう一度あの小さな船着き場まで歩いていって、しばらく月光の下に立ち、苦い思いを噛みしめることにする。まったく、こんな美しい夜に、殺人について考えなくちゃならんとはな」

彼は密やかに影の中に入っていった。そして自ら影の一部となった。彼の姿がすっかり見えなくなるまで、私はそこに立っていた。それからロックされたゲートまで戻り、それを乗り越えた。車に乗り込み、来た道を戻った。身を隠せる場所を探しながら。

12

　ゲートから三百メートルばかり行ったところに、樫の茶色い落ち葉を去年の秋から積もらせたままの、細い小径があった。小径は巨大な花崗岩を迂回し、その向こうに消えていた。私はその道に入って、露出した岩に沿って二十メートルほどごとごとと車を走らせた。それから一本の樹木のまわりをぐるりと回って方向転換し、元来た道に車の鼻先を向けた。そしてライトを消し、エンジンを切って静かに待ち受けた。

　半時間ばかりが経過した。煙草を我慢して待つ時間は長かった。やがて遠くの方で車のエンジンがかけられる音が聞こえた。その音が次第に大きくなり、下の道路をヘッドライトの白い光線が通り過ぎていくのが見えた。車の音は遠くに吸い込まれるように消えていった。車が行ってしまったあとしばらく、つんとする匂いの乾いた埃が空中に微かに漂っていた。

　私は車を降りてゲートまで歩いて戻った。そしてチェスのキャビンに行った。今回は強く押しただけでバネ式の窓は開いた。もう一度そこによじ登り、床に転がり落ち、持参した懐中電灯の明かりを部屋の奥のテーブル・ランプに向けた。その明かりをつけ、しばらく耳を澄ませた。何も聞こえない。それからキッチンに行って、流し台の上にぶらさがった電球のスイッチを入れた。

ストーブの横の薪入れには割った薪がきれいに積み上げられていた。流し台の中には汚れた皿もなく、調理ストーブにはいやな匂いのする鍋も載っていなかった。ビル・チェスは孤独であってもなくても、家の中を整然と保っておく人間なのだ。キッチンから寝室に通じるドアがあった。そこからとても狭いドアが小さな浴室に通じていた。浴室はかなり最近に建て増しされたものらしかった。きれいなセロテックスの内張りがそれを示していた。浴室は私に何も教えてはくれなかった。

寝室にはダブルベッドがあり、松材のドレッサーがあり、その上の壁には丸い鏡が取り付けられていた。箪笥があり、背中のまっすぐな椅子が二脚あり、金属製のゴミ箱があった。ベッドの両脇の床には、楕円形の擦り切れた絨毯がそれぞれに一枚ずつ敷かれていた。壁にはビル・チェスの手によって、何枚かの戦時地図が画鋲でとめられていた。『ナショナル・ジオグラフィック』から切り取ったものだ。ドレッシング・テーブルには愚かしい外見の、赤と白のひだ飾りが載っていた。

抽斗の中を調べてみた。人造皮革の装身具入れの箱には、けばけばしい模造宝石類が入っていた。彼女はそういうものを持っていかなかったのだ。それから女性が顔やら爪やら眉毛やらに用いる、通常の化粧用具があった。量としてはいくぶん少なめであるような気がしたが、それはもちろん当て推量だ。簞笥には男女の衣服がしまわれていた。どちらもそれほど量は多くない。ビル・チェスは見ているだけで疲れるような柄のチェックのシャツを持っていて、あろうことか、それにマッチする糊付きのカラーまで持っていた。片隅の青い薄紙の下に、私はいささか好ましくないものを見つけた。どうやら新品らしい、ピーチ色の絹のスリップだ。レースの飾りがついている。この時節、正気を持ち合わせた女性で、絹のスリップをあとに残していくものはまずいない。

これはビル・チェスにとっては好ましくない事態だ。パットンはそれについてどのように考えただろう？

私はキッチンに戻り、流し台の隣と上方にある扉のない棚を調べてみた。棚には基本的な食品を詰めた缶や瓶が所狭しと並んでいた。粉砂糖は茶色の四角い箱に入っており、箱の角は破れていた。パットンは床にこぼれた砂糖をできるだけかき集めていた。砂糖の近くには塩があり、ホウ砂があり、ベーキング・ソーダがあり、コーンスターチがあり、ブラウン・シュガーがあった。その手の食材が並んでいた。それらの中には何かが隠されているかもしれない。

たとえば、鎖のアンクレットからもぎ取られた何かが。何かが取られたから、その端と端がぴたりと合わないのだ。

私は目を閉じて、指を行き当たりばったりにさした。指がさしていたのはベーキング・ソーダだった。私は薪入れの後ろから新聞紙をとって広げ、箱の中のソーダをその上にこぼした。そしてそれをスプーンでかき回した。ソーダの量はいくらなんでも多すぎるように思えたが、とにかくそこにはソーダ以外の何もなかった。私は漏斗を使ってそれを箱の中に戻し、次にホウ砂にとりかかった。そこにはホウ砂以外には何も入ってはいなかった。三度目の正直。私はコーンスターチを試してみた。ずいぶん派手に粉ぼこりが舞ったが、そこにあるのはやはりコーンスターチだけだった。

遠くに足音が聞こえ、私はくるぶしまで凍りついた。手を伸ばして急いで明かりを消し、足早に居間に戻り、電灯のスイッチを切った。しかしもちろん、そんなことをしてももう手遅れだ。再び足音が響いた。柔らかく用心深い足音だ。私の首のまわりの毛が逆立った。私は懐中電灯を左手に持ち、暗闇の中でじっと待った。重くて長い二分間がゆっくり経過した。私はその一部を呼吸のためにあてた。しかしおおむねのところ、息を殺していた。

パットンであるはずはない。彼ならまっすぐ戸口にやってきてドアを開け、私を叱りつけるだろう。その用心深く静かな足音は、あっちに行ったりこちらに来たりしているようだった。動きがあり、長い静止があり、また動きがあり、長い静止があった。私はこっそりとドアのところに行って、音を立てずにノブを回した。そしてさっとドアを開け、懐中電灯の光をあてた。

光が照らし出したのは、黄金色のランプのような一対の目だった。何かが跳ねる動作があり、素早い蹄の音が木立の中に消えていった。好奇心の強い鹿が様子を見に来ただけだ。

私はまたドアを閉め、懐中電灯の明かりを頼りにキッチンに戻った。その小さな丸い明かりは、粉砂糖の入った四角い箱の上にまっすぐ落ちた。

もう一度明かりをつけ、その箱を下ろして、中身を新聞紙の上に空けた。

パットンは徹底的に探さなかったのだ。偶然の出来事によってたまたま何かを見つけ、それがそこにあるすべてだと思い込んで、それ以外にも何かが隠されているかもしれないとは考えもしなかったらしい。

白いティッシュペーパーをねじったものがもうひとつ、細かい粉砂糖の中から現れた。私はそこから砂糖の粉を払い、中身を確かめた。小さな黄金のハートが現れた。女性の小指の爪ほどの大きさしかない。

私は砂糖をスプーンですくって箱に戻し、その箱を棚に戻し、新聞紙を丸めてストーブの中に放り込んだ。そして居間に戻ってテーブルの明かりをつけた。明るい光の下で、小さな黄金のハートの裏に刻まれた文字を、拡大鏡なしでもなんとか読み取ることができた。

手書き文字でこのように書かれていた。「アルからミルドレッドに。一九三八年六月二十八日。すべての愛を込めて」

アルからミルドレッドに。アルなんとかという男から、ミルドレッド・ハヴィランドに贈られたものだ。ミルドレッド・ハヴィランドはつまりミュリエル・チェスだったわけだ。そしてミュリエル・チェスは死んだ――デソトという警官が彼女を捜しにやってきた二週間後に。

私はそれを手にそこに立っていた。このことが私にとってどういう意味を持つのだろうと考えながら。しかしどれだけ知恵を搾っても、役に立ちそうな考えは浮かんでこなかった。

私はそれを再び紙にくるみ、キャビンを出て村に戻った。

前を通りかかったとき、パットンは事務所にいて、電話をかけていた。ドアはロックされていた。彼が話をしているあいだ、私は外で待たなくてはならなかった。少しあとで彼は電話を切り、ドアのところにやってきてロックを外してくれた。

私は彼の前を通って部屋の中に入り、ティッシュペーパーの包みをカウンターの上に置いて、それを開いた。

「粉砂糖の箱の中の探し方が足りなかったようだね」と私は言った。

彼は小さな黄金のハートを見た。そして私の顔を見た。それからカウンターの後ろにまわって、デスクから安物の拡大鏡を持ち出し、ハートの裏側を点検した。拡大鏡を下に置き、眉をひそめて私を見た。

「もしあんたがあのキャビンの中をもっと調べたいとわかっていたら、そうさせてやったのに」と彼はぶっきらぼうに言った。「あんたとは友好的にやっていきたいんだよ、なあ、お若いの」

「鎖の端と端が合わないことに気づくべきだった」と私は言った。

彼は悲しげに私を見た。「お若いの、わたしの目はね、あんたの目ほどよくないんだよ」、彼は角張った無骨な指で、その小さなハートを押し回した。じっと私を見たまま、何も言わなかった。

私は言った。「このアンクレットはビルの中に嫉妬の炎を激しく燃え上がらせただろうと、あなたが考えているとしたら、私もそれに同感だ。もし彼がそれを目にしていたならね。しかし確信をもって、私にはこう断言できるよ。彼はそいつを一度も目にしていないし、またミルドレッド・ハヴィランドという名前を耳にしたこともないってね」

パットンはゆっくりと言った。「どうやらわたしは、あのデソトという男に謝らなくちゃならんようだな。違うか？」

「彼にまた会うことがあればね」と私は言った。

彼はもう一度、中身のないまなざしをしばし私に注いだ。私も同様に彼をまっすぐ見た。

「どうやら、お若いの」と彼は言った。「察するところ、あんたはそれに関して、何やらまた新しい仮説を思いついたみたいだな」

「ああ、ビルは女房を殺してはいないよ」

「殺していない？」

「そのとおり。彼女は過去からやってきた誰かの手で殺されたんだ。その誰かは彼女の行方を一時は見失ったんだが、なんとか見つけ出した。しかし彼女は別の男と結婚していた。彼はそれが気に入らなかった。このあたりの地理に詳しいその誰かは——ここに住んでいなくても地理に詳しい人間はたくさんいるだろう——車と衣類を隠すためのうまい場所も知っていた。彼は憎しみを抱きながらも、それを押し隠すことができた。彼は自分と一緒に家を出るように彼女を説得し、すべての準備を整え、書き置きを書かせると、その首に手を回し、彼が当然の報いと考えるものを彼女に与え、遺体を湖の底に沈め、そして去っていった。どうだい？」

「そうだな」と彼は思慮深く言った。「そうなると話はかなり面倒になる。そうは思わんかね？　しかしあり得ない話ではなさそうだ。そう言われればそうかもしれん」

「その仮説に飽きたら知らせてくれ。また新しいやつを何か思いつくから」と私は言った。

「あんたならなんだってきっと考えつくだろうさ」と彼は言った。そして声を上げて笑った。

彼が笑うのを目にしたのはそれが初めてだった。

私はおやすみと言って、彼をあとに残して外に出た。

彼はそこで一人、木の切り株を掘り起こす西部の開拓者のような飽くなき辛抱強さをもって、考えをあれこれいじり回していた。

13

山から下りて平地に着いたのは十一時頃だった。サン・バーナディノのプレスコット・ホテルの横にある斜めに仕切られた駐車スペースに、私は車を停めた。軽旅行用のバッグをトランクから出して、それを手に階段を三歩ばかり上ったが、そこでボーイにバッグをもぎとられた。ボーイは組紐のついたズボンをはき、白いシャツに黒のボウタイを結んでいた。

受付デスクの男は卵形の頭をしていて、私には毛ほども興味を示さなかった。あるいは他の何に対してもまったく興味を示さなかった。彼は白いリネンのスーツを部分的に身につけ、私に備え付けのペンを手渡しながらひとつあくびをした。そして幼年時代を回想するような目つきで、じっと遠くを見ていた。

ボーイと私は狭苦しいエレベーターで二階まで上がり、廊下のいくつか角を曲がって、かれこれ二ブロックほどの距離を歩いた。進むに従って、あたりはますます暑くなっていった。ボーイはドアのロックを開けた。子供部屋ほどの大きさの部屋で、唯一の窓はエア

・シャフトに向かって開いていた。天井の角についた空調の吹き出し口は、ご婦人のハンカチーフほどのサイズしかなく、そこにつけられたリボンは、空気がいちおう動いているということを示すべく、力なくひらひらと揺れていた。

ボーイは長身で痩せていて、肌は黄色っぽく、若くもなく、ゼリー寄せの中に入っている鶏肉スライスみたいにクールだった。彼は顔の奥で歯茎をもそもそと動かし、私のバッグを椅子の上に置き、頭上の格子付き吹き出し口に目をやり、それから私の顔を見た。その目は水みたいに無色だった。

「もう少し高級な部屋を頼んでおくべきだったかもしれない」と私は言った。「この部屋はあまりに身体にぴったりしすぎている」

「部屋が空いてただけでもめっけものですぜ。なにしろこの街はずいぶん混み合っていますからね」

「ジンジャー・エールと氷を二人分持ってきてくれないか」と私は言った。

「二人分?」

「そうだよ。もし君が一杯やりたいクチならな」

「もう時間も遅いし、一杯やってもいいかもしれんね」

彼は出て行った。私は上着を脱ぎ、ネクタイをとり、シャツを脱ぎ、アンダーシャツを脱ぎ、開いたドアから入ってくる温かい風の中を歩き回った。風は焼けた鉄の匂いがした。

バスルームに身体を横にして滑りこませ——そういう類いのバスルームなのだ——生ぬるい冷水をかぶった。おかげで、熱意のない長身のボーイが盆を手に戻ってくるまでには、少しは人心地ついた気分になっていた。彼はドアを閉め、私はライ・ウィスキーの瓶を取り出した。彼は二人分の飲み物をミックスし、我々はグラスを前に、そういう場合に相応しい薄暗い微笑みを顔に浮かべた。そして酒を飲んだ。首の裏側に汗が浮かび、それが背筋をつたって下りていった。私がグラスを置いた頃には、それは靴下までの道中の半ばに達していた。しかしそれでも少しは気分がましになった。私はベッドに腰を下ろし、ボーイの顔を見た。

「どれくらい長くここにいられるんだ？」

「何をして？」

「あれこれ思い出しながら」

「そういうお役には立てそうにないかも」

「金なら使える」と私は言った、「ことと次第によってはね」。私は背中の下の方から財布を引きはがし、疲弊の色を浮かべたドル札を何枚かベッドの上に広げた。

「ちょいとうかがいますがね」とボーイは言った。「ひょっとしておたく、デカさんですかね？」

「笑わせてくれるね」と私は言った。「自前の札びらでソリテア遊びをする刑事がどこの世界にいる？　調査員ということにしておこう」

「そいつは悪くないな」と彼は言った。「酒がちっと入ると、あたしの頭は働き出すんでさ」

私は彼にドル札を一枚渡した。「じゃあ、その頭を働かせてくれ。そして君のことをヒューストンから来たビッグ・テックスと呼んでもかまわないかな」

「アマリロ（テキサス州北端の町）の出身でしてね」と彼は言った。「どっちだってそんな変わりゃしませんが。あたしのテキサス訛りは耳障りじゃありませんか？　自分じゃもう飽き飽きなんだけど、皆さんけっこう喜んでくれるものでね」

「その調子でやってくれ」と私は言った。「一ドルは君のものだ」

彼はにやりと笑い、畳んだ一ドル札をズボンのウォッチ・ポケットに突っ込んだ。

「六月十二日の金曜日に君は何をしていた？」と私は彼に尋ねた。「夕方から宵にかけて。金曜日のことだよ」

彼は酒を一口すすり、考えた。グラスの氷を静かに揺らせ、歯茎の奥に酒を送り込んだ。

「ここで働いていましたね。六時から真夜中までのシフトで」

「すらりとした、金髪の美人がチェックインして、エル・パソ行きの夜行列車が出る時刻までここにいただろう。彼女は日曜日の朝にはエル・パソにいたから、その列車に乗ったに違いない。彼女はここまでパッカード・クリッパーを運転してやってきた。車はクリスタル・グレイス・キングズリーの名前で登録されている。住所はベヴァリー・ヒルズ、カーソン・ドライブの965番地だ。彼女はその名前を宿帳に書いたかもしれない。あるいは別の名前を書いたかもしれない。あるいはまったく何も書かなかったかもしれない。彼女の車はまだホテルの駐車場に置きっぱなしになっている。私は彼女を迎え入れ、送り出した人間と話がしたいんだ。そうすればあと一ドルあげよう。ただ考えてくれるだけでいい」

私は並べた札の中から一ドル札をもう一枚取り上げた。それは毛虫たちが争っているような音と共に彼のポケットに収まった。

「やってみましょう」と彼は静かな声で言った。

彼はグラスを置き、部屋を出てドアを閉めた。私は自分の酒を飲み干し、お代わりをつくった。バスルームに入って、もう一度生ぬるい水で身体を洗った。そうしているあいだに壁の電話が鳴り、私は受話器をとるべく、バスルームのドアとベッドのあいだに空いた狭苦しい隙間に、身体をなんとか割り込ませた。

テキサス訛りの声が言った。「受け持ったのはソニーだが、やつは先週、兵隊にとられちまいました。もう一人のレスって呼ばれているボーイが彼女を送り出した。彼はここにいます」

「オーケー、その男を寄越してくれないか？」

二杯目の酒で時間を潰し、三杯目にとりかかろうかと考えているときに、ドアがノックされた。ドアを開けると、緑色の目の、鼠を思わせる小男がそこにいた。きゅっとしまった小さな唇はまるで娘の唇のようだ。

彼はほとんど踊るような足取りで中に入り、そこに立って私の顔を見た。微かな冷笑を浮かべて。

「飲むかい？」

「いただこう」と彼は冷えた声で言った。彼はたっぷりと酒を注ぎ、ほんの僅かのジンジャー・エールをそこに足した。その飲み物を彼はごくごくと飲み干した。それから小さな滑らかな唇に煙草をくわえ、ポケットからマッチを取り出しながら、空中でそれをぱちんと擦った。そして煙を吹き出し、私をじっと見つめた。目の片隅でベッドの上の金を見ていた。そちらにまっすぐ目を向けたわけではない。彼のシャツのポケットの上には、番号の代わりに「キャプテン」という字が縫い付けてあった。

「君がレスか？」と私は尋ねた。

「違う」と言って彼は少し口をつぐんだ。「探偵風情にうろうろしてもらいたくないんだよ」と付け加えた。「うちにはホテル付きの探偵はいないし、よその誰かに雇われた探偵さんにも用はない」

「ありがとう」と私は言った。「御苦労さま」

「なんだって？」、小さな口が不快そうに歪んだ。

「消えてくれ」

「おれに会いたいんじゃなかったのか？」と彼は冷笑を浮かべて言った。

「君はベル・キャプテン（ボーイ長）だな？」

「そのとおり」

「私は君に酒をおごりたいと思った。一ドルばかり進呈したいとも思った。さあ、これだ」、私は彼にそれを差し出した。「来てくれてありがとう」

彼は礼も言わずに一ドル札を受け取り、それをポケットに入れた。鼻の穴から煙を出し、そのままそこにじっとしていた。彼の目つきは硬く狭量だった。

「言ったことは聞こえたよな」と彼は言った。

「ああ、しっかり聞こえたよ」と私は言った。「でもただ聞こえたというだけだ。君は酒も飲んだし、金も受け取った。もう行っていいぜ」

彼は素早くくいと肩をすくめ、振り向いて部屋を出て行った。音もなく、滑り抜けるみたいに。

四分後にまたノックの音がした。微かなノックだ。前の長身のボーイが笑みを浮かべて中に入ってきた。私は彼から離れて、またベッドに腰掛けた。

「レスのことは好きになれなかっただろう？」

「それほどはね。彼は満足したのか？」

「ああ、そのはずだ。キャプテンってのがどんな輩（やから）か、あんたにもわかるだろう。連中は分け前をかすめずにはいられない。あたしが本物のレスだよ、マーロウさん」

「つまり君が彼女を送り出したわけだ」

「いや、そんなのはみんなでまかせだ。あの女はチェックインもしなかった。でもあたしはパッカードのことを記憶している。彼女は一ドルをくれて、車を駐車し、列車が出る時刻まで荷物を預かっておいてほしいと言った。彼女はここで夕食をとった。この街じゃ、一ドルもらった相手のことは忘れない。そして長く置き去りにされた車のことも人の口の端（は）にのぼる」

「どんな見かけだった？」

「白と黒の服を着ていたよ。おおむねは白だ。パナマ帽をかぶって、帽子には白と黒のバンドがついていた。あんたが言ったように、ブロンドの美人だ。あとで彼女は駅までタクシーに乗った。その荷物をタクシーに乗せるのをあたしが手伝った。バッグにはイニシャルがついていたが、そこまで覚えちゃいない。悪いけど」

「覚えていなくて何よりだ」と私は言った。「そこまで覚えていると、話はいささか眉唾（まゆつば）になってくるからな。一杯飲めよ。で、いくつくらいに見えた？」

彼はもうひとつのグラスをすすぎ、そこに酒とジンジャー・エールを、節度をもってミックスした。

「当節、女の年齢をあてるのは簡単なことじゃない」と彼は言った。「三十くらいだと思うね。いくつか前後するにせよ」

私は上着のポケットから、クリスタルとレイヴァリーが浜辺にいるスナップショットを取り出し、彼に渡した。

彼はそれをじっと睨んでいた。写真を遠くにやり、それから目の前に引き寄せた。

「法廷で証言しろと言っているわけじゃないぜ」と私は言った。

彼は肯いた。「そいつは勘弁してもらいたいものだ。こういう小柄なブロンドはだいたいみんな同じような造りだから、服装やら、光の当たり具合やら、化粧の違いなんかで、似てるように見えたり、ぜんぜん似てなく見えたりするんだ」。彼はスナップショットを見ながら、何かをためらっているようだった。

「何か気になるのかい？」と私は尋ねた。

「ここに一緒に写っている男のことだが、彼も話に絡んでいるのかい？」

「話を続けてくれ」と私は言った。

「この男がロビーで彼女と話をしていたと思うんだ。そして夕食を一緒にした。背の高いハンサムな男で、ライト・ヘビー級のすばしこそうな体つきだ。彼も一緒にタクシーに乗って駅まで行った」

「間違いないな？」

彼はベッドの上の金に目をやった。

「オーケー、いくらほしいんだ？」と私は疲れた声で言った。

彼は身をこわばらせた。写真を下に置き、畳まれた一ドル札を二枚ポケットから取り出し、それをベッドの上に放り投げた。

「酒をごちそうさま」と彼は言った。「あんたには、くたばりやがれと言いたい」。そして戸口に向かった。

「まあ、座れよ。そんなにかりかりするんじゃない」と私は唸るように言った。

彼は腰を下ろし、険しい目で私を見ていた。

「それからそのしょうもない南部気取りもよしてくれ」と私は言った。「もう長いあいだ、いやというほどホテルのボーイとやりあってきたんだ。君が芝居がかったことをしないタイプであれば、それはそれで結構なことだ。しかし芝居がかったことをしないボーイに出会うなんて、滅多にないことでね。そう甘く見られちゃ困る」

彼は時間をかけてにやりと笑い、素早く肯いた。スナップショットを手に取り、その上から私を見た。

「この男はしっかりと写っている」と彼は言った。「女よりはたしかだ。しかしこの男に関してはおれの記憶に残るちょっとしたことがあった。この男はロビーでまっすぐ彼女の方に向かって、はばかることなく歩いてきたんだが、女はそれがお気に召さないように見えた」

私はそれについて少し考えてみたが、さして意味のあることとは思えなかった。彼はたぶん遅刻したか、それとも何かそれ以前に約束をすっぽかしていたのだろう。私は言った。「それには理由がある。で、その女性がどんな宝石類をつけていたか、目に留めなかったか？　指輪とか、イヤリングとか、何かしら派手な、高価そうなもの」

とくに目にはつかなかった、と彼は言った。

「髪は長かったか、短かったか。ストレートだったか、ウェーブがかかっていたか、縮れ毛だったか。ナチュラルなブロンドか、それとも染められていたか？」

彼は笑った。「その最後のやつばかりは、あんたにだってわかるまいよ、マーロウさん。たとえナチュラルなブロンドだったとしても、女たちは色をもっと薄くしたがる。残りの質問についていえば、どちらかというと長い髪だったと思う。今風に先の方をちょっと内側に曲げてね。でも全体としちゃストレートだ。でもあたしは間違っているかもしれん」、彼はもう一度スナップショットに目をやった。「ここでは女は、髪を後ろで束ねている。なんとも言えないね」

「そのとおりだ」と私は言った。「私が君にその質問をしたのはただ、君の物覚えが良すぎるかどうかを確かめたかったからだ。あまりに細かいことまで覚えている相手は、証人としての信頼性に欠ける。何ひとつ覚えていない人間が信頼できないのと同じくらいね。そういう人間が与えてくれる情報の半分くらいはおそらく作りものだ。状況を考えれば、君の言ってることはおおむね話が合っている。どうもありがとう」

私は彼の二ドルを返し、そこに五ドルを付け加えた。彼は礼を言い、残りの酒を飲み、静かに立ち去った。私は自分のぶんを飲み、また身体を洗い、こんな穴蔵みたいなところで寝るよりは、車を運転して家に帰ろうと心を決めた。またシャツを着て、上着を着た。そしてバッグを手に、下まで降りた。

ベル・キャプテンである鼠に似た赤毛の男が、ロビーにいる唯一のボーイだった。私はバッグを持ってデスクまで行ったが、彼は飛んできて私のバッグをもぎとろうとはしなかった。卵頭のフロント係はこちらの顔も見ずに、私から二ドルをむしり取った。

「こんなマンホールみたいなところで一晩を過ごすのに二ドルもとるのかい」と私は言った。「ただで眠れるもっと居心地のよいごみ箱がいくらでもあるぜ」

フロント係はあくびをし、返事をかえす前に少し間を置いた。それから明るい声で言った。「午前三時頃になれば、このへんはけっこう涼しくなります。それから朝の八時までは、ときには九時までは、なかなか過ごしやすいですよ」

私は首の後ろの汗を手で拭い、よろよろと車まで歩いた。真夜中だというのに、車のシートまで熱かった。

帰宅したのは二時四十五分だった。ハリウッドはまるで冷蔵庫みたいに思えた。パサデナでさえ涼しく感じられた。

14

夢を見た。ひやりとした緑色の深い水底で、腕に死体を抱いている夢だ。死体は長いブロンドの髪を持ち、その髪が私の目の前にふわふわと広がっていた。一匹の巨大な魚がいた。目は外に飛び出し、身体は膨張し、鱗(うろこ)は腐敗物で輝いている。その魚は年老いた遊び人のように、流し目をくれながらまわりを泳いでいた。空気が不足して、私の身体ははちきれそうだったが、その一方で死体は私の腕の中で息を吹き返し、そこから抜け出していった。それから私は魚と取っ組み合いをし、死体は水の中で長い髪を振りまわしながら、くるくると何度も回転した。

目が覚めたとき、私の口はシーツでいっぱいになり、両手はベッドの頭のフレームにかけられ、それをぐいぐいと引っ張っていた。フレームから手を離し、下に降ろすと、筋肉がひりひりと痛んだ。私は起き上がって、裸足の足指でカーペットの感触を確かめながら部屋を歩き、煙草に火をつけた。煙草を吸い終わるとベッドに戻った。

次に目を覚ましたのは午前九時だった。太陽が私の顔にあたっていた。部屋の中は暑かった。シャワーを浴び、髭を剃り、身体の一部に衣服をまとい、キッチンの隅のテーブルで、朝のトーストと卵料理とコーヒーをつくって食べた。それを食べ終えようとしているときに、アパートメントのドアを誰かがノックした。

口の中をトーストでいっぱいにしたまま、ドアを開けに行った。そこにいたのは地味なグレーのスーツを着た、真剣な顔つきの痩せた男だった。

「フロイド・グリア、セントラル署刑事課の警部補だ」と彼は言って、中に入り込んできた。

彼は乾いた手を差し出し、私はそれを握った。彼は刑事たちがいつもそうするように椅子の端っこに腰を下ろし、両手に持った帽子を回転させながら、刑事たち特有の静かな視線で私をじっくり見ていた。

「サン・バーナディノ署から、ピューマ湖の一件に関して問い合わせがあった。溺れた女のことだ。死体が発見されたとき、君もそこに居合わせたそうだが」

私は肯いて言った。「コーヒーは?」

「いや、けっこうだ。朝食は二時間前に済ませた」

私は自分のコーヒーを持ってきて、彼と向き合うように、あいだを置いて腰を下ろした。

「それで、君のことを調べてほしいと依頼された」と彼は言った。「君についての情報を送ってくれと」

「なるほど」

「それで調べてみたが、我々の知る限りにおいては、とくに問題は見当たらなかった。死体が発見されたときに、君のような仕事をする人間がその場に居合わせたというのは、たまたまのことなのだろう」

「そういう巡り合わせになってるんだ」と私は言った。「ラッキーというか」

「それで、ちょっと立ち寄って、挨拶でもさせてもらおうかと思ったわけだ」

「それはご丁寧に。お会いできてなによりだ、警部補」

「たまたまのこと」と彼は肯きながら、もう一度繰り返した。「君はなんというか、ビジネスの関係であそこにいたのかね？」

「もしそうであったとしても」と私は言った。「私のビジネスは、あの溺死した女性とは何の関わりも持たないことだよ。私の承知する限りにおいては」

「でも確信はない、と」

「事件が最終的に解決するまでは、何と何が関わっているかなんて、警察にだってわかるまい。違うかね？」

「たしかに」、彼は帽子の縁を指のあいだでまた回し始めた。まるではにかみ屋のカウボーイのように。しかし彼の目にははにかみの色はまったくうかがえなかった。「ただ知っておきたかったんだ。もしこの溺れ死んだ女性の一件と、そのビジネスとのあいだに、君の言うところの関わりが見つかったとしたら、我々に知らせてもらえるだろうということをね」

「あてにしてもらえることを希望している」と私は言った。

彼は舌で下唇を膨らませた。「我々としては、希望するという以上のものを求めているんだが、現在の時点においては、君としては何も語るつもりはないということかな？」

「現在の時点においては、私はジム・パットンが知っている以上のことは何も知らないよ」

「それは誰だね？」

「ピューマ・ポイントの執行官だ」

真剣な顔つきの痩せた男は、辛抱強く微笑んだ。そして拳をぽきんと鳴らし、少し間を置いてから言った。「サン・バーナディノの地方検事は、おそらく君と話したがるだろうな。検死の前に。でも今すぐのことではないはずだ。今のところ、連中はなんとか死体の指紋を採取しようとしている。うちから鑑識の専門家を派遣した」

「簡単ではないぜ。死体はずいぶん崩れてしまっているから」

「そういうことはしょっちゅうやっている」と彼は言った。「ニューヨークでその手の技術が発達したんだ。あっちはなにしろ水死体が多いからね。指の皮膚を剝がし、それを革なめし用の溶液に入れ、型をつくるんだ。だいたいにおいてうまくいく」

「その女は前科を持っていると思うのかい?」

「死体の指紋は常にとっている」と彼は言った。「それくらいは知っているだろう」

私は言った。「死んだ女性のことは知らなかった。もし私が彼女を知っていて、それが私があそこまで出かけた理由だと考えているのだとしたら、それは見当外れだよ」

「しかしあそこまでわざわざ出向いた理由を教えるつもりは、君にはないと?」、彼はそう食いさがった。

「つまりおたくは、私が嘘をついていると考えている」と私は言った。

彼は人差し指で帽子をくるくると回転させた。「そういうことじゃないんだ、マーロウさん。我々は何も考えない。我々の仕事は、捜査をし、発見することだ。これはただの通常の聞き込みに過ぎない。それくらいのことはわかるはずだ。君だって昨日や今日の駆け出しじゃなかろう」、彼は立ち上がり、帽子をかぶった。「街を離れなくてはならなくなったら、連絡をほしい。そうしてくれると助かる」

そうすると私は言った。そして彼を戸口まで送った。彼は頭をひょいと下げて外に出た。口許には悲しげな淡い笑みが浮かんでいた。彼がのんびりと廊下を歩いていって、エレベーターのボタンを押すのを私は見ていた。

私はキッチンに戻り、まだコーヒーが残っているかどうか見てみた。カップに三分の二ほど残っていた。私はそこに砂糖とクリームを入れ、それを持って電話のところに行った。

ダウンタウンの警察署のダイアルを回し、刑事課に繋いでもらい、フロイド・グリア警部補を呼び出してもらった。

声が言った。「グリア警部補は外出中です。他の誰かとお話しになりますか？」

「デソトはいますか？」

「誰？」

私は名前を繰り返した。

「階級と部署をお願いします」

「私服で勤務しているとしかわからないが」

「お待ちください」

私は待った。しばらくあとで荒っぽい男の声が聞こえた。「何の冗談だ？　ここにはデソトなんていう人間はおらん。おたくの名前は？」

私は電話を切った。コーヒーを飲み終えると、ドレイス・キングズリーのオフィスの番号を回した。滑らかでクールなミス・フロムセットの声が、彼はちょうどオフィスに出てきたところだと告げた。ひとこともなく、そのまま電話はまわされた。

「それで」とキングズリーは一日の始めに相応しい元気いっぱいの大きな声で言った。「そのホテルできみは何を見つけたんだね？」

「彼女はあそこに行きました。そしてレイヴァリーと会った。その情報をくれたボーイが、自分から彼のことを言い出したんです。私に促されてではなく。レイヴァァリーは奥さんと一緒に夕食をとり、一緒にタクシーで鉄道駅まで行きました」

「そうか。やつが嘘をついていることくらい気づくべきだったな」とキングズリーはゆっくりと言った。「エル・パソから打たれた電報のことを話したとき、彼の顔に浮かんだ驚きの表情は、私の目には偽りないもののように見えたものでね。おそらく見た目の印象を信用しすぎたのだろう。他には？」

「とくにありません。ただ今朝、警官が一人うちを訪ねてきました。手順通り、こちらの様子をうかがいに来たんです。そして街を離れるときには連絡を入れるようにと言われました。私がなぜピューマ・ポイントに行ったのかを知りたがっていました。私は何も言わなかった。そして彼がジム・パットンの名前さえ知らなかったところを見ると、パットンが誰にもそれを洩らしていないことは確かです」

「ジムはそのへんのことはよく心得ているはずだ」とキングズリーは言った。「昨夜きみは誰かの名前を私に尋ねたが、それはどうしてだね？　ミルドレッドなんとかといったかな」

私はその説明を手短にした。ミュリエル・チェスの車と衣服が発見されたこと、そしてその場所がどこであったかを、私は教えた。

「そいつはビルにとっては具合の良くない話だ」と彼は言った。「クーン湖のことは知っている。しかしあの古い薪小屋を使おうなんていう考えは、私の頭には浮かばなかっただろう。というか、そこに材木小屋があることすら思い出さなかったはずだ。それは悪い思いつきじゃないし、むしろ前もって準備されていたことのようにも見える」

「その考えには同意できませんね。ビルはあのへんの地理を知り尽くしているし、どこに何を隠せばいいか、それくらいすぐに頭に浮かぶはずです。彼に歩ける距離はしれていますし」

「そうかもしれない。で、きみはこれからどうするつもりだね？」と彼は尋ねた。

「もう一度レイヴァリーをつついてみます。当然ながら」

たしかにそれが妥当な行動だろう、と彼は同意した。そして付け加えて言った。「もうひとつの事件の方は、たしかに心痛む出来事ではあるが、我々とは関わりのないことだ。違うかね？」

「あなたの奥さんがその件について何かを知っていない限り」

彼の声はぐっと鋭くなった。そして言った。「いいかね、マーロウ、きみの探偵としての本能が、すべての出来事にひとつのコンパクトな結び目をつけたがることは理解できる。しかしそちらの方向に流されないようにしてもらいたい。人生はそういう風にできてはいない——私の知るところの人生はな。チェス・ファミリーのことは警察にまかせ、きみはキングズリー・ファミリーの問題に頭脳を傾注してくれ」

「いいでしょう」と私は言った。

「私は何も偉そうに命令しているわけじゃないぞ」と彼は言った。

私は心から明るく笑った。そして別れの挨拶を口にして電話を切った。着替えをすませ、地下に降りてクライスラーに乗り込み、再びベイ・シティーを目指した。

15

アルテア・ストリートの交差点を越えた。そこから横手の道路に入ると、道路は渓谷の縁で行き止まりになり、歩道のついた半円形の駐車スペースになっている。まわりは白く塗られた木の塀で囲まれている。私はそこでしばらく車の中に座っていた。考えごとをし、海を見やり、青灰色の丘陵が海原へと落ち込んでいく見事な景勝を愛でていた。レイヴァリーをどのように扱うべきか、態度を決めかねていたのだ。優しく羽根を用いるべきか、それとも手の甲やら鋭い舌先やらを活用するべきか。穏やかな物腰で攻めても、失うものは何もあるまいと私は腹を決めた。もしそれで成果があがらないようなら――あがりそうには思えなかったが――あとは成り行きにまかせるしかない。その結果我々は、家具を派手に壊しまくることになるかもしれない。

外側の縁に連なる家々の下、丘の中腹あたりを、舗装された狭い道路が走っていたが、そこに人の気配はなかった。その下にある、隣の丘の道路には子供が二人いて、ブーメランを斜面の上方に向けて投げて遊んでいた。投げたブーメランを二人で追いかけながら、お決まりどおり肘で小突きあい、お互いを罵りあっていた。その下の方にもまだ家が一軒あり、それは木立と赤い煉瓦塀で囲まれていた。裏庭の物干しロープに吊された洗濯物がちらりと見えた。二羽の鳩が頭をひょこひょこと上下させながら、屋根の勾配の上を歩いていた。白と褐色のバスが道路をゆっくりとやってきて、煉瓦造りの家の前で停まり、ずいぶんな歳の老人が用心深い足取りでそこから降りてきた。そしてしっかりと地面に降り立ち、後戻りして坂道をゆっくり登りにかかる前に、重い杖の先でとんとんと地面を叩いた。

空気は昨日より澄んでいた。平和そのものという朝だ。私は車をそこに停めて降り、アルテア・ストリート623番地まで歩いた。

正面の窓のベネシアン・ブラインドはすっかり下まで降ろされ、家はどことなく眠たげな印象を漂わせていた。私は苔をまたぐようにして、ドアのベルを勢いよく押した。それからドアが完全に閉まっていないことに気がついた。それはドアがおおむねそうであるように、フレームの中に収まっていた。しかしバネ付きのボルトは、鍵プレートの下の縁に少しかかっているだけだ。前日その家を出て行くとき、ドアが敷居につっかえて閉まりにくくなっていたことを思い出した。

私はドアをそっと押してみた。ドアはかちりという軽い音を立てて内側に開いた。奥の部屋は薄暗かったが、西向きの窓からいくらか陽光が差し込んでいた。呼び鈴にこたえて出てくるものはいなかった。それ以上ベルは鳴らさなかった。私はもう少し大きくドアを開け、中に足を踏み入れた。

押し殺したような温かい匂いが漂っていた。朝から昼前になるまで、誰も部屋の風通しをしなかったらしい。ソファの隣の丸いテーブルの上にはVAT69の瓶があったが、ほとんど空っぽになって、隣では新しい瓶が出番を待っていた。銅製のアイスバケットには少しだけ水が溜まっていた。二つのグラスが使われ、サイフォンに炭酸水が半分ばかり残っていた。

私はドアをほぼ元あった状態に戻し、そこに立ってしばらく耳を澄ませた。もしレイヴァリーがいないのなら、思い切って家の中を調べてみたいと思った。彼についてそれほど多くのネタを摑んでいるわけではないが、おそらく警察と関わりを持ちたくないと思うくらいにはうしろめたいものを抱えているはずだ。

沈黙のうちに時は過ぎ去った。そのあいだに耳に届く音といえば、マントルピースの上の電気時計のう―んという乾いた音と、遠くのアスター・ドライブから届く車のクラクションの響きと、渓谷を横切るように丘陵の上を越えていく飛行機の、蜂の羽音のような単調な唸りと、キッチンで電気冷蔵庫のサーモスタットが出し抜けに立てるかたんという音、そしてそのモーターの作動音だけだった。

私は更に奥まで行ってみた。そこに立ってあたりを見回し、耳を澄ませたが、家屋につきもの決まり切った音があるだけで、人の立てる物音は何ひとつ聞こえなかった。私は敷物を踏みながら、奥にあるアーチ形通路の方に進んだ。

アーチ形通路の端っこから、下に向かう階段になっているのだが、傾斜した白い金属の手すりの上に、手袋をはめた手がひとつ姿を見せた。それは現れ、ふと動きを止めた。

その手はやがて動き、女性の帽子が姿を見せた。それから帽子の持ち主の頭。女は静かに階段を上ってきた。すっかり階段を上がりきり、向きを変えてアーチを抜けたが、まだ私の姿は目に入らないみたいだった。痩せた女で、年齢はよくわからない。茶色の髪はまとまりがなく、口はべったりと緋色に乱れ、頰のルージュは濃すぎた。アイシャドウもつけていた。ブルーのツイードのスーツを着ていたが、それはどう見ても紫色の帽子とは似合っていなかった。そして帽子はかろうじて、頭の片側にしがみついているような有様だった。

彼女は私を目にしたが、歩を止めることもなく、顔に浮かんだ表情もちらりとも変化しなかった。右手を身体から離すように掲げ、ゆっくりと部屋に足を踏み入れた。左手には、私が手すりの上で見た茶色の手袋がはめられていた。片割れの右手の手袋の方は、小さな自動拳銃の銃把を包(くる)んでいた。

彼女はそこで立ち止まり、身体を後ろに反り返らせた。口からは短い悲痛な喘ぎが洩れた。それからくすくすと笑った。甲高く神経質な笑いだ。彼女は私に銃を向け、確かな足取りでこちらにやってきた。

私は銃から目を逸らさず、悲鳴も上げなかった。

女はそばまでやってきた。その銃口が間違いなく私の腹に向けられているとはっきりわかるくらい近くに寄り、そして言った。

「私は家賃をもらいにきただけよ。ここはきれいに保たれているみたいね。何も壊されていない。彼はいつだって問題のないテナントだった。私としては、家賃の延滞をなんとかしてほしかっただけ」

緊張を含んだ、あまり幸福そうではない男の声が丁重に言った。「どれくらい延滞していたのでしょう？」

「三カ月」と彼女は言った。「二百四十ドルになる。これくらいちゃんと家具の揃った家で、月に八十ドルというのは、家賃としてしごくまっとうな額よ。家賃の支払いについては、これまでにも少しばかり手こずったことはある。でも取りはぐれたことは一度もなかった。今朝には小切手を用意しておくからと、彼は言った。電話でそう言ったのよ。つまり今朝、それを私に渡すと彼は言った」

「電話でそう言った」と私は言った。「今朝」

私はできるだけ目立たないように、すり足で身体を動かした。手を横に払って、拳銃をはねのけられる距離まで近づくのが目的だ。拳銃を外向きに逸らせ、彼女が銃口をまたこちらに向ける前に敏速に跳びかかるのだ。そんな技がうまくいったためしはあまりないが、たまには試みてみる必要がある。今が好い機会かもしれない。

十五センチほど身体を動かした。しかし初回の試み（ファーストダウン）として満足のいく距離ではなかった。私は言った。「あなたはここの家主なのですね」、私は銃には直接目を向けないようにしていた。私は微かな望みを抱いていた。きわめて微かな望みだ。それは自分が銃を私に向けていることを、本人が気づいていないのではないかという望みだった。

「ええ、もちろんよ。私はミセス・フォールブルック。で、私のことを誰だと思ったわけ？」

「いや、私はただ、あなたが家主かもしれないと思っただけです」と私は言った。「家賃とかそういうことを話しておられたし。しかしあなたの名前を耳にしたことはなかった」、そうしてあと二十センチ近寄った。まずまずの進展だ。無駄にしてはならない。

「そちらの名前をうかがってもかまわないかしら」

「私はただ車の支払いのことでここにうかがっただけです」と私は言った。「ドアがほんの少しだけ開いていたんです。押したら開いたので、中に入ってきました。なぜ開いていたのかはわかりませんが」

車の支払いの件でやってきた保証会社の人間がいかにも浮かべそうな渋面（じゅうめん）を私はつくった。一応強面（こわもて）ではあるものの、一瞬にして明るい笑顔に変えることのできる表情だ。

「つまりミスタ・レイヴァリーは、車の支払いも遅れていたってこと？」と彼女は不安そうな顔つきで尋ねた。

「少しばかりね。それほどの額ではありません」と私は宥めるように言った。

こちらの準備は整った。十分手の届く距離だし、あとはスピードの問題になる。腕を素速く拳銃の内側に突っ込み、さっと外に払いのければいい。私は敷物の上から今まさに足を踏み出そうとした。

「あのね」と彼女は言った。「この拳銃にはおかしなところがあるの。私はこれを階段で見つけた。油がいやらしくべとべとついている。そうよね？　そして階段の敷物はとても素敵なグレーのシュニール織りなの。すごく高いんだから」

そして彼女は私に拳銃を差し出した。

私はその拳銃に手を伸ばした。私の手は卵の殻みたいにこわばって、今にもぼろぼろに壊れてしまいそうだった。私は銃を受け取った。女はその銃把を包んでいた手袋の匂いをかいで、いやな顔をした。彼女はまったく同じ、風変わりに理屈の通った口調で語り続けた。私の膝は緊張がとけて、がくがくしていた。

「ええ、もちろんあなたの方が話は楽よね」と彼女は言った。「つまり自動車のことよ。もしそうすることが必要なら、あなたはさっと車を取り上げてしまえる。しかし立派な家具付きの家を人から取り上げるのは、容易なことじゃないのよ。借り手を家から追い出すには時間もお金もかかる。関係がぎすぎすしてくることが多いし、いろんなものが壊されたりする。故意に疵をつけられることだってあるしね。床の敷物は二百ドル以上するのよ。それも中古で。ただのジュート織りの絨毯だけど、色が素敵なの。そう思わない？　ただのジュート織りには見えないでしょう。それも中古だとはね。でもそういう言い方って馬鹿げているわよね。だって一度使ってしまえば、なんだって中古になるんだから。そして私はここまで歩いてきたのよ。お国のためにタイヤを節約しようと思ってね。途中までバスに乗ることもできたけど、バスって待っていると来ないものなのよ。来たとしても反対方向のやつばかり」

彼女の語ることを私はほとんど聞いていなかった。目の届かない沖合で砕けている波の音を耳にしているみたいに。私は拳銃にひたすら意識を集中していた。

拳銃の弾倉を抜いた。弾倉は空っぽだった。後ろ側から銃尾の中を覗いてみた。そこも空っぽだ。銃口の匂いを嗅いだ。むっとする匂いがあった。

私はその拳銃をポケットに収めた。25口径、六連発の自動拳銃。弾倉は空。撃ち尽くされている。それほど前のことではない。しかし撃たれてから、少なくとも半時間は経過している。

「それは発射されているの？」とミセス・フォールブルックは楽しそうに尋ねた。「そうじゃないといいんだけど」

「発射されたと考える理由は何かあるのですか？」と私は尋ねた。声はしっかりしていたが、脳味噌はまだ跳びはねていた。

「だから、それは階段に落ちていたのよ」と彼女は言った。「でも銃って要するに、撃つものでしょう」

「言い得て妙だ」と私は言った。「レイヴァリーさんのポケットにはたぶん穴が開いていたのでしょう。彼は家にいなかった。そうですね？」

「ええ、いなかった」、彼女は首を横に振り、がっかりした顔をした。「それはちょっと失礼なことだと思うわ。だってあの人は小切手を渡すって約束して、私はそれをもらいに──」

「あなたが彼に電話をしたのはいつのことですか？」と私は尋ねた。

「あら、昨日の夕方よ」、彼女は眉をひそめた。いろいろ質問されるのが気に入らないようだった。

「彼はきっと、どこかに呼び出されたのでしょう」と私は言った。

彼女は私のつぶらな茶色い両目の間の一点をじっと見つめた。

「いいですか、ミセス・フォールブルック」と私は言った。「つまらない腹の探り合いみたいなのはやめましょう、ミセス・フォールブルック。私はそういうのが嫌いなわけじゃないし、こんなことを口にしたいわけでもありません。しかしまさかあなたが彼を撃ったわけじゃありませんよね？　ただ家賃を三ヵ月滞納したというだけで」

彼女は椅子の端っこにゆっくりと腰を下ろした。そして口の乱れた緋色を舌の先でなぞった。

「まあ、なんて恐ろしいことを言うのかしら」と彼女は怒りを込めて言った。「あなたはずいぶんひどい人だわ。あなた、銃は発射されていないと言わなかった？」

「すべての銃はどこかの時点で発射されています。すべての銃はどこかの時点で装塡されています。この銃は今は空っぽです」

「それでは、つまり――」、彼女は苛ついた仕草をして、油のついた手袋の匂いを嗅いだ。

「オーケー、私の思いつきは間違っていた。ただのギャグだと思ってください。レイヴァリーさんは外出していて、あなたは家の中の様子を調べた。あなたは家主だから、鍵は持っている。そのとおりですね？」

「私はお邪魔するつもりはなかったのよ」と彼女は指を噛みながら言った。「たぶんそんなことをするべきじゃなかったのね。でも家具調度がどのように保たれているか、それを調べる権利は私にある」

「それで、あなたは家の中を調べた。彼が家の中にいないことは確かなんですね？」

「ベッドの下や冷蔵庫の中までは調べなかった」と彼女は冷ややかな声で言った。「ベルを押しても出てこなかったので、私は階段の上から大声で彼の名前を呼んでみた。それから階段を降りて、下の廊下でもう一度大声で呼んでみた。寝室を覗いてもみた」、彼女は視線を下に落とした。まるではにかんでいるみたいに。それから膝の上で片手をねじった。

「ふうむ、他には何もしていないと」と私は言った。

彼女は明るく肯いた。「ええ、他にはなにもしていない。で、あなたのお名前はなんておっしゃったかしら？」

「ヴァンスです」と私は言った。「ファイロ・ヴァンス」

「そしてあなたはなんていう会社で働いていらっしゃるの、ヴァンスさん？」

「今のところ失職中です」と私は言った。「市警本部長がもう一度窮地に陥るまではということですが」

彼女はそれを聞いて驚いたようだった。「でもあなたは、車の支払いをしてもらうためにここに来たと言っていた」

「ただのパートタイムの仕事なんです」と私は言った。「穴埋めにやっているだけです」

彼女は立ち上がり、しっかりとした目で私を見た。彼女の声は冷ややかだった。「そういうことであれば、この家から出て行ってもらいたいわね」

私は言った。「中を見届けさせてもらった方がよさそうだ。あなたさえよろしければ。あなたが見逃したものがあるかもしれません」

「その必要はありません」と彼女は言った。「ここは私の持ち家です。どうか出て行ってちょうだい、ヴァンスさん」

私は言った。「そしてもし私が出て行かなければ、あなたは誰かを呼んでそうさせることになる。もう一度椅子にお座りなさい、ミセス・フォールブルック。ざっと見て回るだけです。いいですか、この拳銃には何かしら奇妙なところがある」

「でも言ったでしょう。私はそれを階段のところで見つけたのよ」と彼女は怒気を含んだ声で言った。「その銃に関して、私はそれ以外に何も知らない。銃のことなんて何ひとつ知らないのよ。私は――私は生まれてこの方、銃を撃ったことなんて一度もないんだから」、彼女は大きなブルーのバッグを開け、そこからハンカチーフを取り出し、鼻をすすった。

「それはあなたの言い分に過ぎない」と私は言った。「そのままそっくり鵜呑みにしろと言われてもね」

彼女は切羽詰まったように、左手を私に向けてさっと伸ばした。まるで『イースト・リン』の不義をおかした人妻のように（『イースト・リン』は英国の女流作家、ヘンリー・ウッド夫人の小説。一八六一年に発表され、芝居として大ヒットした）。

「ああ、私はこんなところに足を踏み入れるべきじゃなかった！」と彼女は叫んだ。「なんてまずいことをしたのかしら。よくないことはわかっていたのに。レイヴァリーさんはきっとかんかんに怒るわ」

「あなたがしてはならなかったのは」と私は言った。「銃の中身がからっぽだと私にわからせたことだ。それまではあなたが場を仕切っていたのだから」

彼女は足をどすんと踏み鳴らした。それこそがその場に欠けていたものだった。それによってすべては完璧になった。

「ああ、あなたくらい忌まわしい人間に会ったことはない」と彼女は耳ざわりな声で叫んだ。「私にさわらないでちょうだい！　一歩たりとも私に近寄らないで！　この家の中にあなたと一緒に、あと一分だって留まりたくない。よくもまあ、私に向かってそんな無礼なことを——」

女はそこではっと声を詰まらせ、話を輪ゴムのように空中でぷつんと断ち切った。それから紫色の帽子をかぶったまま、頭をがくんと落とし、戸口に向けて走った。私のそばを通り抜けるときに、タックルを防ぐフットボールの選手のように、片手をぐいと外に向けて突き出した。しかし十分距離が開いていたので、私にはとくによける必要もなかった。彼女はドアを勢いよく大きく開け、そこを走り抜け、通路から通りへと飛び出していった。ドアはゆっくり閉まった。彼女の速い足音が、ドアの閉まる音に重なって耳に届いた。

私は爪を歯に沿って走らせ、顎の先を拳でとんとんと叩き、耳を澄ませていた。どこにも何ひとつ、耳を澄ませるべき物音はなかった。六連発の拳銃は既に発射されて空っぽになっている。

「この場面にはなにかしらひどくそぐわないものがある」と私は声に出して言った。

家は今では、異様なほどしんと静まりかえっていた。私はアプリコット色の敷物の上を進み、アーチ形の通路を抜けて階段の下り口に行った。そこにまたしばらく立って、耳を澄ませた。

それから肩をすくめ、静かに階段を降りた。

16

階下の廊下には、両端にひとつずつドアがついて、その中間に二つの扉が並んでいた。そのうちのひとつはリネンのクローゼットで、もう一方の扉はロックされていた。端っこのドアのひとつを開けてみた。そこは客用のベッドルームで、ブラインドは下ろされ、使用された形跡は見られなかった。廊下の反対側の端にとって返し、もうひとつのベッドルームに足を踏み入れた。そこには大きなベッドがあった。カフェオレ色の敷物があり、明るい色合いの角張った家具があった。化粧テーブルの上には箱形の鏡があり、鏡の上には細長い蛍光灯がついていた。隅っこのミラー・テーブルの上にはクリスタル製のグレイハウンドが置かれ、その犬の隣には煙草を入れたクリスタルのボックスがあった。

化粧テーブルの上にはフェイス・パウダーがこぼれていた。ゴミ箱の上にかけられたタオルには、暗い色合いの口紅のあとが残されていた。ベッドの上には枕が隣り合って並べられ、そのへこみ具合を見るに、それぞれに頭が置かれていたようだった。枕のひとつの下から婦人用のハンカチーフが覗いていた。黒くて薄いパジャマの上下が、ベッドの足下に落ちていた。あたりには紛れもない白檀（びゃくだん）の香水の匂いが漂っていた。

このような状況を目にして、ミセス・フォールブルックはいったい何を思いなしたのだろうと、私は首をひねった。

私は振り返って、クローゼットの扉の縦長の鏡に映った自分の姿を見た。ドアは白く塗られ、クリスタルのノブがついていた。ハンカチーフを巻いてそのノブを回し、中を覗いてみた。杉板張りのクローゼットには男ものの衣服がぎっしり詰まって、ツイードの感じよく親しげな匂いが漂っていた。しかしそこにあるのは男ものの服だけではなかった。

女ものの白と黒のテイラード・スーツも一着あった。おおむね白だ。その下に白と黒の靴が置かれていた。上の棚には、白と黒のバンドを巻いたパナマ帽もあった。その他の女性の衣服もあったが、そこまでは調べなかった。

クローゼットのドアを閉め、寝室を出た。他のドアノブを回すことになるかもしれないので、私はハンカチーフをそのまま手に持っていた。

リネン・クローゼットの隣のドアはおそらく浴室だろう。ノブを揺すってみたが、やはりロックされたままだった。私は身を屈め、ノブの真ん中に短いスリット状の穴があることを見て取った。中にあるノブのボタンを押すと、ドアがロックされる構造になっているようだ。そのスリット状の穴に刻み目のない金属製の鍵を差し込み、外からバネ式のロックを外せるようになっている。中で誰かが失神しているような場合に、そうすることが必要になる。あるいは反抗的な子供たちが浴室の中に立て籠もったような場合に。そのための鍵はだいたい、リネン・クローゼットのいちばん上の棚に置かれているものだ。しかしそこには鍵はなかった。持っていたナイフの刃先を試してみたが、薄すぎた。寝室に戻り、化粧テーブルの上に平らな爪ヤスリを見つけた。それでうまくいった。浴室のドアが開いた。

色つきの洗濯物かごのいちばん上には、砂色の男もののパジャマが放り込まれていた。床の上には踵のついていない緑色のスリッパが一組あった。洗面台の端っこには安全剃刀と、キャップを外したクリームのチューブがあった。浴室の窓は閉まっていた。あたりには鼻をつく異臭が漂っていた。それは他のどんな匂いにも似ていない。

浴室のナイル・グリーンのタイルの上には、眩しい銅色の、空薬莢が三つ転がっていた。そして窓の曇りガラスには、とてもきれいな形の穴が一つ開いていた。左手の窓の少し上の壁には、漆喰が飛び散った箇所が二つあり、ペイントの下の白い素地が見えていた。そこに何かが——たとえば銃弾のようなものが——食い込んだのだ。

シャワー・カーテンは緑と白の油引きシルクで、きらきらしたクロームのリングで吊されていた。カーテンは引かれ、シャワーの開口部を塞いでいた。私はそれを開けた。リングが引っ掻くような薄っぺらい音を立てた。なぜかは分からないが、その音は不作法なほど大きく聞こえた。

身を屈めると、首の後ろにささやかな軋みがあった。そう、彼はそこにいた——そこ以外に彼のいるべき場所はなかった。その男は隅っこの、二つのきらきら光る蛇口の下に押し込まれていた。クロームのシャワー・ヘッドから、水滴がゆっくりその胸に落ちていた。両膝は立てられていたが、力は抜けていた。裸の胸に開いた二つの穴は濃い青色を帯び、どちらも心臓に近く、それが命取りになった。血は洗い流されてしまったのだろう。彼の目は奇妙に明るく、期待の色を浮かべていた。まるで朝のコーヒーの匂いを嗅いで、今から起き出そうとしているみたいに。

　無駄のない鮮やかな手並みだ。髭を剃り終え、シャワーを浴びるために服を脱ぎ、シャワー・カーテンに寄りかかるように身を屈め、湯の温度を調整する。背後でドアが開き、誰かが入ってくる。その誰かは女性であるらしい。彼女は拳銃を持っている。男はその銃を見る。そして銃は火を噴く。

　彼女は三発外してしまう。それほどの至近距離で的を外すなんて、まずあり得ないことに思える。しかし実際にそうなったのだ。その手のことはおそらくしょっちゅう起こっているのではあるまいか。経験不足な私にはなんとも言えない。

　逃げ場はない。一か八か、彼女に跳びかかるという手はある。彼がそういう種類の男であり、それだけの覚悟があればということだが。しかしシャワーの蛇口の上に屈み込み、手で閉じたカーテンを持っていれば、体勢は不安定になっている。それに、もし通常の神経を持ち合わせた人間なら、頭はパニックで真っ白になっていたことだろう。だから彼には逃げ場はない。シャワーの下以外に。

だから彼はそこに逃げ込んだ。できるだけ奥に身体を突っ込む。しかしシャワー・ストールは決して広い場所ではないし、タイルが行く手を阻んでいる。彼はそこにある最後の壁に背中をつける。それより先に行くべき場所もなく、命脈は尽きたわけだ。あと二発の銃弾が撃たれる。三発かもしれない。彼はずるずると壁を崩れ落ちる。その目はもう恐怖の色を浮かべてはいない。そこにあるのはただ死者の虚ろな目だ。

彼女は手を伸ばして、シャワーを止める。浴室のドアをロックし、閉める。家を出て行くときに、空っぽの拳銃を階段のカーペットの上に放り投げていく。そんなものどうでもいい。たぶん彼の拳銃なのだろう。

私の推測は正しいだろうか？　正しければいいのだが。

私は屈み込んで、彼の腕を引っ張ってみた。氷だってこれほど冷たくはなく、これほどこわばってはいないだろう。私は浴室を出た。ドアはロックしないでおいた。今さらロックする必要もない。警官の手間が増えるだけだ。

私は寝室に入り、枕の下からハンカチを引っ張り出した。小さな麻のハンカチで、波形の縁取りが赤く刺繍されていた。隅の方にA・Fという小さな二つの頭文字が、赤く縫い付けられていた。

「エイドリアン・フロムセット」と私は言った。そして笑ったが、それはどちらかといえば陰惨な笑いだった。

ハンカチを振って、白檀の匂いを払い、ティッシュペーパーにくるんでポケットに入れた。上階の居間に戻り、壁についたデスクの中身を浚った。デスクの中には興味を惹きそうな手紙は入っていなかった。電話番号もなく、手がかりを示してくれそうなマッチ箱もなかった。もしあったとしても、見つけることができなかった。

私は電話を見た。電話機は暖炉の隣の、壁につけて置かれた小さなテーブルの上にあった。電話のコードは長く、レイヴァリー氏はソファに仰向けになり、滑らかな褐色の唇の間に煙草をはさみ、隣のテーブルにクールな飲み物の入った背の高いグラスを置き、時間を気にすることなく、女友だちとの親密な会話に興ずることができたわけだ。適当にいちゃついたり、からかったり。洗練されすぎもせず、あからさますぎもしない、気の置けないのんびりしたやりとり。そういう会話が彼の好みであったはずだ。

そんなすべてがもう泡と消えてしまった。私は電話から離れ、戸口に向かった。もう一度中に入れるようにロックをセットし、ドアをぴたりと閉めた。ロックがかちりと音を立てるまで、敷居の上でドアをしっかりと引いた。それから通路を歩き、陽光の中に立って、通りの向かい側のアルモア医師の家を見た。

叫び声を上げたり、ドアから走り出てきたりするものはいなかった。警察の呼び子も鳴らなかった。あたりはひっそりとして陽光に満ち、平穏そのものだった。とくに騒ぎたてることはない。マーロウがまたひとつ死体を見つけただけだ。おかげで今ではずいぶん手際が良くなった。「一日一善」ならぬ、「一日一殺人」のマーロウとみんなに呼ばれている。マーロウが死体を見つけたらすぐに仕事にとりかかれるように、死体運搬車が彼のあとをついてまわるくらいだ。

才能とでも呼ぶべきか、なかなか得難い男ではないか。

私は交差点まで歩き、自分の車に乗り込んだ。エンジンをかけ、バックし、そこを立ち去った。

17

アスレティック・クラブのボーイは三分で戻ってきた。そして一緒に来るようにと、私に向かって肯いた。我々はエレベーターで四階に上がり、角を曲がったところで、彼は私に半分開いたドアを示した。

「左の方に曲がってください。できるだけお静かに。メンバーの中にはおやすみになっている方もおられますから」

私はクラブの図書室に入って行った。本はガラスのドアの奥に収められていた。雑誌は細長い中央のテーブルの上に置かれていた。クラブの創設者の肖像画に照明があたっていた。しかしその部屋の真の用途は、眠ることにあるらしい。外に突き出した本棚が、部屋をいくつかの小さなアルコーブに仕切っており、そのアルコーブには高い背もたれのついた革の椅子が配されていた。信じられないくらい大きくて、柔らかな椅子だった。多くの椅子の上で、年配の男たちが安らかにまどろんでいた。彼らの顔は高血圧のためにすみれ色に染まり、詰まり気味の鼻からは、浅く苦しげな鼾(いびき)が洩れていた。

私は一メートルほど高くなっているところに上がり、足音を忍ばせて左に折れた。ドレイス・キングズリーは部屋のいちばん奥の、最後のアルコーブにいた。二脚の椅子が片隅に向けて隣り合って置かれていた。彼の黒髪の大きな頭のてっぺんが、椅子の背もたれの上に覗いていた。私は空っぽの椅子に潜り込むように腰を下ろし、彼に向かって短く肯いた。

「声を低くしてくれ」と彼は言った。「ここは昼食後の午睡のための部屋なんだ。今度は何だね？　私がきみを雇ったのは、トラブルを解決してもらうためだった。それなのにきみは、既にあるトラブルの上に新たなトラブルを付け加えている。このために大事な約束をキャンセルしたんだぞ」

「わかっています」と私は言った。そして彼の顔に私の顔を近づけた。ハイボールの匂いがした。なかなか素敵な匂いだ。「彼女が彼を撃った」

彼の眉毛がぐいと上がり、顔が石のようにこわばった。歯はしっかりと嚙みしめられた。静かに息をつき、膝がしらに置かれた大きな手が強く捻られた。

「続けてくれ」と彼は言った。その声はおはじきほどの大きさしかなかった。

私は椅子の背中越しに振り返った。いちばん近くにいるじいさんはぐっすり眠り込んでいて、息をするごとに灰色のもそもそしたものが、鼻の穴から出たり入ったりしていた。

「レイヴァリーの家を訪ねたが、応答はありませんでした」と私は言った。「ドアは僅かに開いていた。昨日訪れたとき、ドアが敷居につっかえることには気づいていました。で、ドアを押し開けました。部屋は暗く、グラスが二つあり、中には飲み物が残っていました。家はとてもしんとしていた。ほどなくすらりとした黒髪の女が階段を上がってきて、この家の家主のミセス・フォールブルックだと名乗りました。手には手袋に包まれた拳銃がありました。それを階段の上で見つけたと彼女は言った。三カ月滞納している家賃を取り立てるためにここに来たのだと。中に入るのには自分の持っている鍵を使った。要するに、彼女はこの機会に中がどうなっているか様子を見てみようと思ったらしい。銃を取り上げ、それが最近発射されていることを知りました。しかしそのことは彼女には言わなかった。レイヴァリーは家の中にはいないと彼女は言いました。女を怒らせて追い払いました。彼女はかんかんになって家を出て行きました。あるいは警察を呼んだかもしれない。しかしたぶんそうはしないでしょう。外に出て蝶々でも追いかけているうちに、何もかも忘れてしまうはずです。家賃のこと以外は」

私は間を置いた。キングズリーの顔はこちらに向けられ、その顎には窪みができていた。歯がぎゅっと嚙みしめられているのだ。目は重く淀んでいた。

「階下に行ってみました。女性がそこで一夜を過ごした形跡がありました。パジャマ、フェイス・パウダー、香水、その手のものです。浴室のドアはロックされていましたが、なんとか開けました。床には空の薬莢が三つ落ちていました。二発が壁に当たり、一発は窓を撃ち抜いていました。レイヴァリーはシャワー・ストールの中にいて、裸のまま死んでいた」

「なんてことだ!」と彼は囁くように言った。「つまり、彼は昨夜女と一緒にいて、その女が今朝浴室で彼を撃ったということか」

「私が何を言おうとしているのか、あなたにはわかるはずだ」と私は言った。

「声を落としてくれ」と彼は唸るように言った。「そいつはまったく途方もない話だ。どうして浴室なのだ?」

「声を落としてください」と私は言った。「どうして浴室じゃいけないんですか? 浴室くらい人が無防備になる場所はないでしょう」

彼は言った。「しかし撃ったのが女だとは決まっていないだろう。つまり、確証みたいなものはないのだから」

「確証はない」と私は言った。「おっしゃるとおりだ。誰かが小型拳銃を使い、出鱈目にばんばん撃って弾倉を空っぽにし、女の仕業のように見せかけたのかもしれません。浴室は下りの斜面にあります。窓の外は開けた空間になっています。たぶん銃声を聞き取れるのは、家の中にいる人間くらいでしょう。一夜を共にした女性はもう立ち去っていたのかもしれません。あるいはもともと女性なんていなかったのかもしれない。そう見えるように細工されたのかもしれない。あなたが彼を撃ったのかもしれない」

「どうして私があの男を撃たなくちゃならないんだ？」、彼の声は甲高い呻きのようだった。彼の両手は膝がしらを強く握りしめていた。「私はまっとうな市民だ」

その発言の当否について論議している場合ではなかった。私は言った。「奥さんは拳銃を所持していますか？」

彼はぐったり落ち込んだ顔を私に向けて、虚ろな声で言った。「おいおい、ちょっと待て。まさか本気でそんなことを考えているんじゃあるまいな！」

「それでどうなんですか？」

彼は細切れな言葉でそれに応えた。「ああ、所持している。小型の自動拳銃だ」

「それはあなたが正規に購入したものですか？」

「いや――私が買ったものではない。二年ばかり前にサンフランシスコでパーティーがあり、そこである酔っぱらいが持っていた銃を取り上げたんだ。その男は銃を派手に振り回し、それが愉快なことだと思っていたんだ。私は取り上げたその拳銃を、彼には返さなかった」、彼は顎をぎゅっとつまんだ。指の関節が白くなるくらい強く。「どこでどうやってその銃をなくしたか、彼は覚えていないと思うな。それくらい泥酔していたから」

「いささか話ができすぎているみたいだ」と私は言った。「あなたはその拳銃を見たら、それと特定できますか？」

彼はじっと考え込んだ。顎を前に突き出しながら、目を半ば閉じて。私はまた椅子の背中越しに後ろを振り返った。眠っていた老人の一人が荒い鼻息とともに目を覚まし、その鼻息の勢いであやうく椅子から飛ばされそうになった。彼は咳をし、細いひからびた手で鼻を掻き、ヴェストから金時計をもそもそと取り出した。それをすさんだ目で凝視し、またポケットに仕舞い込み、眠りに戻った。

私はポケットから拳銃を取り出し、キングズリーの手の上に置いた。彼はそれを哀れな目でじっと見た。

「わからない」と彼はゆっくり言った。「同じ銃のようにも見えるが、なんとも言えない」

「わきにシリアル・ナンバーがついています」と私は言った。

「銃のシリアル・ナンバーを覚えている人間なんているものか」

「実は、あなたが覚えていないことを期待していたんです」と私は言った。「もし覚えていたら、私はずいぶん困ったことになっていたでしょうから」

彼の手は銃を握った。そしてそれを椅子の上の自分のわきに置いた。

「あのろくでなしめ」と彼はソフトな声で言った。「あいつ、きっと彼女を棄てたのだろう」

「よくわからないな」と私は言った。「あなたにとってはそういうのは十分な動機にはならない。なぜならあなたはまっとうな市民だから。しかし彼女にとって、それは十分な動機であるということですか」

「同じ動機というわけじゃない」と彼はぴしゃりと言った。「そして女は男よりも衝動的だ」

「猫が犬よりも衝動的なようにですか？」

「どういうことだ？」

「女たちの中には、男たちのあるものより衝動的なものもいます。ただそれだけのことです。もしあなたが、奥さんがそれをやったことにしたいのであれば、もっとしっかりした動機がなくちゃならない」

彼はぐいとこちらに顔を向け、我々はまっすぐ互いに睨み合うことになった。そこには冗談ごとの入り込む余地はなかった。歯をぎゅっと嚙みしめた口の両端は、白い半月形になっていた。

「ここはひとつ腹をくくらねばならんようだ」と彼は言った。「警察にこの銃を渡すわけにはいかない。クリスタルは拳銃所持の許可も得ているし、銃も登録されている。彼らはその番号を控えているはずだ。たとえ私が知らなくても。銃を警察に渡すわけにはいかない」

「しかしミセス・フォールブルックは、私がその銃を持っていることを知っています」

彼は強固に首を振った。「一か八か賭けてみるしかない。ああ、きみはリスクを冒すことになる。それはよくわかっている。だからそれなりの見返りは考えている。もし自殺に見せかけることが可能であれば、この銃を返してもいい。しかしきみの話ではそいつは不可能なようだ」

「ええ、不可能です。そのためには、彼は最初の三発を撃ち損じる必要があります。しかし、たとえ十ドルのボーナスをもらったとしても、殺人事件の現場に細工をするわけにはいきません。その拳銃は元あったところに戻します」

「私はもっと多くの金額のことを考えているんだぞ」と彼は静かな声で言った。「五百ドルでどうだね？」

「その金であなたはいったい何を買おうとしているのですか？」

彼は私の方に身を屈めた。彼の目はどこまでも殺伐として真剣だった。しかし厳しくはなかった。「レイヴァリーの家の中には他に何かなかったかね？　拳銃の他には。クリスタルが最近そこにいたような形跡を示すようなものは？」

「白と黒のドレスと帽子がありました。サン・バーナディノのボーイが描写してくれたものに似ています。他にも私が気づかなかったものはいくつもあるかもしれない。指紋が残されていることはまず間違いないでしょうね。奥さんが警察に指紋をとられたことはないとあなたはおっしゃった。しかし彼らが照合のために、奥さんの指紋を手に入れられないという保証はありません。奥さんの自宅の寝室には、彼女の指紋がたくさん残されているはずですから。リトル・フォーン湖のキャビンだって同じです。それから自動車も」

「彼女の車を回収しなくては――」と彼は言い出したが、私が止めた。

「無駄なことです。他にも場所はいっぱいあります。彼女はどんな香水を使っていますか？」

彼はしばらくのあいだぽかんとした顔をしていた。「ああ――ジラレイン・リーガルだ。香水のシャンパン」、彼は憮然とした声でそう言った。「シャネルにも負けない逸品」

「あなたの会社のそれは、どんな匂いがしますか？」

「白檀の一種だ。サンダルウッド種」

「寝室はその匂いでいっぱいだった」と私は言った。「安っぽい匂いのように思えたが、私はとくに香水に詳しいわけではないので」

「安っぽい匂い？」と彼はとびかかるように言った。「安っぽい匂いだと？　一オンス三十ドルもするんだぞ」

「でも、それは一ガロン三ドルくらいの代物だった」

彼は両手を膝の上に叩き付けるように置き、首を振った。「私は金の話をしているんだ」と彼は言った。「五百ドルだぞ。今すぐここで小切手を書こう」

私はその発言を無視した。それは汚れた羽根のように、ふらふらとそのまま地面に落ちた。我々の背後にいた年配の男たちの一人がよろよろと立ち上がり、おぼつかない足取りで部屋を出て行った。

キングズリーは重々しく言った。「きみを雇ったのは、自分の身をスキャンダルから護るためだ。そしてもちろん、必要があれば妻を護るためだ。だがきみのせいではないにせよ、スキャンダルを避けるチャンスはほとんど失われてしまったようだ。今では問題は、妻の首にロープがかかるかかからないかということになってしまった。彼女がレイヴァリーを撃ったとは私には思えない。そんなことはとても考えられない。まったく。そういう確信があるんだ。昨夜彼女はそこに行ったかもしれない。そしてその拳銃は彼女のものかもしれない。でも拳銃は、妻が彼を殺したという証拠にはならない。彼女は拳銃ばかりじゃなく、何によらず持ち物のことなんか気にしない性格なんだ。誰だって拳銃は持ち出せただろう」

「あの街の警官は、そんな理屈にいちいち考慮を払ってくれるほど勤勉じゃありません」と私は言った。「もし私が出会った相手がその正しいサンプルであるなら、彼らがやるのは、まず目についた容疑者をとっつかまえて、ブラックジャック片手に絞り上げることです。そして彼らが状況を見渡せば、あなたの奥さんが最有力の容疑者になるはずだ」

彼は両手の付け根の部分をごしごしとこすりあわせた。彼の苦悩はいささか芝居がかって見えたが、真の苦悩というのはしばしば芝居がかって見えるものだ。

「あるポイントまでは、あなたの意見に賛同できます」と私は言った。「現場の状況は一目見て、あまりにも話ができすぎていると思った。彼女は身につけているところを目撃された衣服をあとに残しており、それはすぐに出所（でどころ）をつきとめられることになるでしょう。おまけに拳銃を階段のステップの上に置いていった。彼女がそこまで愚かだとはちょっと考えにくい」

「それを聞いて、少しばかり気が休まる」と彼は力なく言った。

「しかしそんなことは何の役にも立ちません」と私は言った。「なぜなら我々はそれを計算された犯行という観点から見ているからです。ところが激情に駆られ、あるいは頭に血が上って罪をおかした人間は、ただそのまま歩き去ってしまうものです。私がこれまでに聞いた話を総合すると、あなたの奥さんはどうやら後先を考えずに行動する、分別を欠いた女性のようだ。現場を見れば、それが計画された犯行であるとはとても思えません。まったく行き当たりばったりの犯行であることは、火を見るよりも明らかだ。たとえそこに、奥さんと結びつくものが何も見つからなかったとしても、警察は彼女とレイヴァリーを結びつけます。警察はレイヴァリーのバックグラウンドを精査します。友人、女友だち。彼女の名前は必ずどこかの時点で浮かび上がってきます。そして彼女の行方がもう一カ月も知れないとなると、警官たちはよしこれだと膝を叩き、喜びのあまりそのがさつな手をごしごしこすりあわせることでしょう。もちろん彼らは拳銃の出所を辿ります。そしてもしその拳銃が彼女のものであれば――」

彼は隣の椅子の上に置かれていた拳銃に、さっと手を伸ばした。

「だめです」と私は言った。「拳銃は彼らに渡すんです。マーロウは何かと才覚に富んだ男かもしれない。そして個人的にあなたに対して大いに好意を抱いているかもしれない。しかし、これは一人の男を射殺した拳銃です。そんな重要な物的証拠を始末するような危険な真似は冒せません。私が何をするにせよ、私がすることは、あなたの奥さんは明白な容疑者ではあるが、その明白さはあるいは誤ったものであるかもしれない、という前提に基づいたものになります」

彼はうなり声をあげ、銃を持ったその大きな手を差し出した。私は銃を受けとり、それを仕舞った。それからもう一度取り出して言った。「あなたのハンカチーフを貸してください。自分のものを使いたくない。私は持ち物を精査されるかもしれないから」

彼はぱりっとした白いハンカチーフを私に手渡した。私はそれを使って拳銃を隅々まできれいに拭い、ポケットに入れた。そしてハンカチーフを彼に返した。

「私の指紋はかまいません」と私は言った。「しかしあなたの指紋がここについていたら、話は面倒になる。ここで私にできることはひとつしかありません。現場に引き返し、銃を置き直し、警察に電話をかけることです。警察にすべてをまかせ、あとは成り行き次第ということになります。事情を話さないわけにはいきません。私がそこで何をしていたか、それはなぜか。最悪のケース、彼らはあなたの奥さんを見つけ出し、彼女が彼を殺したことを立証します。最良のケース、彼らは私なんかより素早く彼女を見つけ出し、彼女がレイヴァリーを殺していないことを、私が力をふるって証明できる機会を与えてくれます。それは言い換えれば、他の誰かが彼を殺したのだと、証明することに他ならないわけですが。あなたはそれに乗りますか？」

彼はゆっくりと肯いた。そして言った。「イエス——そして五百ドルの話はまだ生きているぞ。クリスタルがあの男を殺していないことを証明してくれたなら、それだけ払おう」

「その金を手に入れるのは難しそうだ」と私は言った。「それくらいはあなたにもおわかりでしょう。それで、ミス・フロムセットはどれくらいレイヴァリーと親しかったのですか？　職場の外でということですが」

彼の顔の筋肉がこむら返りでもしたように硬直した。両手の拳が膝の上で険しい塊になった。でも何も言わなかった。

「昨日の朝、レイヴァリーの住所を尋ねたとき、彼女はずいぶん複雑な顔をしました」と私は言った。

彼はゆっくりと息を吐いた。

「口の中に嫌な匂いが残っているような」と私は言った。「まずくもつれてしまったロマンスのような。私は率直にものを言いすぎるでしょうか？」

彼の鼻孔が少し震え、その中で息が少しのあいだ音を立てていた。それから彼は肩の力を抜き、静かな声で言った。

「彼女は――彼女はレイヴァリーとかなり親密にしていた――ある時期ね。愉しむことには目のない女性だ。そしてレイヴァリーはどうやら、女性を喜ばせることにかけては天下一品だ」

「彼女と話をしたいのですが」と私は言った。

「何のために？」と彼は短く尋ねた。彼の頬に小さく赤みがさした。

「そんなことを訊かないでください。あらゆる人に、あらゆる質問をしてまわるのが私の仕事です」

「じゃあ、話すがいい」と彼は硬い声で言った。「言い添えれば、彼女はアルモア家のことを知っている。彼女はアルモア夫人と知り合いだった。自殺した奥さんだよ。レイヴァリーも彼女のことを知っていた。そういうことがきみの仕事に少しは役に立つだろうか？」

「それはわかりませんね。そしてまた、あなたもミス・フロムセットと恋愛関係にある。違いますか？」

「できることなら、明日にでも私は彼女と結婚するだろう」と彼は憮然とした声で言った。

私は肯いて立ち上がった。私は振り返って部屋を見渡してみた。気がつくと部屋はほとんど空っぽになっていた。部屋のいちばん奥の方では、二人の遺跡のような老人たちが、まだ鼻提灯を膨らませていた。そのほかのふかふか椅子の常連たちは、どんなことだかはわからないが、意識のあるときに彼らが従事している営為に向けて、よろよろと復帰していったらしい。

「ただひとつ問題があります」と私はキングズリーを見下ろす格好で言った。「殺人事件が起こったあと、それを当局に報告するまでに時間がかかった場合、警官たちはきわめて敵対的になります。今回は大幅な遅延がありましたし、その遅延は更に長くなるでしょう。私はこれから現場に出向いて、今日初めてそこに来たみたいな顔をしたいのです。フォールブルックという女さえ抜きにできれば、それも可能なのですが」

「フォールブルック?」、私が何を話しているのか、彼にはほとんど理解できていないようだった。「それはいったい誰――ああ、そうか、思い出したよ」

「いいから、そのまま思い出さないで。警察はおそらく、彼女の口からは何ひとつ聞き出せないでしょう。自分からすすんで警察に出頭してくるようなタイプの女じゃありません」

「わかった」と彼は言った。

「そしてあなたにも口裏を合わせてもらわなくてはなりません。彼らはレイヴァリーが死んだことを伏せて、あなたに質問をしてくるはずです。私があなたと接触することを許される前にです。私たちはまだ連絡を取り合っていないことになっている。その罠にひっかからないように。もしあなたがしくじったら、私にはこれ以上の調査はできなくなります。豚箱に放り込まれてしまいますから」

「あの家から私に電話をかけることもできるだろう。警察に通報をする前に」と彼は当然の質問をした。

「わかっています。でもそうしていないという事実が私にとって有利に働きます。彼らがまず最初にやるのは、電話の通話記録をチェックすることですから。またもし私がよそからあなたのところに電話をかけたりすれば、ここにあなたに会いにきたことを認めたも同然です」

「わかった」と彼は繰り返した。「うまく口裏を合わせるよ。まかせてくれ」

我々は握手をし、私は彼をそこに立たせたままそこを出た。

18

アスレティック・クラブはトレロア・ビルディングから半ブロックばかり離れた、通りの向かい側にあり、四つ角の隅に建っていた。私は通りを横切り、ビルの入り口に向かって北に歩いていった。かつてゴム敷きの歩道であったところは、ローズ色のコンクリートに変わっていた。そのまわりには金網が巡らされ、建物の出入りには、狭い板張り通路を通らなくてはならなかった。通路は昼食をとった帰りの勤め人たちで混み合っていた。

ジラレイン社の受付は、その前日に見たときより更にがらんとしていた。昨日と同じ身の軽そうな小柄なブロンド娘が、隅っこの交換台の背後に、押し込まれるような格好で座っていた。彼女は私にちらっと微笑みかけ、私はガンマンの敬礼を返した。人差し指をしっかり彼女に向け、三本の指をその下にたくし込み、西部劇のガン・ファイターが撃鉄をはじくみたいに親指を上下に動かした。彼女は声はあげなかったが、とても楽しそうに笑った。まるで一週間ぶんのお楽しみが一度にやってきたみたいに。

私がミス・フロムセットの空っぽのデスクを指さすと、その小柄なブロンド娘は肯いてプラグを差し込み、何かを言った。ドアが開き、ミス・フロムセットがエレガントに身体をくねらせながらデスクにやってきて、その前に腰を下ろした。そしてそのクールな、待ち受けるような視線を私に向けた。

「マーロウさん、ミスタ・キングズリーはただ今のところ留守にしておりますが」

「彼にはさっき会ってきたところだよ。どこか二人で話ができるところはあるかな？」

「話をする？」

「見せたいものがあるんだ」

「見せたいもの？」、彼女は思うところあるような目で私を見た。きっとたくさんの男たちが彼女にいろんなものを見せようとしたのだろう。そこには多くの下心があったに違いない。状況さえ異なれば、私だって同様の野心を抱いたかもしれないが。

「ビジネスのことだ」と私は言った。「ミスタ・キングズリーのビジネスに関することだよ」

彼女は立ち上がり、手すりについたゲートを開いた。「そういうことであれば、ミスタ・キングズリーのオフィスを使えると思います」

我々は中に入った。彼女は私のためにドアを押さえてくれた。彼女の前を通るときに私は匂いを嗅いだ。白檀だった。私は言った。

「それはジラレイン・リーガルかな？　香水のシャンパンというやつ」

彼女はドアを押さえながら、うっすらと微笑んだ。「私のサラリーで？」

「誰も君のサラリーの話なんかしちゃいないよ。君は自分で香水を買うタイプには見えないぜ」

「そうね。それは言えてると思う」と彼女は言った。「そして念のために言っておくなら、私は仕事場で香水をつけるのが好きじゃありません。そうするようにと言われているから、つけているだけで」

我々は暗くて細長いオフィスに入り、彼女はデスクのいちばん奥にある椅子に腰を下ろした。私は昨日腰を下ろしたのと同じ椅子を選んだ。我々は互いの顔を見た。今日の彼女はタン色の服を着ていた。のど元がふわりとしたレースの縁取りになっている。前よりは少し温かみが感じられたが、それでも燎原（りょうげん）の火というにはまだほど遠い。

私は彼女にキングズリーの煙草を勧めた。彼女はそれを受け取り、キングズリーのライターで火をつけた。そして背中を後ろにもたせかけた。

「ややこしい探り合いは抜きに話そう」と私は言った。「君には今ではもうわかっているはずだ。私がどういう人間で、ここで何をしているかが。もし昨日の朝それがわかっていなかったとしたら、それはただ、自分を大物に見せたがっている彼を立てていたからに過ぎない」

彼女は膝の上に置いた自分の手を見下ろした。それから視線をあげ、ほとんどはにかむように微笑んだ。

「あの人は立派な人よ」と彼女は言った。「大物実業家みたいに振る舞うのが好きなだけで。いずれにせよ、その演技を真に受けているのはご本人だけなんだけど。そして彼が、あの性悪女にどれほど耐えてきたかを考えれば——」、彼女は煙草を持った手をひらひらと振った。「まあ、その話はよしましょう。それで、私にいったい何の話があるのかしら？」

「キングズリーの話によれば、君はアルモア一家のことを知っているそうだね」

「ミセス・アルモアのことは知っていた。二、三度会ったことがあるくらいだけど」

「どこで？」

「ある友だちのおうちでよ。どうして？」

「レイヴァリーの家でかな？」

「何か失礼なことを言い出すつもりじゃないでしょうね、マーロウさん？」

「それは君が何をもって失礼とするかという定義による。私はビジネスを、あくまでビジネスとして進めているだけだ。国際外交みたいにはいかない」

「いいでしょう」と彼女は微かに肯いた。「ええ、クリス・レイヴァリーの家で会ったのよ。私はかつてはそこに足を向けていた——時折ということだけど。彼はカクテル・パーティーを開いていた」

「そしてレイヴァリーはアルモア夫妻と親しくなった。あるいはミセス・アルモアと」

彼女はほんの微かに頬を赤らめた。「ええ。きわめて親しく」

「そして多くの女性がやはり――きわめて親しくなった。それに疑いの余地はない。ミセス・キングズリーも彼女のことを知っていた？」

「ええ、私なんかよりよく彼女のことを知っていた。二人はお互いをファーストネームで呼び合っていたわ。ご存じのように、ミセス・アルモアは亡くなってしまった。一年半ほど前に自殺したの」

「その自殺に疑わしい点はないのかな？」

彼女は両方の眉毛をきゅっと持ち上げた。しかしその表情は私の目には作り物のように映った。私の質問に対してそれらしく調子を合わせた、形だけのもののように。

彼女は言った。「そういう含みのある質問をするからには、そうするだけの具体的な理由をお持ちなのでしょうね？　つまり、それは今あなたが手がけているお仕事と、どこかで繋がっていることなのかしら？」

「そうは思っていなかった。今でも繋がりがあるかどうかはわからない。しかし昨日、アルモア医師は私が彼の家を見ていたというだけで、警官を呼んだ。私の車のナンバーから私の素性を調べたあとでね。警官はかなり厳しく私にあたった。ただそこにいたというだけの理由で。私がそこで何をしていたのか彼は知らなかったし、私もレイヴァリーの家を訪ねてきたのだとは教えなかった。しかしアルモア医師にはそのことがわかっていたはずだ。彼は私がレイヴァリーの家の前にいるところを目にしたのだから。じゃあどうして、警官を呼ばなくてはならないと思ったのだろう？　そしてなぜその警官は、以前アルモアを脅迫しようとした人間は、今じゃムショ暮らしをしているというようなことを、わざわざ私に告げたのだろう？　そしてその警官はなぜ、彼女の親族が――つまりミセス・アルモアの親族のことだと思うのだが――私を雇ったのかと尋ねたりしたのだろう？　もし君がこうした質問のどれかに答えてくれるなら、それが私のビジネスに繋がりを持っているかどうか、私にもわかるかもしれない」

彼女は少しのあいだそれについて考えていた。考えながら、ちらりと一度私の顔を見たが、またすぐに視線を逸らせた。

「私はミセス・アルモアに二度しか会っていない」と彼女はゆっくりと言った。「でもあなたの質問には答えられると思う。すべての質問に。最後に彼女に会ったのは、さっきも言ったように、レイヴァリーの家だった。そこにはとても多くの人がいた。お酒がたっぷりあり、みんなは大声で話していた。女たちは夫以外の男と一緒で、男たちは奥さん以外の女たちと一緒だった。もし既婚者であればということだけど。そこにブラウンウェルという男がいた。すごく酔っ払っていた。今は海軍に入っているという話を耳にしたけど。彼はアルモア医師の診察のことで、ミセス・アルモアをからかっていた。アルモア医師が鞄に注射針をいっぱい詰めて、近隣の遊び好きの人々が朝食の席でピンク色の象を見たりしなくていいように、一晩中あちこち駆け回っているような類いの医者であることを、ブラウンウェルは匂わせているらしかった。フローレンス・アルモアは言ったわ。夫がどうやってお金を稼いでいるかなんて、私には興味ないの。たくさんお金を稼いで、それを自由に使わせてくれる限りねって。彼女も負けずに酔っ払っていたけど、素面（しらふ）のときだって、それほど感じの良い女性とはいえなかったはずよ。よくいるけばけばしい、いつも身体をくねらせているような女たちの一人だった。しょっちゅう大笑いして、椅子の上でばたばたあばれて、脚をたっぷりみんなに拝ませてくれる。とても明るい色のブロンドで、顔の血色がよくて、ベビーブルーの目はぶしつけなくらい大きかった。それなら心配は無用だ、とブラウンウェルは言ったわ。その手の商売が廃（すた）れるってことはないからね、と。診察は十五分で片付くし、そのたびに十ドルから五十ドルの金が入る。ただひとつ気になるのは、一人の医師がそれだけの量のヤクを確保するには、闇世界と無縁ではいられないってことだ、と彼は言った。そしてミセス・アルモアに尋ねた。おたくの夕食にたくさんの感じの良いギャングスターが招かれるようなことはないのかと。彼女はグラスの酒を彼の顔にかけた」

私はにやりと笑ったが、ミス・フロムセットは笑わなかった。彼女はキングズリーの銅とガラスでできた大きな灰皿で煙草を消し、醒めた顔で私を見た。

「当然のことだ」と私は言った。「誰だってそうするだろう。相手の男が大きなごつい拳さえ持っていなければね」

「ええ、そうね。その数週間後に、フローレンス・アルモアは死んだ状態で発見された。夜遅くガレージで。ガレージのドアは閉まって、車はエンジンがかけっぱなしになっていた」、彼女は話をやめて、唇を微かに湿らせた。「彼女を発見したのはクリス・レイヴァリーだった。夜明け前の時刻に帰宅したときにね。彼女はパジャマ姿でコンクリートの床の上に横たわっていた。頭を毛布の下に突っ込んで。その毛布は車の排気パイプの上にもかかっていた。アルモア医師は外出中だった。そのことは新聞には書かれなかった。ただ彼女が急死したという記事が出ただけ。とても上手に事実は隠蔽されていた」

彼女は組み合わせた両手を少し持ち上げ、それをまたゆっくり膝の上に落とした。私は言った。

「じゃあ、そこには何かおかしな点があったんだね？」

「人々は勘ぐった。でも世間なんていつだって勘ぐるものだから。その少しあとで、私は事の真相と称するものを耳にすることになった。私はそのブラウンウェルという男とヴァイン・ストリートでばったり顔を合わせたの。そして一杯やらないかと誘われた。彼のことはそれほど好きじゃなかったけど、私はそのとき半時間ほど時間を潰さなくちゃならなかった。レヴィーのバーの奥の席で、彼は私に尋ねた。おれの顔に酒をひっかけた女のことを覚えているかい？　覚えていると私は言った。そのあと会話はだいたいこんな風に流れていった。私はそれを細かいところまでしっかり覚えている。

ブラウンウェルは言った。『おれたちの友だちのクリス・レイヴァリーは羽振りがいい。女友だちに不自由することがあったとしても、金づるには不自由しないからな』

私は言った。『あなたの言ってることがよく理解できない』

彼は言った。『ああ、あんたはたぶんそういうことを知りたくないんだろう。アルモアの女房が死んだ夜、彼女はルウ・コンディーの店でルーレットをやって、すってんてんになっていたんだ。彼女は癇癪を起こして、このルーレットはインチキだと言ってひと暴れした。コンディーは力尽くで彼女をオフィスに引っ張っていかなくちゃならなかった。彼は医師紹介所を通してアルモア医師と連絡をとり、まもなく医者がやってきた。彼女にお得意の注射を一本打って、引き上げていった。コンディーに女房を自宅まで送ってもらうように手配してな。どうやらひどく緊急の患者を抱えているらしかった。で、コンディーは彼女を家まで送り届けたんだが、そこに医師の診療所の看護婦が姿を見せた。医者にここに来るように言われたのだと彼女は言った。コンディーは奥さんを二階に運び上げ、看護婦がベッドに寝かせた。コンディーは自分の店に戻っていった。つまり彼女は正体をなくして、ベッドまで運び上げられなくちゃならなかったんだ。なのにその夜、彼女はわざわざベッドから起き上がって、自宅のガレージまで歩いて行って、一酸化炭素を吸い込んで自ら命を絶った。あんたはそれについてどう思うね？』、ブラウンウェルは私にそう尋ねた。

私は言った。『何のことだかさっぱりわからないわ。あなたはどう思うわけ？』

彼は言った。『おれにはぼろ雑巾（ぞうきん）みたいな新聞のレポーターをやっている知り合いがいるんだが、そいつの話では、この件に関しては検死もなく解剖もなかったそうだ。もし何か検査が行われたとしても、その結果は公表されなかった。正規の検死官も呼ばれなかった。葬儀屋がかわりばんこに一週間ずつ、検死官の代理みたいなことをやっているんだが、連中は当然ながら通常、政治的な力を持つ連中の言いなりになる。小さな街では、この手の事件をもみ消すのはそう難しいことじゃない。影響力を持つ誰かさんが裏でうまく立ちまわればね。そして当時のコンディーは大いに影響力を持っていた。彼は捜査線上に自分の名前が浮かぶことを望まなかったし、医師にしてもそれは同様だ』

ミス・フロムセットはそこで話すのをやめ、私が何かを言うのを待った。私が黙っていると、また話を始めた。「ブラウンウェルが何を考えていたか、きっとあなたには想像がつくでしょうね」

「ああ。アルモアが女房を始末し、彼とコンディーが金を使って事件をもみ消した。それくらいのことはこれまで、ベイ・シティーがどうがんばっても足下にも寄れないような、こぢんまりしたお上品な都市でだって行われてきたさ。でも話はそれだけじゃ終わらない。

違うかい？」

「そのとおり。どうやらミセス・アルモアの両親が私立探偵を雇ったようなの。あのあたりで警備保障の会社をやっていた人を。そしてその探偵は実を言うと、現場を目にした二人目の人間だった。つまりクリスの次にということ。ブラウンウェルの話によれば、彼は現場で何かを見つけたに違いないということ。でもその情報を明らかにする機会を与えられなかった。飲酒運転で逮捕され、実刑を食らうことになったから」

私は言った。「それだけ？」

彼女は肯いた。「私はあまりに多くを記憶し過ぎていると、あなたは考えるかもしれない。でもそれは私の仕事の一部なのよ。会話を細かく記憶しておくことが」

「私が考えているのは、その話はさして役に立ちそうにないということだよ。その話がレイヴァリーとどこで結びつくか、それがわからない。彼がただ第一発見者だったというだけじゃ、話は繋がらない。噂話の好きなお友だちのブラウンウェルは、どうやらこう考えているらしい。そこで起こった事件は誰かさんに、ドクターを脅迫するネタを与えたようだと。だとしたら、そこにはたしかな物証がなくちゃならない。当局によって既に潔白とされている人物を強請（ゆす）れるだけのネタがね」

ミス・フロムセットは言った。「私もそう思う。また私としては、強請りのような危ない芸当はクリス・レイヴァリー向きじゃないと思いたいところね。あなたにお話しできるのはこれくらいよ、マーロウさん。そろそろここを出なくては」

彼女が立ち上がりかけたところで私は言った。「まだ話は全部終わっちゃいない。君に見せたいものがあるんだ」

私はレイヴァリーの枕の下にあった、香水のついた小さな布きれをポケットから取り出した。そして身を乗り出し、それを彼女の前のデスクの上に落とした。

19

彼女はハンカチーフを見た。そして私を見た。鉛筆を手に取り、消しゴムのついた端っこでその麻の小さな布を押して回した。

「ここになにがついているの？」と彼女は尋ねた。「殺虫スプレー？」

「白檀の一種だと思うんだが」

「安物の合成品ね。むかつくというのが、穏当な表現だけど。でもなぜあなたはこのハンカチーフを私に見せたがったのかしら、マーロウさん？」、彼女は再び背中を後ろにもたせかけ、その揺るぎのないクールな目でまっすぐ私を見た。

「そのハンカチーフはレイヴァリーの家で見つけた。彼のベッドの枕の下でね。そこにはイニシャルがついている」

彼女はハンカチーフには手を触れず、鉛筆の消しゴムの側を使って、それを広げた。顔が陰気にこわばった。

「二つの文字が刺繍してある」と彼女は冷ややかな怒りを込めた声で言った。「たまたま私の頭文字と同じね。それがあなたのおっしゃりたいことなの？」

「そのとおりだ」と私は言った。「彼はたぶん、同じイニシャルを持つ女性を半ダースくらい知っているのだろうが」

「結局は失礼なことを口にしたわけね」と彼女は静かに言った。

「それは君のものだろう。違うかい？」

彼女は躊躇した。デスクの上に手を伸ばし、とても静かに煙草を一本取り、マッチで火をつけた。軸を燃やしていく小さな炎を眺めながら、ゆっくりマッチを振って火を消した。

「ええ、それは私のものよ」と彼女は言った。「そこで落としたに違いない。ずいぶん昔のことだけど。でも彼のベッドの枕の下にそれを突っ込んだのは、私じゃないわ。それがあなたの知りたいことなの？」

私が何も言わないでいると、彼女は付け加えた。「彼はきっとそれを誰か別の女に貸したのよ。その手の香水がお好みの女にね」

「私はその女性を思い描くことができる」と私は言った。「そしてその女性は、レイヴァリーにはどうもそぐわないように、私には思える」

彼女の上唇が少しめくれた。長い上唇だった。私は長い上唇が好みだ。

「思うに」と彼女は言った。「あなたはクリス・レイヴァリーをいささか買いかぶりすぎているんじゃないかしら。もしそこに何かしら洗練されたものが見受けられたとしても、みんなあくまで成り行きの産物に過ぎない」

「死者に向かって口にするにはいささか手厳しい言葉だ」と私は言った。

少しのあいだ彼女はそこで身を起こし、私を見ていた。私は何ひとつ口にしなかったし、私がこれから何かを言い出すのを待っているだけといった顔つきで。それから喉がゆっくりぴくぴくと震えだし、それが全身に波及していった。両手が握りしめられ、煙草がねじ曲げられた。彼女はそれを見下ろし、素早く腕を振って灰皿の中に棄てた。

「彼はシャワーの中で射殺された」と私は言った。「撃ったのはどうやら、そこで一夜を過ごした女性のようだ。彼は髭を剃っているところだった。女は拳銃を階段のステップの上に置き、このハンカチを枕の下に突っ込んでいった」

椅子の中で彼女はほんの僅か身体を動かした。その目は見事なほど空っぽで、顔は彫刻並みに冷ややかだった。

「そしてあなたは、私がそのことに関して何かしらの情報を与えてくれるんじゃないかと期待したわけ?」、彼女は気分を害したようだった。

「いいかい、ミス・フロムセット、私だってこういうことは波風を立てず、穏便にさらりとすませたいと望んでいる。君のような人たちが望むやり方でこの手のゲームをことをなく処理できたら、どれほどよかろうと思う。しかし誰も私にそんなことを許してはくれない。依頼人だって、警官だって、ゲームの相手方の人間だってね。どれだけ礼儀正しく振る舞おうと努めようと、結局は泥の中に鼻を突っ込み、親指で誰かの目を探っていることになる」

彼女は肯いたが、私の言ったことはほとんど耳に入っていないようだった。「いつ撃たれたの？」と彼女は尋ねた。それからまた微かに身震いした。

「たぶん今朝だろう。起きてまもなくというところだ。言っただろう。髭を剃って、シャワーを使おうとしていたときだって」

「ということは」と彼女は言った。「朝のそれほど早い時刻ではないということね。私は八時半からここにいたわ」

「君が撃ったと思ったわけじゃない」

「それはご親切に」と彼女は言った。「でもそれは私のハンカチーフなのでしょう？　香水は私のものではないにしても。でも警官たちが香水の質を判断できるとは思えないわね。香水だけに限らず」

「そうだ。まあ、そのへんは私立探偵にしたってご同様だが」と私は言った。「ことの成り行きを君は楽しんでいるのかい？」

「まさか」と彼女は言った。そして手の甲を勢いよく口にあてた。

「五発か六発撃たれている」と私は言った。「そのうち命中したのは二発だけだ。彼はシャワー・ストールの隅に追い詰められていた。陰惨な光景だったと言わざるを得ない。撃った方はかなりの憎しみを持ち合わせていたように見える。あるいは血の通わない冷たい心をね」

「恨みを買いやすい男だったわ」と彼女は中身を欠いた声で言った。「そしてまた、つい心惹かれてしまう男だった。まるで毒でも盛られたみたいに。女たちは——たとえ身持ちの良い女だって——男に関してはいくらでも愚かしい間違いを犯すものなの」

「君の口ぶりからすると、君もかつては彼のことを愛していると思った。しかし今はもうそうではない。そして彼を撃ったりはしなかった。そういうことになるのだろうか？」

「イエス」と彼女は言った。彼女の声は今では軽く、そして乾いていた。彼女がオフィスではつけたくない香水のように。「でもそのことはよそでは口にしないでくれるわね？」、彼女は短く苦々しく笑った。「死んでしまった」と彼女は言った。「哀れな、身勝手で、安っぽくて、卑劣で、ハンサムで、あてにならない男。今では死んで冷たくなって、もうおしまい。いいえマーロウさん、私は彼を撃ってはいない」

　彼女が自分を立て直すのを、私はじっと待った。少しあとで彼女は静かな声で言った。

「ミスタ・キングズリーはそれを知っているの？」

　私は肯いた。

「そしてもちろん警察も」

「警察はまだ知らない。少なくとも私はまだ報告していない。私が彼を発見した。家のドアはきちんと閉められていなかった。だから家の中に入った。そして彼を発見した」

彼女は鉛筆を手に取り、ハンカチーフをもう一度突っついた。「ミスタ・キングズリーは、この香水付きの布きれのことはご存じなのかしら？」

「このことは私と君しか知らない。これを残していった人物を除けば」

「思いやりがあるのね」と彼女は乾いた声で言った。「何かとご配慮をいただいたみたいだし」

「君の乱れなく超然と構えている姿勢は、なかなか見事なものだと言わざるを得ない」と私は言った。「しかしやり過ぎると命取りになりかねないぜ。君は私にどのように考えてもらいたかったんだね？　私はそのハンカチーフを枕の下から引き抜いて、くんくんと匂いを嗅いで、それを掲げ見てこう言えばよかったのかな？『おやおや、ミス・エイドリアン・フロムセットのイニシャルみたいなのがついているぞ。とすると、ミス・フロムセットはレイヴァリーと知り合いだったに違いない。おそらくそれもとても親しく。そうだな、更に言えば、それは私の不潔な小さな心が思い描けるくらい、みっちりねんごろな関係だったのだろう。しかしこれは人造のいかにも安っぽい白檀だし、ミス・フロムセットがこんなものを使うはずはない。そしてこれはレイヴァリーの枕の下にあった。そしてミス・フロムセットは男の枕の下にハンカチーフを入れておくような女性じゃない。それゆえに、こんなものはミス・フロムセットには何の関係もないものなんだ。きっと私の目の錯覚に違いない』とでも？」

「よしてよ、もう」と彼女は言った。

私はにやりと笑った。

「私をいったいどんな女だと思っているの？」、彼女はぴしゃりとそう言った。

「そいつは、こんなことになる前に尋ねてほしかったね」

彼女は顔を赤らめた。今回はその朱はデリケートに、顔全体に広がった。それから言った。「誰がやったか、考えはつく？」

「考えはあるが、あくまで考えに過ぎない。警察は話を単純に捉えることだろう。レイヴァリーのクローゼットにはミセス・キングズリーの服が何着かかっている。そして前後の事情がわかってくれば――昨日リトル・フォーン湖で起こったことを含めてだが――彼らは即座に手錠に手を伸ばすことだろう。まず彼女の行方を捜さなくてはならないわけだが、警察にとって、それは大して困難なことではない」

「クリスタル・キングズリー」と彼女は空虚な声で言った。「最後の最後まで彼は面倒をかけられるというわけね」

私は言った。「そうとは限らないぜ。殺しの動機はまったく別のものかもしれない。我々には思いもよらないものかもしれない。犯人はアルモア医師みたいな人かもしれない」

彼女はさっと顔を上げた。それから首を横に振った。「あり得ることだ」と私はなおも主張した。「その可能性を打ち消すものは何もない。彼は昨日、何も恐れる必要のない人間にしては、ずいぶん神経質になっていた。もちろん罪ある人間だけがびくびくするとは限らないが」

私は立ち上がり、彼女を見下ろしながら、机の縁をこんこんと叩いた。彼女はきれいな首をしていた。彼女はハンカチーフを指さした。

「それをどうするつもり？」と彼女は気怠い声で尋ねた。

「もしそれが私の持ち物であれば、洗って匂いを落とすだろうな」

「でもそれは何か意味を持っているはずよ。そうじゃない？　大きな意味を持っているかもしれないわ」

私は笑った。「そんなもの何の意味も持ちはしないさ。女はいつだってどこかにハンカチーフを忘れてくるものだ。レイヴァリーのような男はそれを集めて、抽斗に保管しているのかもしれない。白檀の匂い袋と一緒にね。誰かがそのストックを見つけて、一枚使わせてもらったのかもしれない。あるいは彼はそれを女たちに貸して、違う女性のイニシャルがついていることに対する反応を見て喜んだのかもしれない。あの男にはそういう下品な面があったんじゃないかな。さよなら、ミス・フロムセット。いろいろ話を聞かせてくれてありがとう」

私は行きかけたが、ふと足を止めて彼女に尋ねた。「ブラウンウェルにそんな情報を与えた新聞記者の名前を、君は聞いたかな？」

彼女は首を振った。

「あるいはミセス・アルモアの両親の名前を？」

「それも聞いていない。でもあなたのためにそれを調べることはできるかもしれない。やってみましょう」

「どうやって？」

「そういう事柄は通常、死亡告知に記されているものなの。ロサンジェルスの新聞に死亡告知が掲載されたことは、まず間違いないと思う」

「そうしてもらえるとたいへん助かる」と私は言った。私はデスクの縁に指を這わせながら、彼女を横から眺めた。淡い象牙色の肌、きれいな黒い瞳、髪は限りなく明るい色でありながら、深い夜のようにどこまでも暗かった。

私は歩いて部屋を横切り、外に出た。交換台の小柄なブロンド娘が期待に満ちた目で私を見た。更なるお愉しみを求めるように、彼女の赤い小さな唇が開いた。

私にはもうそれ以上の手持ちはなかった。だからそのまま退出した。

20

レイヴァリーの家の前に警察車両の姿はなかった。歩道に立っている人もいないし、玄関のドアを押し開けても、葉巻や煙草の煙の匂いは嗅ぎ取れなかった。太陽はもう窓を照らしてはいなかった。一匹の蠅が酒のグラスの上で、柔らかな羽音を立てていた。私は部屋の奥まで行って、階下に通じる階段の手すりから身を乗り出した。レイヴァリー氏の家の中では、何ひとつ動くものはなかった。微かに耳に届くのは、階下の浴室で水滴の垂れる音だけだ。死人の肩に静かに落ちかかる水滴だ。

私は電話の前に行って、電話帳で警察署の番号を調べた。ダイアルを回し、相手が出るのを待っているあいだ、ポケットから小型の自動拳銃を出して、電話の脇にあるテーブルの上に置いた。

やがて男の声が言った。「こちらベイ・シティー警察。私はスムートだ」

私は言った。「アルテア・ストリートの623番地で銃撃があった。レイヴァリーという人物の住まいだ。彼は死んでいる」

「アルテアの623番地。おたくの名前は?」

「マーロウという」

「おたくは今、その家の中にいるのかね?」

「そうだ」

「何ひとつ触らないように」

私は電話を切った。ソファに腰を下ろし、待った。

長い時間はかからなかった。遠くの方からサイレンの音が聞こえてきた。その音はだんだん大きくなり、こちらに勢いよく近づいてきた。角を曲がるときにタイヤが派手に悲鳴を上げ、サイレンが止んで金属音の低い唸りとなり、やがて沈黙した。それからタイヤが家の玄関の前でもう一度悲鳴を上げた。ベイ・シティー警察は立派にゴムを節約しているようだ。歩道に足音が響き、私は玄関に出向いてドアを開いた。

二人の制服警官が部屋の中に踏み込んできた。お決まりの図体のでかい男たちで、いつもどおりいかつい顔に、疑り深い目をしていた。一人は帽子の下、右耳の後ろにカーネーションを一本差していた。もう一人は年上で、白髪が少し混じり、厳格そうな顔つきだった。二人はそこに立ち、油断なく私を見た。それから年上の警官が短く言った。

「それで、死体はどこだ?」

「階下の浴室の中だ。シャワー・カーテンの奥」

「おまえは彼とここにいろ、エディー」

彼は早足で部屋を横切り、姿を消した。もう一人はしっかり私を見据え、口の端の方から声を出した。

「妙な動きをするんじゃないぜ」

私はまたソファに腰を下ろした。警官は部屋の中を探るように見渡した。階下から物音が聞こえた。歩き回る音だ。私の横にいた警官が電話テーブルの上に置かれた銃に目を留めた。彼はまるでフットボールのブロッカーよろしくそれに向けて突進した。

「これが凶器の銃か？」と彼はほとんど叫ぶように言った。

「そう推察できるようだ。発射されているし」

「ふん！」と言って、彼は銃の上に身を屈めた。そして私に向けて歯をむき出しにして、手をホルスターに伸ばした。フラップのボタンを外し、黒い回転拳銃の銃把を握った。

「そう、なんだって？」と彼は吠えるように言った。

「そう推察できるようだ」

「そいつはいいな」と彼はあざ笑った。「そいつは実にいいね」

「たいして良くはない」と私は言った。

彼は少しひるんだ。その目は用心深く私を見ていた。「なんのためにその男を撃ったんだ？」と彼は噛みつくように言った。

「それは熟考に値する問題だ」

「知ったようなことを言うんじゃない」

「おとなしく腰を下ろして、殺人課の人間が来るのを待とうじゃないか」と私は言った。

「説明はそのときにする」

「おれを馬鹿にしているのか」と彼は言った。

「馬鹿になんかしちゃいないさ。もし私が犯人なら、こんなところでうろうろしてなんかいるものか。通報もしていないだろうし、君が拳銃を目にすることもなかっただろう。この事件に首を突っ込んでも無駄だ。どうせ十分後にはお役ご免になるんだから」

彼は傷つけられたような目になった。帽子をとると、カーネーションが床に落ちた。身を屈めてそれを拾い上げ、指に持ってくるくると回した。そして暖炉の火よけスクリーンの向こうに棄てた。

「そういうことはしない方がいい」と私は彼に言った。「何かの手がかりだと思われて、多くの無駄な時間が費やされることになるから」

「参ったね」と彼は言って、スクリーンの奥からカーネーションを拾い上げ、ポケットにしまった。「あんたはいろんなことを心得ているみたいだな」

もう一人の警官が険しい顔をして階段を上がってきた。フロアの中央に立って、腕時計に目をやり、手帳に何かを書き付けた。それからベネシアン・ブラインドをどかせるようにして、正面の窓の外を見た。

私と一緒に残された方の警官は言った。「おれも見てきていいかな？」

「よした方がいいぜ、エディー。おれたちの関わることじゃない。検死官は呼んだか？」

「それは殺人課がやることだろう」

「ああ、その通りだ。ウェバー警部が事件を担当するだろうし、あの人はなんだって自分でやりたがる性格だからな」、彼は私を見て言った。「あんたがそのマーロウっていう人かな？」

そう、私がマーロウという人物だと私は言った。

「何もかも心得ている小賢しいやつですよ」とエディーが言った。

年上の警官はぼんやりした目で私を見て、ぼんやりした目でエディーを見た。それから電話テーブルの上に置かれた拳銃に目を留めた。それを見る彼の目はまったくぼんやりしているというわけではなかった。

「ああ、それが凶器の拳銃だよ」とエディーは言った。「手を触れちゃいないよ」

もう一人の警官は肯いた。「殺人課の連中は、今日は行動がもうひとつ素速くないようだな。で、あんたはなにものなんだね、ミスタ？　彼の友だちか？」、彼は親指で床を指した。

「いや、その男には昨日会ったばかりだ。私はロサンジェルスから来た私立探偵なんだ」

「ほほう」と彼は言って、とても鋭い目で私を見た。もう一人の警官は深い猜疑の目で私を見た。

「まったく、これで話がすっかりややこしくなってしまうぜ」と彼は言った。

それが彼のこれまで口にした、最初の筋の通った発言だった。私は彼に向かって親愛の情をこめて笑いかけた。

年上の警官はまた正面の窓の外に目をやった。「通りの向かいはアルモアの家だよ、エディー」と彼は言った。

エディーは彼の隣に行って、外を見た。「たしかにそうだ」と彼は言った。「表札にもそう書いてある。ということは、下にいる男はひょっとして——」

「黙ってろ」ともう一人が言って、ベネシアン・ブラインドを下ろした。二人は振り向いて、表情を欠いた目でじっと私を見つめた。

一台の車がブロックをやってきて、停止した。ドアがばたんと閉まり、足音が通路に響いた。年上のパトロール警官が、二人の私服刑事のためにドアを開けた。そのうちの一人を私は既に知っていた。

21

最初に現れたのは警官にしては小柄な男だった。中年で痩せこけた顔をして、そこには疲弊の色が恒常的に焼きつけられていた。鼻は尖って、少しばかり一方に傾いていた。まるで誰かが、その鼻が何かの活動をしているときに、肘鉄(ひじてつ)を一発くわせたかのように。青いポークパイ・ハットは頭の上にどこまでもまっすぐ載せられ、真っ白な髪がその下に見えた。くすんだ茶色のスーツを着て、両手は上着のポケットに突っ込まれていた。両方の親指だけが縫い目の上に出ていた。

その男の背後にいる大柄な警官がデガルモだった。くすんだ金髪に、メタリック・ブルーの目、皺の刻まれた険しい顔、アルモア医師の家の前にいた私を咎めた男だ。

二人の制服警官は小柄な男を見て、制帽のひさしに手をやった。

「死体は階下にあります、ウェバー警部。何発か的を外したあとに、二発くらったようです。死んでからかなり時間が経っています。この男はマーロウという名前で、ロサンジェルスから来た私立探偵です。それ以上のことは何も質問していません」

「よろしい」とウェバーは鋭く言った。彼は疑り深い声をしていた。そして疑り深い目で私の顔をざっと見て、短く肯いた。「私はウェバー警部だ」と彼は言った。「こちらはデガルモ警部補。まず死体を見せてもらう」

彼は部屋を歩いていった。デガルモは私を初めて見るような目で見てから、彼のあとを追った。二人は階下に降りていった。二人の制服警官の年上の方が、そのあとをついていった。エディーという警官と私は、しばらくのあいだじっと顔を見合わせていた。

私は言った。「この家は、アルモア医師の家の真向かいにあたるね?」

彼の顔から一切の表情が消えた。もともと大した表情もなかったのだが。「ああ、それがどうした?」

「何もないさ」と私は言った。

彼は黙っていた。下から声が聞こえてきた。ぼんやりとして聞き取れない声だった。警官は聞き耳をたて、少しばかり親しげな声で言った。「あんたはあの事件を覚えているのか?」

「少しね」

彼は笑った。「あの事件はきれいにもみ消されてしまった」と彼は言った。「しっかり包装されて、棚の奥の方に押し込まれたんだ。バスルームのクローゼットのいちばん上の棚にな。椅子の上にでも立たなきゃ手の届かないようなところに」

ろう。レイヴァリーのことはよく知っているのかね?」

「そうかい」と私は言った。「なぜそんなことになったんだろう?」

警官は厳しい目で私を見た。「そこには立派な理由があるのさ。理由がないわけがなか

「あまりよくは知らない」

「彼に何か用事があったのか?」

「彼のことを少しばかり調査していた」と私は言った。「君は彼を知っていたのか?」

エディーと呼ばれる警官は首を振った。「いいや。おれが覚えているのは、その夜にアルモアの奥さんをガレージで見つけたのが、この家に住む男だったということだけだ」

「レイヴァリーはそのときはここに住んでいなかったかもしれない」と私は言った。

「彼はどれくらいここに住んでいたんだ?」

「それは知らない」と私は言った。

「一年半くらいだろう」とその警官は考え込むように言った。「ロスの新聞はその事件について報じたのか?」

「郡部のページに短くね」と私は言った。ただいい加減に話を合わせているだけだ。

彼は耳を掻きながら、物音を聞いていた。足音が階段を上って戻ってきた。警官は顔から表情を消し、私から離れて背筋をまっすぐ伸ばした。

ウェバー警部は急ぎ足で電話の前にやって来て、ダイアルを回し、何かを言った。それ

から受話器を耳から離し、肩越しに振り返った。

「今週の検死官代理は誰だっけな、アル？」

「エド・ガーランド」と警部補は表情のない声で言った。

「エド・ガーランドに連絡してくれ」とウェバーは受話器に向かって言った。「そしてすぐにここに来させるんだ。写真班にも来てもらう」

彼は受話器を置き、鋭い声で吠えた。「誰が拳銃をいじった？」

私は言った。「私が手を触れた」

彼はやってきて、私の前で身体をゆらゆらとさせ、その鋭く尖った小さな顎を、私に向かってぐいと突き出した。彼はハンカチーフを持った手に拳銃を注意深く載せていた。

「犯罪現場に残された拳銃を触ってはいけないというくらいの知識は持ち合わせていないのか？」

「持ち合わせている」と私は言った。「しかし私がその銃に手を触れたとき、それが犯罪に関与していたとはまだわからなかった。それが発射されたということも知らなかった。それは階段のステップの上に置いてあって、誰かがそれを落としたものと思ったのだ」

「うまい説明だ」とウェバーは面白くもなさそうに言った。「商売柄、そのへんの加減は呑み込んでいるんだろう」

「どのへんの加減だろう？」

彼は厳しい目でじっと私を睨んだまま、答えは返さなかった。

私は言った。「ここであったことを、どのような順序で話せばいいのだろう？」

彼はまるで雄鶏のように、ぐいと頭を立てた。「私が質問し、訊かれたことに君が逐一答えるというのはいかがかな」

それについて私は発言を控えた。ウェバーはさっと身体の向きを変え、二人の制服警官に向かって言った。「君らは車に戻り、本部の指示を仰げ」

二人は敬礼をして出て行った。とても静かに最後まできっちりドアを閉め、それから他のみんなと同じように、大いなる熱意を込めて命令通りに行動した。ウェバーはパトカーが走り去ったのを確認した。それからその無感覚で荒涼とした視線を、再び私に向けた。

「身分証明書を見せていただこうか」

私は札入れを彼に渡し、彼はそれを検分した。デガルモは椅子に座って、脚を組み、表情のない目で天井をじっと睨んでいた。ポケットからマッチを取り出し、その端っこを噛んでいた。ウェバーは私に札入れを返し、私はそれをポケットにしまった。

「君のような仕事をする人間はなにかと面倒を起こす」と彼は言った。

「そうとばかりは言えない」と私は言った。

彼は声のトーンを上げた。それまででも十分鋭い口調だったのだが。「私が言ったのは、おたくらは実際に多くの面倒を起こしてきたということだ。それも冗談抜きにしこたまだ。

しかしこれだけは言っておこう。このベイ・シティーではそんな勝手な真似はさせない」

私はそれには返事をしなかった。彼は人差し指を私にぐいと突きつけた。

「でかい街から君はやってきた」と彼は言った。「自分のことをタフで頭が切れると思っている。心配することはない。君くらい、私らにも扱える。ここは小さな街だが、そのぶん無駄なものはない。政治的な駆け引きみたいなものもない。私らはまっすぐ、敏速に仕事をする。こちらのことは心配してくれなくてもいいぜ、探偵さん」

「心配なんかしてはいない」と私は言った。「心配しなくちゃならないようなことも何ひとつないしね。私はクリーンでまっとうなドルを稼ごうと努めているだけのことさ」

「気の利いた台詞は抜きにしてもらおう」とウェバーは言った。「そういうのはお呼びじゃないんだ」

デガルモは天井から視線を外し、人差し指を曲げて爪を睨んだ。退屈したような重い声で彼は言った。

「ねえ、チーフ、下にいるやつはレイヴァリーという名前で、もう死んでいます。彼のことは少しばかり知っています。やつは名うての女たらしだった」

「で、それがどうした?」とウェバーは私から視線を逸らすことなく、ぴしゃりと言った。

「状況から見て、こいつは女絡みですよ」とデガルモは言った。「私立探偵がどんなことをするかはご存じでしょう。離婚案件です。こいつをみっちり締め上げてやりましょうや。

ただ口で脅すだけじゃなく」

「私がこいつを脅しているだと」とウェバーは言った。「いったい何を言ってるんだ。怯えている気配なんぞまるで見えないぜ」

彼は正面の窓の前に行って、ベネシアン・ブラインドを勢いよく上げた。長く続いた暗がりの中に、陽光がさっと差し込んで目を眩（くら）ませた。彼は跳ねるような足取りで戻ってきて、細くてこわばった指を私に突きつけた。

「話せ」

私は言った。「私はロサンジェルスのある実業家に雇われて仕事をしている。彼は名前をできるだけ公（おおやけ）にしてほしくないと思っている。だから私を雇ったのだ。一カ月前に彼の細君は家を出て行き、やがて一通の電報が届いた。電報によれば、彼女はレイヴァリーと駆け落ちしたということだった。しかし私の依頼人は二日前に、街でレイヴァリーにばったり出会った。そしてレイヴァリーはその話を否定した。私の依頼人は彼の言い分は信じられると思い、心配し始めた。どうやら細君は奔放な女性だったらしい。あるいはたちの悪い連中と関わり合いになって、面倒に巻き込まれているのかもしれない。私はここにレイヴァリーを訪ねてきたのだが、彼は私に、彼女と駆け落ちなんてしていないとはっきり断言した。私は半ばその言い分を信じたのだが、あとになって彼がサン・バーナディノのホテルで彼女と一緒だったという、かなり確かな証拠を手に入れた。彼女がそれまで滞在していた山中のキャビンをあとにしたと思われるその夜にね。その証拠をポケットに、私はここに再びやってきた。レイヴァリーを問い詰めるためにね。ベルを鳴らしたが返事はなかった。ドアは少しだけ開いていた。だから中に入った。見回していると拳銃が目についた。そして家の中を捜索し、死体を見つけた。彼はあのままの状態だったよ」

「君には家の中を捜索する権利なんてないんだぜ」とウェバーは冷ややかな声で言った。

「もちろんないさ」と私は同意した。「でも私としてはそういうチャンスをむざむざ見過ごしたくはなかった」

「依頼人の名前は?」

「キングズリー」、私は彼のベヴァリー・ヒルズの住所も教えた。「彼はオリーヴ・ストリートのトレロア・ビルにある化粧品会社を経営している。ジラレイン社だ」

ウェバーはデガルモを見た。デガルモは気怠そうに封筒に名前と住所を書き付けた。ウェバーは私を見て言った。「他には?」

「私はその女性が滞在していた山中のキャビンに足を運んでみた。それはリトル・フォーン湖という場所にある。ピューマ・ポイントの近くだ。サン・バーナディノから七十五キロほど山中に入ったところだ」

私はデガルモを見た。彼はゆっくりと書き付けていた。彼の手がしばし止まり、それは空中に上げられてこわばっているように見えた。それから手は封筒の上に落ちて、また字を書き始めた。私は続けた。

「一カ月ほど前のことだが、キングズリーの所有する地所の管理人の女房が、亭主と喧嘩をして、家を出て行った。少なくともみんなはそう思っていた。ところが昨日、彼女が湖の底に沈んでいたのが発見された」

ウェバーはほとんど目を閉じ、両脚の踵で立って身体を揺らせた。優しく聞こえなくもない声で彼は尋ねた。「なぜそんな話を持ち出す？　そこに何か関係性があると考えているのか？」

「時間的に見れば関係性はある。レイヴァリーもまたそこにいたんだ。それ以外に何か関係性があるかどうか、そこまでは知らない。ただ、いちおう耳に入れておいた方がよかろうと思っただけだ」

デガルモはずいぶん静かにそこに座って、目の前の床を見ていた。表情は硬く、普段以上にまがまがしく見えた。ウェバーは言った。

「その溺死した女のことだが、自殺だったのか？」

「自殺か他殺か。彼女は短い別れの手紙を残していた。しかし彼女の亭主は容疑をかけられ、逮捕された。彼の名前はチェス。亭主はビル・チェス、奥さんはミュリエル・チェス」

「そんなことはどうでもいい」とウェバーが鋭く言った。「ここで起こったことだけに話をしぼってくれ」

「ここでは何も起こっちゃいないよ」と私はデガルモを見ながら言った。「私はここに二度やってきた。一度目はレイヴァリーと話をしたが、何も手がかりは得られなかった。二度目は彼と話をすることもできず、やはり手がかりは何ひとつ得られなかった」

ウェバーはゆっくりと言った。「これからひとつ質問をする。正直に返事をしてもらいたい。きっと答えたくはないだろうが、今のうちにおとなしく答えておいた方がいいぜ。いずれは答えることになるだろうからな。質問はこうだ。君は家の中を捜索したというが、かなり綿密に捜索したのだろうと私は睨んでいる。ここにそのキングズリーの細君がいたらしいという痕跡を、何か目にしたかね?」

「そいつは公正な質問とは言えない」と私は言った。「それが求めているのは証人の推断だ」

「私は質問に対する答えを求めているんだよ」と彼は凄みをきかせて言った。「ここは法廷じゃない」

「答えはイエスだ」と私は言った。「クローゼットには女性の衣服があり、それはキングズリー夫人が、サン・バーナディノでレイヴァリーに会った夜に着ていたと私が聞かされた服の特徴と一致する。もっとも聞かされたのは、漠然とした特徴に過ぎないが。白と黒のスーツで、おおむね白だ。パナマ帽には白と黒のバンドが巻かれている」

デガルモは指を、走り書きしていた封筒にぱちんと打ちつけた。「依頼人は、あんたのような役に立つ探偵を雇えて大喜びだろうね」と彼は言った。「つまり、殺人事件のあったまさにこの家にその女性がいて、被害者はその女性と駆け落ちしていたらしいってわけだ。どうやら遠くまで足を延ばして犯人を捜し回る手間は省けたようですね、チーフ」

ウェバーはしっかりと私を睨みつけていた。彼の顔には表情らしきものはほとんど、あるいはまったく浮かんでいなかった。そこにあるのはただ、何ひとつ見逃すまいとする怠りなさだった。

私は言った。デガルモの言ったことに対して、彼はどうでもよさそうに肯いた。

「あなた方は見たところ無能な警官ではなさそうだ。ここに残されている服は特別仕立てのものだし、出所は簡単に辿れるだろう。私はそちらの手間を一時間ほど省いてあげただけだ。せいぜい一回の電話程度の手間だろうが」

「他には何か？」ウェバーは静かな声で尋ねた。

私がそれに答える前に、家の前に車が停まった。それからもう一台。ウェバーは飛ぶように玄関に行ってドアを開けた。三人の男が中に入ってきた。背の低い縮れ毛の男と大きな雄牛のような男で、二人とも重そうな黒い革の鞄を手にしている。彼らの背後にはダークグレーの背広を着て、黒いネクタイを締めた、痩せた長身の男がいた。目はひどく明るく、いかにもポーカーフェイスっぽい顔をしていた。

ウェバーは縮れ毛の男に指を突きつけ、言った。「階下の浴室だ、ブゾーニ。この家の中のあらゆる場所の指紋がどっさりほしい。とりわけ女性のものらしき指紋だ。時間のかかる仕事になるだろうな」

「仰せの通りに」とブゾーニはあきらめたように言った。彼と雄牛のような男は部屋を横切って、階下に向かった。

「見てほしい死体がひとつある、ガーランド」とウェバーは三人目の男に向かって言った。「一緒に下に降りて、見てみよう。搬送車は呼んだかな?」

明るい目の男は短く肯いた。そして彼とウェバーは二人組のあとから、連れだって階段を降りていった。

デガルモは鉛筆と封筒を脇に押しやった。そして無表情な目で私をじっと見た。

私は言った。「我々が昨日交わした会話のことを持ち出した方がいいのかな。それともあれは業務外のおこないなのかかな?」

「話したきゃ話せばいい」と彼は言った。「市民を守るのはおれたちの務めだ」

「その話なんだが」と私は言った。「私はアルモア事件についてもっと多くを知りたくてね」

彼の顔はゆっくりと紅潮し、目は陰険な色を浮かべた。「アルモアのことなんか知らないと、この前は言ってなかったか?」

「昨日の段階では事件のことは知らなかったさ。彼のことも何も知らなかった。そのあとで、レイヴァリーがミセス・アルモアと知り合いだったことを知ったんだ。彼女が自殺したことも、レイヴァリーが死んでいる彼女を発見したことも、レイヴァリーが少なくとも、彼を脅迫しているという、あるいは彼を脅迫する立場にいたという嫌疑をかけられていたこともね。そして制服警官は二人とも、この家がアルモアの家の真向かいにあるという事実に興味を抱いているように見えた。そしてそのうちの一人は、その事件がもみ消されたと言った。あるいはそう匂わせていた」

デガルモはゆっくりとどすをきかせた声で言った。「その野郎の胸からバッジをむしり取ってやる。くだらない話ばかりしやがって。役立たずの馬鹿野郎どもが」

「つまりそれは根も葉もない話だと」と私は言った。

彼は煙草に目をやった。「話って何のことだ？」

「アルモアが女房を殺したんじゃないかって話だよ。そしてコネを使って事件をうまくもみ消した」

デガルモは立ち上がり、こちらにやってきて、私の前に身を屈めた。「もう一度言ってみろ」と彼は優しい声で言った。

私は繰り返した。

彼は平手で私の顔を叩いた。私は顔を激しくのけぞらせた。私の顔は熱くなり、大きく腫れた。

「もう一度言ってみろ」と彼は優しい声で言った。

私は繰り返した。彼の手が飛んできて、私の頭をもう一度大きく片方にのけぞらせた。

「もう一度言ってみろ」

「やめておこう。三度目の正直って言うじゃないか。君は的を外すかもしれない」、私は手を上げ、頬をさすった。

彼は身を屈めたままそこに立っていた。唇を歯で噛みしめるようにして、どこまでも青い瞳には野獣のような苛酷な煌めきがうかがえた。

「警官に向かってそういう口をきけば、相応の痛い目にあうんだよ」と彼は言った。「もう一度そんな真似をしてみろ。今度は平手打ちくらいじゃすまないからな」

私はぎゅっと唇を噛みしめ、頬をさすった。

「おれたちのやることに余計な鼻を突っ込んでみろ。どこかの横町で目を覚まして、目にするのは覗き込んでいる猫の顔ってことになるぞ」と彼は言った。

私は何も言わなかった。彼は私から離れ、荒く息をしながら再び座り込んだ。私は顔をさするのをやめ、片手を前に差し出し、ゆっくりと指を動かした。そしてぎゅっと堅く握りしめた。

「覚えておこう」と私は言った。「いろんな意味で」

22

ハリウッドに戻り、オフィスに着いたときには既に夕方になっていた。ビルは空っぽで、廊下はしんとしていた。ドアが開けられ、掃除婦たちが真空掃除機や乾いたモップや雑巾を使って部屋の中を掃除していた。

自分のオフィスのドアの鍵を開け、メール・スロットから床に落ちた郵便物を拾い上げ、目もくれずにそのままデスクの上に放り投げた。窓を押し開け、外に身を乗り出して、夕暮れの空に輝くネオンサインを眺め、横町を隔てた隣のコーヒーショップの換気扇から立ち上る、料理の匂いが混じった温かい空気を吸い込んだ。

上着を脱ぎ、ネクタイをむしり取り、デスクに腰掛け、深い抽斗からオフィス用のボトルを取りだし、一杯飲んだ。しかし気持ちは晴れなかった。もう一杯飲んでみたが、結果は同じだった。

今頃はもうウェバーはキングズリーに会っているだろう。彼の妻は全国手配されることだろう。もう既にされているか、あるいはすぐにでもされるか。警察にとってはあくまで型通りの事件でしかない。問題ある人々のあいだの問題ある情事。愛欲に溺れ、酒に溺れ、互いを求めすぎて、やがて破局が訪れる。荒々しい憎しみと、殺人衝動、そして死。

少しばかり話が単純すぎるのではないかという気がした。

私はその封筒に手を伸ばし、封を切った。切手は貼られていない。そこにはこうあった。

「マーロウ様。フローレンス・アルモアの両親はユースタス・グレイソンの夫妻です。サウス・オックスフォード・アヴェニューの640番地、ロスモア・アームズに住んでいます。電話番号が電話帳に載っていたので、電話をかけて確かめました。エイドリアン・フロムセット」

エレガントな手書き文字だ。それを記した手そのものと同じくらいエレガントだ。私は手紙を脇に押しやり、もう一杯酒を飲んだ。荒くれた気持ちはそれで少しは収まった。私はデスクの上のものをあちこち押しまわした。手はぼってりと熱く、不器用に感じられた。デスクの角のところに一本の指を這わせ、うっすらと積もった埃の上についた筋を眺めた。自分の指についた埃を見て、それを払った。腕時計に目をやった。壁を眺めた。それからあとはもう何も見なかった。

酒瓶を抽斗に戻し、グラスを洗面台に持って行って洗った。洗い終わると、今度は自分の両手を洗い、顔を冷たい水で洗い、その顔を眺めた。左の頬についた赤いあとは消えていたが、まだ少し膨らみが残っているようだった。ずいぶんましにはなっていたものの、それでも私の身は再び硬くなった。髪にブラシをあてていて、中に白髪が混じっていることに気づいた。これからもっとその量は多くなっていくだろう。髪の下にある顔はくたびれて見えた。私はその顔が大いに気に入らなかった。

デスクに戻り、ミス・フロムセットの手紙をもう一度読み返した。それをガラスの上でまっすぐ伸ばし、匂いを嗅ぎ、またまっすぐに伸ばし、畳んで上着のポケットに入れた。

私はそこにとても静かに腰を下ろし、開いた窓の外の夕暮れが徐々に静けさを帯びていく様子に耳を澄ませた。それに呼応するように、ひどくゆっくりとではあるけれど、私自身も静けさを身に帯びていった。

23

ロスモア・アームズは大きな前庭を囲むように建てられた、暗い色合いの赤煉瓦造りの陰気な建物だった。ロビーの壁にはフラシ天が張られ、そこには沈黙と、容器に入れられた植物と、犬小屋くらいの大きさの籠に収まった退屈そうなカナリアと、古いカーペットに溜まった埃の匂いと、遠い昔のガーデニアの饐えた香りがあった。

グレイソン夫妻は北ウィングの、正面に面した五階に住んでいた。二人が一緒に座っている部屋は、二十年前に既に時代遅れになりつつあったような代物だった。家具は詰め物が多くてずんぐりしていたし、卵のような形のドアノブは真鍮でできていた。壁に取り付けられた大きな鏡にはメッキされた金属の縁がついて、窓際には大理石のトップのついたテーブルがあり、深紅のフラシ天の厚いカーテンが窓際にかかっていた。パイプ煙草の匂いが漂っていたが、奥の方から漂ってくる空気から、彼らの今夜の夕食がラムチョップとブロッコリであったことが推測できた。

グレイソン夫人はむっくりと肉付きのいい女性だった。かつてはつぶらなベビーブルーの瞳を持っていたかもしれないが、それも今では色褪せ、眼鏡によってぼやけ、微かに飛び出ていた。頭には白髪がもつれていた。彼女は太いくるぶしを交差させて座り、靴下をかがっていた。両足は床につくかつかないか、膝には大きな籐の編み物用バスケットが置かれていた。

グレイソンは長身の猫背の男で、肩がいかつく、黄色っぽい顔をしていた。眉毛はごわごわして、顎はほとんどなかった。顔の上半分はただただ実務的だったし、下半分はすぐにも別れの言葉を告げたがっていた。遠近両用の眼鏡をかけており、嚙みつきそうな険しい顔をして夕刊を読んでいた。私は前もって電話帳で彼のことを調べていた。職業は公認会計士で、いかにもそれらしい顔をしていた。指にインクの染みをつけ、前を開いたヴェストのポケットには四本の鉛筆まで入っていた。

彼は私の名刺に七回も注意深く目を通し、私をじっくり眺め回し、そしてゆっくりと言った。

「いったいどのような御用向きなのでしょう、マーロウさん?」

「私はレイヴァリーという名の男に関心を持っています。彼はアルモア医師の家の真向かいに住んでいます。そしてあなたの娘さんはアルモア医師の奥さんだった。レイヴァリーはあなたの娘さんを夜に発見した人物です――死体を」

私がその最後の言葉を意図的に躊躇して口にしたとき、二人はどちらもまるで鳥猟犬のようにはっと顔を上げた。グレイソンは妻に目をやり、妻は首を振った。

「その件については語りたくないのだ」とグレイソンは間を置かずに言った。「我々にとってあまりに痛ましいことなので」

私はしばし待った。彼らと同じように沈んだ顔をしていた。それから言った。「お気持ちはわかります。無理にお話をうかがうつもりはありません。ただ、その一件を調査させるためにあなた方が雇った人物と話がしたいのです」

二人は再び顔を見合わせた。ミセス・グレイソンは今回は首を横に振らなかった。

グレイソンは尋ねた。「どうしてだね？」

「私の話を少しばかり聞いていただいた方がよさそうですね」、私は彼らに、何をするために雇われたかを話した。キングズリーの名前は出さなかったが。前の日にアルモアの家の前でデガルモともめた件も話した。二人はその話にもはっと顔を上げた。

グレイソンは鋭い声で言った。「アルモア医師は君のことを知らなかった。また君は何らかのかたちで彼に接近しようとしたわけでもなかった。それなのに彼は警官を呼んだ。君が彼の家の前にいたというだけで。そういうことかね？」

私は言った。「そのとおりです。少なくとも一時間はそこにいましたが。つまりそこに私の車が停まっていたということです」

「それはなんとも奇妙な話だな」とグレイソンは言った。

「ひどく神経質な人物だと言えますね」と私は言った。「そしてデガルモは私に、彼女の親族が——つまりあなたの娘さんの親族が——私を雇ったのかと尋ねました。アルモア医師は自分の身が十分に護られているとは思っていないように見受けられます。いかがでしょう？」

「護られるって、何から護られるのかね？」、彼は私の顔を見ずにそう尋ねた。彼は時間をかけてパイプに火をつけた。それから煙草の葉を大きな金属製の鉛筆の尻の部分で押し込み、もう一度火をつけた。

私は肩をすくめただけで、それには返事をしなかった。彼は私をちらりと見て、それから目を逸らした。ミセス・グレイソンは私を見なかった。しかし彼女の鼻孔は細かく震えていた。

「どうやって彼は君の素性を知ったのだろう？」とグレイソンは唐突に尋ねた。

「車のナンバーを控えて、自動車クラブに電話をしたのです。それから電話帳で私の名前を調べた。少なくともそれが、もし私が彼の立場にあればやるはずのことです。窓越しに彼がそういう素振りを見せるのを、私は見ていました」

「つまり警察が彼の側について行動している」とグレイソンは言った。

「とは限りません。そのときにもし警察が何か間違いを犯したのだとすれば、彼らは今となってそれが露見することを望みはしないでしょう」

「間違いだと！」、彼は金切り声に近い笑い声をあげた。

「オーケー」と私は言った。「痛ましい話題ではありますが、そろそろ少しばかり新しい空気をとり入れてもいいのではありませんか。あなた方は娘さんを殺したのが彼だとずっと考えていた。そうじゃありませんか？　だからこそあなた方は探偵を雇ったのでしょう」

ミセス・グレイソンはちらりと私を見やり、首をひょいと下げ、もう片方の修繕した靴下を丸く巻いた。

グレイソンは黙していた。

私は言った。「何か証拠はあったのですか？　あるいはただ彼のことが好きじゃないというだけですか？」

「証拠はあった」と彼は苦々しげに言った。彼の声がそこで唐突に明瞭になった。こうなったらすべて話そうと腹をくくったみたいに。「証拠はあったはずなのだ。あったという話を我々は聞かされたから。しかし結局それは入手できなかった。警察が始末してしまったんだ」

「警察がその探偵を酒酔い運転の容疑で逮捕して、刑務所送りにしたという話を聞きました」

「そのとおりだ」

「しかし彼はその証拠をどのように用いるつもりなのか、あなたには話さなかった」

「話さなかった」

「どうもそいつは気に入りませんね」と私は言った。「彼はその情報をあなたのために用いるか、あるいはそれをネタに医師を絞り上げるか、両天秤にかけていたように思えます」

グレイソンはまた妻の方を見やった。彼女は静かな声で言った。「ミスタ・タリーはそういうタイプには見えませんでした。物静かで気さくな、小柄な人でした。もちろん見かけで人はわからないものですが」

私は言った。「タリーというのが探偵の名前なのですね。その名前がうかがいたかったことのひとつです」

「それ以外に何を知りたかったのかね?」とグレイソンが尋ねた。

「どうやってタリーを見つけることができるか——そしてそもそもあなたの心に疑いの念を植え付けたものはいったい何なのか、ということです。何かしらそういうものがあったはずです。あなたは明確な根拠も示されないまま、タリーを雇ったりはしなかったはずだ」

グレイソンは取り澄ました、ごく淡い笑みを浮かべた。小さな顎に手をやり、長く黄色い一本の指でさすった。

ミセス・グレイソンは言った。「麻薬（ドープ）」

「妻はそれを文字通りの意味で言っているんだ（ドープには「くだらない」の意味もある）」とグレイソンは間を置かずに口を挟んだ。その一言が青信号であるかのように。「アルモアは今まで、また今も疑いの余地なく、麻薬医者（ドープ・ドクター）だった。娘は我々に向かってはっきりそう口にした。彼の聞いているところでな。彼はそれが気に入らなかった」

「あなたがおっしゃる麻薬医者（ドープ・ドクター）というのはどのような意味ですか、グレイソンさん」

「扱っている患者の大半が、飲酒や放蕩によって神経崩壊の瀬戸際に置かれている人々だということだよ。そういう連中は常に鎮静剤なり麻薬なりを服用していなければならない。そして倫理観を持つ医師であれば、これ以上の治療はできない、療養施設（サナトリウム）に入ってもらうしかないという段階にやがて達する。しかしアルモアのようなタイプの医師たちもいる。そういう医師たちは、支払いが続く限り、患者がまだ生きていてある程度の正気を保っている限り、面倒を看続ける。たとえ相手が治療の途中で、後戻りできない中毒患者になってしまったとしてもだ。金にはなるが」と彼はしかつめらしい声で言った。「医師にとっても危険を伴う医療行為であるはずだ」

「そのとおりです」と私は言った。「しかし金はたんまり稼げる。コンディーという人物をご存じでしたか？」

「面識はない。しかし彼がどういう人物であるかは知っている。フローレンスはその人物が、アルモアの麻薬の供給源ではないかと推測していた」

私は言った。「あり得ることだ。アルモアはおそらく、それほど数多くの処方箋を書きたくはないでしょうからね。レイヴァリーはご存じですか？」

「会ったことはない。しかし誰であるかは知っている」

「レイヴァリーがアルモアを強請(ゆす)っているかもしれない、と考えられたことはありませんか？」

それは彼にとって新しい考え方だった。手を頭のてっぺんにやり、それから顔を撫でるように下ろし、骨張った膝に置いた。そのあとで首を振った。

「いや。そう考えなくちゃならない理由があるのかね？」

「彼が死体の第一発見者でした」と私は言った。「タリーが何か疑わしいところを見つけたとしたら、それが何であれ、レイヴァリーの目にも見えたはずです」

「レイヴァリーというのはそういう種類の男なのかね？」

「わかりません。彼は目に見える生活の資を持ってはいません。仕事にも就いていない。しかしいろいろと忙しくしています。主に女性たちを相手に」

「なるほどね」とグレイソンは言った。「そしてそういうものごとは、きわめて慎重にことを運ばねばならない」、彼は苦い笑みを浮かべた。「私は仕事上、その手の痕跡によくお目にかかったものだ。担保を取らない貸し金、長期にわたる未払い金。どう考えても無価値な物件に対する投資が、そんな無意味な投資なんてするはずのない人々によってなされている。損失として差し引かれるべき不良債権が、そうされないままに放置されている。税務署に精査されるのを恐れてのことだ。ああ、そうだ、その手のことは簡単に按配できる」

私はミセス・グレイソンを見た。彼女は針を持つ手を休めることはなかった。彼女は一ダースくらいの靴下の直しを終えていた。グレイソンの長く骨張った脚は、靴下にとってはさぞ苛酷なのだろう。

「タリーに何が起こったのですか？　彼ははめられた？」

「疑いの余地はないと思う。彼の奥さんはひどく腹を立てていた。彼は酒場で飲み物に薬物を盛られたのだと、彼女は言っていた。そのとき夫はある警官と一緒に飲んでいたのだと。そして通りの向かいでパトカーが待機していて、彼が車を出そうとしたところで、即刻逮捕されたということだ。留置場に連れて行かれ、ほんのうわべだけの取り調べしか受けなかった」

「そのことにはあまり意味はないな。逮捕されたあとで本人が奥さんに話したことだから。それくらいの言い訳はまあ口にするでしょう」

「私としても、警察が曲がったことをするとは思いたくはない」とグレイソンは言った。「しかしその手のことは現実に起こっているし、誰だってそれくらい知っている」

私は言った。「もし警察があなたの娘さんの死について、意図的ではないミスを何か犯していたとしたら、彼らはそれがタリーの手によって暴かれるのを嫌がったでしょう。何人かは職を失いかねませんからね。でももしタリーの目的が脅迫にあるとわかれば、警察は必死になって彼をどうこうしようとまでは思いますまい。タリーは今どこにいるのですか？　長い話を短くすれば、こういうことになります。もしそこに何か確かな手がかりがあったとすれば、タリーはそれを実際に手にしていたのか、あるいはそれが何であるかを承知し、手に入れようとしていたのか、どちらかです」

グレイソンは言った。「彼が今どこにいるのか、我々は知らないのだ。六カ月の刑期をくらったが、六カ月はとっくに過ぎている」

「彼の奥さんはどうしています？」

グレイソンは自分の妻を見た。彼女は手短に言った。「ベイ・シティーのウェストモア・ストリート、1618½番地。ユースタスと私は少しですが彼女にお金を送りました。彼女は一人で残されて生活に困っていましたから」

私はその住所を書き留め、椅子の背にもたれかかって言った。

「誰かが今朝、レイヴァリーを射殺しました。彼の家の浴室で」

ミセス・グレイソンのぽっちゃりとした両手がバスケットの縁で動きを止めた。グレイソンはパイプを正面に持ったまま、ぽかんと口を開けて座っていた。まるで死者を実際に目の前にしているみたいに、穏やかな音を立てて咳払いをした。それから驚くばかりにゆっくりと、歯の間にその古びた黒いパイプを戻した。

「もちろん、こういうのは期待のしすぎかもしれないが」と彼は言った。言いかけた言葉はそのまましばらく宙に浮いていた。彼は小さな淡い煙をそれに向かって吹きかけた。そして付け加えた。「アルモア医師はその事件に何か関わりを持っているのだろうか」

「私としてはそう考えたいところです」と私は言った。「なんといっても、彼は現場にずいぶん近いところに住んでいます。警察は私の依頼人の奥さんがレイヴァリーを撃ったと考えています。もし彼らが彼女を見つけたら、事件は簡単に片付けられてしまうでしょう。しかしアルモアがもし絡んでいるとしたら、この事件はまず間違いなく、あなたの娘さんが殺された事件に端を発しているはずです。だから私はその関連について何かを見つけ出そうと努めているのです」

グレイソンは言った。「一件の殺人を犯したものは、もう一人殺すのに、二五パーセント以下のためらいしか感じないそうだ」、彼はまるでそのことについては既にたっぷり考察を加えたという口調で言った。

私は言った。「そうでしょうね、おそらく。それで最初の殺人の動機は何だとお考えですか？」

「フローレンスは奔放だった」と彼は悲しそうに言った。「彼女は無鉄砲で扱いにくい娘だった。浪費好きで、贅沢だった。友だちを次々につくったが、どちらかといえばみんな胡散臭い連中だった。大きな声で余計なことをしゃべりまくり、愚かしい真似を繰り返していた。そんな妻は、アルバート・S・アルモアのような人物にとってはたいそう危険な存在になりかねない。しかしそれが主要な動機だとは私には思えないんだ。そうじゃないか、レティー？」

彼は妻の方に顔を向けた。しかし彼女は夫を見なかった。毛糸の玉に縫い針をぐいと刺し込んだだけで、口をじっと閉ざしていた。

グレイソンはため息をついて話を続けた。「彼は自分の診療所の看護婦と関係を持っていて、フローレンスはそれを世間にばらしてやると脅していたようだ。そう信じるに足る根拠が我々にはある。そんなことをされたら、彼はずいぶん困ったことになる。ひとつのスキャンダルは簡単に別のスキャンダルに結びつきかねないからね」

私は言った。「どのようにして殺したのですか？」

「モルヒネだよ、もちろん。彼はいつだってモルヒネを所有し、使用していたからね。その使い方は知り尽くしている。そして娘が深い昏睡状態に陥ったとき、彼女をガレージに寝かせ、車のエンジンをかけたんだ。知っての通り検死もなかった。検死があれば、彼女がその前に皮下注射をされていたことがきっと明らかになったはずだ」

私は肯いた。彼は満足したように背中を後ろにもたせかけた。手で頭のてっぺんを撫で、それを顔の前に下ろし、そして骨張った膝に落とした。彼はその仮説についてもみっちり検証を重ねてきたように見えた。

私は彼らを見た。老夫婦がそこに二人で静かに座り、心を憎しみの毒で染めている。その事件が起こって一年半を経た今でも。もしアルモアがレイヴァリーを撃ったとわかれば、きっと二人は嬉しいことだろう。大喜びするに違いない。その知らせは二人をくるぶしまでぬくぬくと温めてくれるに違いない。

少しだけ間を置いてから私は言った。「あなた方は多くのものごとを、自分たちの意向に沿うかたちで信じておられる。娘さんは本当に自殺したという可能性だって排除はできません。その捜査に待ったがかかったのは、ひとつにはコンディーの経営する賭博店を保護するためであり、またひとつにはアルモアが公開聴聞会に呼び出されるのを防ぐためだったかもしれない」

「馬鹿馬鹿しい」とグレイソンは鋭く言った。「あいつが娘を殺したに決まっている。彼女はベッドで眠っていたんだ」

「そんなことはわかりません。彼女は自ら麻薬を服用していたのかもしれない。そして麻薬に対する耐性を身につけていたかもしれない。その場合、効果はあまり長くは続かないはずだ。真夜中に目が覚め、鏡に映った自分の姿を見て、そこに魔物が自分を指さしている姿を目にしたかもしれない。そういうことは起こり得るのです」

「君は我々の時間をもう十分無駄にしてくれたようだ」とグレイソンは言った。

私は立ち上がった。私は二人に礼を言い、ドアに向かって一メートルほど進み、そして言った。「タリーが逮捕されたあと、あなた方はこの件について何もなさらなかったのですか？」

「リーチという名の地方検事補に会った」とグレイソンは面白くなさそうに言った。「無駄骨だった。検事局が介入するだけの正当性はないと言われた。薬物関係にも関心を持たなかった。しかしコンディーの店はそのおおよそ一カ月後に閉店した。それは事件と何か関係しているのかもしれない」

「ベイ・シティーの警察がたぶん少しばかり煙幕を張ったのでしょう。コンディーは別の場所にいけば見つかるはずです。どこを探せばいいかが、あなたにわかっていればということですが。彼の所有していた賭博の設備一式はそっくり手つかずで残されているはずですから」

私がドアの方に行きかけると、グレイソンが椅子から腰を上げ、よろよろと部屋を横切って私のあとをついてきた。彼の黄ばんだ顔に朱が差していた。

「無礼なことを言うつもりはなかった」と彼は言った。「レティーと私は、この事件をこんな具合に深く抱え込むべきではないのだろう」

「あなた方お二人はよく苦難に耐えてこられたと思います」と私は言った。「ところでこの件には、他にも誰かが絡んではいませんか？　これまでに名前がのぼらなかった人物が」

グレイソンは首を振った。それから妻を見やった。彼女の手は卵形のかがりもの用裏当ての上に修繕中の靴下を置いたまま、じっと止まっていた。頭は僅かに片側に傾けられていた。彼女は何かに耳を澄ませているようだったが、我々の話を聞いているのではなさそうだった。

私は言った。「私が聞いた話によれば、アルモア医師の診療所の看護婦は、その夜ミセス・アルモアをベッドに寝かせたそうです。それは彼が浮気の相手にしている看護婦のことでしょうか？」

ミセス・グレイソンはきりっとした声で言った。「ちょっとお待ちなさい。私たちはその女に会ったことはありません。でも可愛らしい名前を持っていた。少し時間をくださいな」

我々は彼女に時間を与えた。「ミルドレッドなんとかよ」と彼女は言った。そして歯をかちんと鳴らした。

私はひとつ深く呼吸をした。「ひょっとして、ミルドレッド・ハヴィランドではありませんか、ミセス・グレイソン？」

彼女はにっこりと微笑んで肯いた。「もちろん、ミルドレッド・ハヴィランドよ。そうだったわよね、ユースタス？」

　彼には思い出せなかった。彼は間違った馬小屋に入った馬のような顔をして我々を見ていた。彼はドアを開けて言った。「それが何か？」

「そしてあなたはタリーは小柄な男だと言った」と私はなおも追求した。「大柄な乱暴者で、大声を出す威勢の良いタイプではありませんね？」

「とんでもない」とミセス・グレイソンは言った。「タリーさんは中背というところまでもいかない人です。中年で、茶色がかった髪で、声はとても穏やかです。いつも不安げな表情を顔に浮かべています。なんだか常に困りごとを抱えているような顔つきでした」

「彼は困りごとを必要としていたようだ」と私は言った。

　グレイソンは骨張った手を差し出し、私はそれを握った。まるでタオル掛けと握手をしているような気分だった。

「もしあいつの尻尾をつかまえたら」と彼は言って、パイプの軸に口をぐいと押し当てた。「請求書を持ってここに戻ってきてくれ。私が言っているのはもちろんアルモアのことだよ」

　あなたがアルモアのことを言っていることはよくわかっている、と私は言った。しかし請求書を書くつもりはない。

　私は静まりかえった廊下を歩いて戻った。自動エレベーターには赤いフラシ天のカーペットが敷かれていた。エレベーターには古くさい香水の匂いがした。お茶を飲んでいる三人の未亡人くらい旧弊な匂いだった。

24

ウェストモア・ストリートの家は小ぶりな木造バンガローで、大きな家屋の背後にあった。小さな方の家には番地もふられていないようだ。しかし表側の大きな家の玄関ドアの脇には、1618という番号がステンシルで示されていた。ステンシルの裏側にはほのかな照明がついていた。狭いコンクリートの小径が窓の下を通って、奥の家に通じている。家には小さなポーチがついており、そこに一人がけの椅子がひとつ置かれていた。私はポーチに上がって、ベルを押した。

ベルの音はかなり間近に聞こえた。網戸の奥でドアが開いたが、明かりはつけられなかった。暗闇の中から苛立った声が聞こえた。

「何なの？」

私は暗闇に向かって言った。「ミスタ・タリーはご在宅ですか？」

声は平坦で音調を欠いたものになった。「あなたはどなた？」

「友人です」

暗闇の中に座っている女は喉の奥で曖昧な音を立てた。面白がっているようにも聞こえたし、ただの咳払いにも聞こえた。

「わかったわ」と彼女は言った。「それで金額はいくら?」

「取り立てじゃありません、ミセス・タリー。奥さんですよね?」

「いいから、もう行って。私にかまわないで」とその声は言った。「主人はここにいない。ずっといなかったし、これから先もいないはずよ」

私は鼻を網戸に押しつけ、部屋の中をなんとか覗き込もうとした。家具の輪郭がぼんやりと見えた。声の聞こえてくるあたりにはソファのような形が見えた。一人の女がそこに寝転んでいた。仰向けになって天井を見ているようだった。ぴくりとも動かない。

「具合が悪いの」とその声は言った。「私はもう十分トラブルを抱え込んでいる。だから行っちゃって。私にかまわないで」

私は言った。「グレイソン夫妻とさっき話をしてきたところなんです」

僅かな沈黙があった。しかし動きはなかった。それからため息が聞こえた。「そんな名前、聞いたことがない」

私は網戸の縁にもたれかかり、通りに通じる狭い小径を振り返った。道路の向こう側に車が一台停まっていた。パーキング・ライトが灯っている。ブロックに沿って他に何台かの車があった。

私は言った。「いや、名前を聞いたことはあるはずですよ、ミセス・タリー。私は彼らのために働いています。彼らはまだあきらめずにがんばっています。あなたはいかがですか？　何かを取り戻したいとは思わないのですか？」

声が言った。「私はただ放っておいてもらいたいの」

「ほしいのは情報です」と私は言った。「私はそれを手に入れる。できることなら静かに。もし静かにそれができないのであれば、大きな声で」

声が言った。「また警官なの？」

「私が警官じゃないことはご存じのはずだ、ミセス・タリー。グレイソン夫妻は警官とは口をきかない。彼らに電話をかけて確かめればいいでしょう」

「そんな名前は聞いたことがない」とその声は言った。「もし聞いたことがあったとしても、うちには電話がないの。もう消えちゃって、お巡りさん。私は具合がよくないのよ。この一カ月ずっと」

「私の名前はマーロウ」と私は言った。「フィリップ・マーロウ。ロサンジェルスで私立探偵をしている。グレイソン夫妻と話をしてきたところだ。つかんでいることがある。しかしあなたのご主人に話をしなくてはならない」

ソファの上の女は儚(はかな)い笑い声を上げた。ドアまで来る途中で消えてしまいそうなか細い笑い声だった。「つかんでいることがあるんですって」と彼女は言った。「聞き覚えのある台詞ね。まるで同じじゃない！　あなたは何かをつかんでいる。ジョージ・タリーも何かをつかんでいた。かつてはね」

「彼にはまだチャンスがある」と私は言った。「カードを正しく扱えばね」

「もしそれが求められていることであるなら」と彼女は言った。「彼のことはあっさり忘れちゃった方が賢明よ」

私はただドアの枠にもたれて、顎を掻いていた。通りにいる誰かが懐中電灯のスイッチをつけた。なぜかはわからない。そしてやがて消された。それは私の車のすぐ近くのようだった。

ぼんやりとした青白い顔がソファの上で動き、そして消えた。かわりに髪が見えた。女は壁に顔を向けていた。

「私は疲れた」と彼女は言った。壁に向かって話しかけているせいで、その声はくぐもって聞こえた。「心底疲れているのよ。放っておいて。お願いだから、さっさと消えちゃって」

「金なら少しばかり用立てられるが」

「葉巻の匂いがしない？」

私は匂いを嗅いでみた。葉巻の匂いはしなかった。「しないね」

「やつらがここにいたのよ。ここに二時間もいた。ああ、もうへとへとだわ。消えてちょうだい」

「いいですか、ミセス・タリー」

女はソファの上で身体の向きを変えた。ぼんやりとした彼女の顔がまたこちらを向いた。はっきりとではないが、その目をおおよそ見ることもできた。

「わからない人ね」と彼女は言った。「私はあなたを知らない。あなたのことを知りたいとは思わない。あなたに話すことは何もない。もしあったとしても、話すつもりはない。私はここで生活をしているのよ。もしこれが生活と呼べればだけど。でもとにかく、これが手に入るいちばん生活に近いものなのよ。私はささやかな平和と静けさを必要としている。ここから消えて、私を一人にしておいて」

「中に入れてくれませんか」と私は言った。「その件について話をしましょう。私はあなたに――」

彼女は突然ソファの上で再び身を曲げ、両足で床をどんと打った。その声に頑(かたく)な怒りが入り込んだ。

「もし立ち去らなかったら、大声を上げるわよ」と彼女は言った。「とてつもない声を上げる。さあ、さっさと早く消えて！」

「オーケー」と私はすぐに言った。「ドアに名刺を挟んでおきます。私の名前を思い出せるようにね。気が変わったときのために」

私は名刺を取りだし、網戸の破れたところにそれを差し込んだ。そして言った。「じゃあおやすみなさい、ミセス・タリー」

返事はなかった。彼女の目は部屋の奥からじっとこちらを見ていた。その目は闇の中でほんのりと光っていた。私はポーチを降り、狭い小径を歩いて通りに戻った。

通りの向かい側でパーキング・ライトをつけた車が、柔らかなエンジン音を立てた。至るところ、数え切れない通りで数え切れない車が、柔らかなエンジン音を立てている。

私は自分のクライスラーに乗り込み、車をスタートさせた。

25

ウェストモアは街の環境の良くない側を南北に走る通りだ。私はその通りを北に向かった。次の角で、廃線になった都市間連絡列車の軌道をごとごとと越え、廃品置き場の並ぶブロックを進んだ。板塀の向こうには、古い車のばらばらの残骸がいかにもグロテスクに放置されていた。まるで近代戦の戦場のように。月光の下では、積み上げられた錆びた自動車部品は瘤（こぶ）のように見えた。家の屋根ほど高く積まれた部品の山の間には通り道ができていた。

バックミラーにヘッドライトがぎらりと光った。それはだんだん大きさを増していった。私はアクセルを踏み、ポケットからキーを出して、グラブ・コンパートメントのロックを外した。そこから38口径を取りだしてシートに置き、脚の脇に寄せた。

廃品置き場の向こうには煉瓦工場があった。荒廃地のずっと向こうに見える煉瓦窯の高い煙突から煙は出ていない。黒っぽい煉瓦が積み上げられ、低い木造の建物には看板がついていた。すべては閑散として、動くものはなく、明かりも見えない。

背後の車は接近してきた。軽く押されたサイレンの低く唸るような響きが、夜の闇を貫いて聞こえた。その響きは、今は使われていないゴルフ場のへりを越えて東へと、煉瓦工場を越えて西へと、あてもなく漂っていった。私はもう少しスピードを上げたが、とてもかなわなかった。背後の車は素早く距離を詰め、巨大な赤いスポットライトが出し抜けに、道路全体を限なく照らし出した。

その車は横に並び、進路を遮ろうとした。私はクライスラーを急停車させ、警察車両の背後に車を振り、数センチの余地を辛うじて残してUターンした。そして逆方向にアクセルを思い切り踏んだ。背後でギアがクラッシュするがりがりという音が聞こえ、怒りに燃えるエンジンの怒号が聞こえた。赤いスポットライトが煉瓦工場の何マイルも先の方まで、あたりをぐるりと舐めた。

無駄な努力だった。彼らはあとを追ってきて、またスピードを上げてきた。逃げおおせると思ったわけではない。私としてはなんとか人家のある地域に戻りつき、外に出てきた人々に、そこで起こったことを目撃し、かなうことなら記憶しておいてもらいたかったのだ。

しかしそれはかなわなかった。警察車両はまた私の車の横に並び、いかつい声が怒鳴りつけた。

「停まるんだ。さもないと風穴をあけてやるぞ！」

私は道路の脇に車を停め、ブレーキをセットした。拳銃をグラブ・コンパートメントに戻し、蓋を閉めた。警察車両は、私の車の左側前面フェンダーすれすれに、スプリングを震わせて停まった。太った男が怒声をあげながら、ドアをばたんと閉めて車から出てきた。

「警察のサイレンがどういうものか知らないわけがなかろう。車を降りるんだ！」

私は車を降りて、月光の中でその脇に立った。太った男は手に拳銃を持っていた。

「免許証を出せ！」と男は吠えた。シャベルのブレードみたいにいかつい声だった。

私は免許証を差し出した。もう一人の警官が運転席から降りてきて、私の隣に回り込み、私の手から免許証を取った。懐中電灯の光をあて、名前を読んだ。

「名前はマーロウ」と彼は言った。「よう、こいつは私立探偵だぜ。参っちまうよな、クーニー」

クーニーは言った。「それだけか？　じゃあ、こいつは必要なかろうぜ」と彼は言って、拳銃をホルスターに戻し、革のフラップのボタンをとめた。「おれのかわいいお手々があれば、それで間に合うだろう」と彼は言った。「まあ見てな」

もう一人の警官が言った。「スピード違反に、飲酒運転。その線でいいな」

「こいつの息の匂いを嗅いでみな」とクーニーが言った。

もう一人の警官は礼儀正しい薄笑いを浮かべながら、身体を前に傾けた。「息の匂いを嗅がせていただけますかね、探偵さん？」

私は息の匂いを嗅がせてやった。

「ふむふむ」と彼は思慮深そうに言った。「足取りはふらついちゃいないようだ。そいつは言える」

「今夜は夏にしちゃちょいと冷えるな。こいつに一杯ご馳走してやったらどうだい、ダブス巡査」

「ああ、そいつは思いやりってものだ」とダブスは言った。彼は車に戻って、半パイント瓶（約二四〇ミリリットル）を手に戻ってきた。そしてそれを宙にかざした。瓶には三分の一ほど中身が入っていた。「深酒をするってほどの量じゃないが」と彼は言った。そして瓶を差し出した。「おれたちのおごりだよ。一杯やれ」

「あまり飲みたい気分じゃないな」と私は言った。

「まあ、そう言うなって」とクーニーが哀れっぽい声で言った。「そんなすげないことを言われると、おれたちとしては、おたくの腹に足形をつけてみたいという衝動に駆られるかもしれない」

私は瓶を受け取り、キャップを外して匂いを嗅いでみた。ボトルの中の液体はウィスキーのような匂いがした。生のウィスキーだ。

「いつもいつも同じギャグじゃつまらないだろう」と私は言った。

クーニーは言った。「今の時刻は八時二十七分だ。しっかり記録しておけよ、ダブス巡査」

ダブスは車に戻って、前屈みになって報告書に記入した。私は瓶を宙に掲げ、クーニーに向かって言った。「どうしてもこれを飲めと言うんだな」

「いや、おたくの腹の上でジャンプさせてもらうのも悪くないかもな」

私は瓶を傾け、飲み込まないように喉を塞ぎ、口の中をウィスキーで満たした。クーニーが突進してきて、私の腹にパンチを叩き込んだ。私はウィスキーを勢いよく吐き出し、身を屈めてごほごほとむせた。瓶が手から落ちた。

屈んでそれを拾おうとしたとき、クーニーの肉付きのいい膝が私の顔めがけて上げられるのが見えた。私は一歩横にステップし、身体をまっすぐ起こして、渾身の力を込めて相手の鼻を叩きつけた。彼は左手で顔を押さえ、吠えるような叫び声を上げ、右手をさっと拳銃のホルスターに伸ばした。ダブスが横手から私に向かって走ってきた。彼の片方の腕は低く振られた。ブラックジャックが私の左膝の裏側を打った。脚の感覚がなくなり、私はどっと地面に倒れた。歯ぎしりをし、ウィスキーを吐きながら。

クーニーは血だらけの顔から手を離した。

「ジーザス」と彼はもったりしたひどい声で言った。「これは血だぞ。おれの血だ」。彼は荒っぽい叫び声を上げ、足で私の顔を蹴ろうとした。

私はできるだけ遠くに転がり、そのキックをなんとか肩で受けることができた。肩を蹴られただけでも相当な痛みだったが。

ダブスが我々のあいだに割り入った。そして言った。「もう十分だろう、チャーリー。やり過ぎるとまずいぜ」

クーニーは足をするようにして後ろに三歩下がり、警察車両のランニングボードに座り込んで、顔を押さえていた。手探りでハンカチーフを取りだし、それを使って鼻の上をそっと拭いた。

「一分だけおれの好きにさせてくれ」と彼はハンカチーフ越しに言った。「一分だけでいい。ほんの一分だ」

ダブスは言った。「落ち着きなって。もうここまでだ。これでおれたちの役目は済んだ」、彼は脚の脇でブラックジャックをゆっくりと振っていた。クーニーはランニングボードから立ち上がり、よろよろと前に進んだ。ダブスは彼の胸に片手を置き、そっと押し返した。クーニーはその手を強く振り払おうとした。

「血を見なくちゃおさまらねえな」と彼はしゃがれ声で言った。「もっと多くの血を見なくちゃ」

ダブスは鋭く言った。「これ以上は何もしない。いいから頭を冷やせ。おれたち、やるべきことはやった」

クーニーは振り向いて、重い足取りで警察車両の向こう側に歩いてまわった。車に寄りかかって、ハンカチーフ越しに何かぶつぶつとつぶやいていた。ダブスが私に言った。

「さあ、立てよ、兄さん」

私は立ち上がり、膝の裏側をさすった。脚の神経は怒った猿のように猛烈に跳び回っていた。

「車に乗るんだ」と彼は言った。「おれらの車に」

私は歩いて行って、苦労して警察車両に乗り込んだ。

ダブスは言った。「あっちのポンコツを運転していってくれ、チャーリー」

「ああ、車のフェンダーを残らずむしり取ってやるよ」とクーニーは怒鳴った。

ダブスはウィスキーの瓶を地面から拾い上げ、塀の向こうに放り投げた。それから私の隣の席に乗り込んだ。スタートボタンを押した。

「こいつは高くつくぜ」と彼は言った。「あの男を殴ったりするべきじゃなかった」

私は言った。「どこがいけない?」

「あいつはいいやつなんだ」とダブスが言った。「いささか騒々しいだけで」

「しかし笑えないね」と私は言った。「ぜんぜんおかしくない」

「彼には言わない方がいい」とダブスは言った。車は動き出した。「気持ちが傷つけられるから」

クーニーはばたんとドアを閉めてクライスラーに乗り込み、エンジンをスタートさせ、ギアを派手にクラッシュさせた。まるでギアを粉々にしてしまいたいみたいに。ダブスは警察車両を滑らかに動かし、再び煉瓦工場に沿って北に向かった。

「おれたちの新しい留置場はきっと気に入ってくれると思うな」と彼は言った。

「罪状はなんだね？」

彼は少し思案した。穏やかな手さばきで車を運転し、クーニーがあとをついてきていることをバックミラーで確かめながら。

「速度超過」と彼は言った。「公務執行妨害。ＨＢＤ」。ＨＢＤというのは警察用語で「飲酒運転（had been drinking）」のことだ。

「腹に一発パンチを叩き込まれ、肩を蹴飛ばされ、肉体的危害を加えると脅しをかけられて無理に酒を飲まされ、銃で威嚇され、武装もしていないのにブラックジャックでぶちのめされたってのはどうだろう？　そちらの方がよほど法律に反している」

「ああ、よしてくれよ」と彼はうんざりしたように言った。「こんなことをおれが楽しんでやっていると思うのか？」

「この街はクリーンになったと思っていたよ」と私は言った。「街はきれいに浄化されて、まともな市民は防弾チョッキを着ることなく、夜の通りを歩けるようになったと耳にしていたんだが」

「一部はクリーンになったさ」と彼は言った。「でも街がクリーンになりすぎることを好まない連中もいる。汚いドルがすっかり逃げ出すと、それはそれでまずいことになるからね」

「そういうことは口にしない方がいいんじゃないか」と私は言った。「組合員証をなくしかねないぜ」

彼は笑った。「どうでもいい」と彼は言った。「どうせ二週間後には陸軍に入っているさ」

この一件は彼にとっては既に片のついたことなのだ。何の意味も持たない。彼はそれを通常行為のひとつと考えていた。苦々しささえ感じてはいなかった。

26

留置場は新築同様だった。鋼鉄の壁は軍艦の灰色に塗られ、ドアはまだ新鮮な輝きを放っていたが、二、三ヵ所に煙草の汁をつけられ、美観がそのぶん損なわれていた。照明は天井に埋め込まれ、分厚い曇りガラスのパネルで蓋をされていた。監房の一方の壁に二段式の寝床がついていて、上の段では男が一人鼾（いびき）をかいていた。身体には濃灰色の毛布が巻き付けられている。そんなに早い時刻に既に眠り込んでしまい、ウィスキーやジンの匂いもさせず、また眠りの邪魔をされないように上段の寝床を選んでいるところからして、たぶん長期滞在者なのだろう。

私は下の寝床に腰を下ろした。銃を所持していないか手で検査を受けたが、ポケットまではひっくり返されなかった。私はポケットから煙草を取り出し、膝の裏の熱く腫れた箇所を手でさすった。痛みは踵にまで及んでいた。上着の前側にかかったウィスキーが不快な匂いを放っていた。私は服をつまみ上げ、そこに煙草の煙を吹きかけた。煙は上にあがっていって、天井の照明に被せた四角いガラスのところに漂った。留置場はとても静かだった。たぶん留置場の別の棟なのだろうが、ずいぶん遠くで一人の女が金切り声を上げていた。でも私のいるところは教会並みにしんとしていた。

どこだかはわからないが、その女は悲鳴をあげていた。その絶叫は薄っぺらで鋭く、非現実的な響きを——月夜に鳴くコヨーテの叫びに似たものを持っていた。しかしそこには、コヨーテの声のような、咽び高まる悲哀の響きはなかった。しばらくしてそれも聞こえなくなった。


煙草を二本しっかり吸い終え、吸い殻を監房の隅にある小さな便器に棄てた。上段の寝床の男はまだ鼾をかいていた。見えるのは、毛布の縁から突き出ているべったり油じみた髪だけだった。男は俯せになって寝ていた。熟睡している。大したものだ。

私はまた寝床に腰を下ろした。平らな鋼鉄製の桟の上に、薄くて硬いマットレスが敷かれている。濃灰色の毛布が二枚、とてもきちんと畳まれていた。なかなか感じのいい監房だ。留置場は新しい市庁舎の十二階にあった。それはなかなか感じのいい市庁舎だった。ベイ・シティーはなかなか感じのいいところなのだ。そこに住む人々はそう信じている。私だってもしそこに住めば、同じように考えることだろう。素敵な青い湾や、断崖や、ヨットハーバーや、家々が並ぶ静かな通りを、私は目にすることだろう。古い家々は古い木々の下に超然とかまえ、新しい家々はシャープな芝生の庭と金網のフェンスを具え、正面の緑地帯には支柱つきの若木を植えている。私は二十五番通りに住む娘をかつて知っていた。そこは感じのいい通りだった。彼女も感じのいい娘で、ベイ・シティーのことが好きだった。

彼女は、昔の都市間列車線路の南側にある惨めな低地のことなど、考えたりしないだろう。そこにはメキシコ人と黒人のスラムが広がっている。あるいはまた、崖の南側の平坦な浜に沿って並んだ、海辺の曖昧宿のことも、尾根にある汗臭い小さなダンスホールのことも、マリファナの密売所のことも、あまりにも静まり返ったホテルのロビーで広げた新聞の上端から目を光らせているキツネ顔の男のことも、海岸のボードウォークにたむろするスリやペテン師や、詐欺師や酔っぱらい専門のひったくりや、ぽん引きやおかまたちのことも考えたりはするまい。

私はドアのそばに行って、そこに立った。通路の向かい側に人の動きはなかった。監房棟の明かりはうらぶれ、沈黙に満ちていた。留置場はいかにも閑散としていた。

腕時計に目をやった。九時五十四分。帰宅してスリッパに履き替え、チェスの試合を再現している頃だ。丈の高いグラスに酒をつくり、時間をかけて静かにパイプをくゆらせる時刻だ。両足を足載せに置き、頭をただ空っぽにするのだ。雑誌を読みながらあくびをする時刻だ。ひとりの人間となり、一軒の家の主となり、休息をとり、夜の空気を胸に吸い込み、明日のために脳味噌を整え直す以外には何もしなくていい身となるべき時刻だ。

青灰色の看守の制服を着た男が、監房のあいだを番号を読みながらやってきた。彼は私の監房の前で止まり、ドアのロックを外し、厳しい目で私を見つめた。彼らはいつもいつもいつも、そういう目をしていなくてはならないと考えているようだ。おれは警官だぞ、ブラザー。おれはタフだぞ。気をつけろよ、ブラザー。下手なことをすれば、おまえを痛めつけて、四つん這いでしか歩けないようにしてやるぞ、ブラザー。吐いちまえ。本当のことをそっくりぶちまけるんだよ、ブラザー、さあやろうぜ。そして忘れるんじゃないぞ、おれたちはタフガイなんだ。おれたちは警官なんだ。おまえみたいな半端野郎なんぞ、どうとでも扱えるんだからな。

「出ろ」と彼は言った。

私が監房から出ると、彼は再びドアをロックし、親指をぐいと曲げた。そして我々は大きな鋼鉄のゲートに向かった。彼はそのロックを解錠し、我々はそのゲートを抜け、彼はまたそれをロックした。鍵束が大きな鋼鉄のリングの上で楽しげにちゃりんちゃりんと音を立てた。少しして我々は、表側が木材のように塗装され、内側が軍艦の灰色に塗装された鋼鉄のドアを抜けた。

デガルモがそこにいた。彼はカウンターの脇に立って、当直の巡査部長と話をしていた。

彼はそのメタリック・ブルーの目を私に向けて言った。「気分はどうかね？」

「悪くない」

「おれたちの留置場みたいにか？」

「なかなか悪くない留置場だ」

「ウェバー警部がおまえに話したいそうだ」

「悪くない」と私は言った。

「悪くないという以外の言葉を知らんのか？」

「今は」と私は言った。「そしてここでは」

「少し脚をひきずっているみたいだな」と彼は言った。「どこかで転んだか何かしたのか？」

「ああ」と私は言った。「ブラックジャックにつまずいてね。それがぴょんと跳び上がって、左脚の膝の裏に嚙みついたんだ」

「そいつは気の毒に」と彼は言った。目には表情らしきものはうかがえなかった。「荷物保管所で持ち物を受け取れ」

「持ち物はない」と私は言った。「何も預けちゃいない」

「そうか、そいつは悪くない」と彼は言った。

「そのとおり」と私は言った。「悪くない」

当直の巡査部長はぼさぼさの頭を上げて、我々二人を長いあいだ凝視していた。「あんた方はクーニーの可愛らしいアイリッシュの鼻を見なくちゃ」と彼は言った。「もしあんた方が何か悪くないものを目にしたいと思うのであれば。そいつはワッフルのシロップみたいにあいつの顔中に景気よくひろがっていますよ」

デガルモは気がなさそうに言った。「へえ、何があったんだ？　喧嘩でもしたってのか？」

「さあ、知りませんね」と巡査部長は言った。「たぶん同じブラックジャックが跳ねて、顔に嚙みついたんじゃないのかな」

「当直の巡査部長にしちゃ、余計なことを話しすぎないか？」とデガルモが言った。

「当直の巡査部長というのはつい余計なことをしゃべりすぎるものでしてね」と当直の巡査部長は言った。「だから殺人課の警部補になれないでいるんでしょうね」

「なかなか和気藹々としているだろう」とデガルモが言った。「ハッピーな大家族みたいな職場なんだ」

「溢れんばかりの笑みを顔に浮かべ」と当直の巡査部長は言った。「相手を受け入れようと両腕を大きく広げるが、どちらの手にも石が握られている」

デガルモはこっちに来いと首で合図をし、我々はそこを退出した。

27

ウェバー警部は湾曲した鋭い鼻をデスク越しに私に向かってぐいと突き出し、言った。

「座れよ」

私は丸い背もたれのついた木製の肘掛け椅子に腰を下ろした。そして左脚がシートの尖った縁に当たらないように姿勢を変えた。広く小綺麗な角部屋だった。デガルモはデスクの端っこに座って足を組み、考え深げにくるぶしをさすっていた。そして窓の外に目をやった。

ウェバーは続けた。「君は面倒を求め、それを手に入れた。住宅地で時速九十キロ近くを出していた。そしてサイレンを鳴らし、赤いスポットライトをつけて停止を命じた警察車両から逃げようと試みた。車を停められると口汚く罵り、警官の顔を殴打した」

私は何も言わなかった。ウェバーはデスクからマッチ棒を一本取り上げ、それを半分に折り、肩越しに背後に放り投げた。

「それとも彼らは嘘をついているのだろうか――例によって」と彼は尋ねた。

「私はその報告書を読んでいない」と私は言った。「おそらく速度違反はしていただろう。住宅地域か、あるいはとにかく市境のこちら側で。警察の車は私が訪問した家の、通りの向かいに駐まっていた。私が車を出すと、すかさずあとをつけてきた。そしてその時点ではそれが警察の車だとはわからなかった。あとをつけられるような覚えはなかったし、その車の様子が気に入らなかった。だから少しばかりスピードを上げた。しかし私が求めていたのは、逃げることではなく、街のもっと明るい場所に行き着くことだった」

デガルモは私にその荒涼とした意味のない視線を向けるために、両目を動かした。ウェバーは苛ついた様子で歯をかちんと鳴らした。

彼は言った。「君はそれが警察車両だとわかったあと、ブロックの真ん中で車の向きを反転させ、なおも逃亡を図った。そのとおりかね？」

私は言った。「そのとおりだが、そうした理由を説明するには、少しばかり腹を割った話をしなくてはならない」

「少しばかり腹を割った話は私も決してきらいじゃないぜ」とウェバーは言った。「というか少しばかり腹を割った話を専門分野としている節もある」

私は言った。「私を逮捕した警官たちは、ジョージ・タリーの妻の住んでいる家の正面に車を駐めていた。私が行く前から、既にそこにいたんだ。ジョージ・タリーはかつてこの街で私立探偵を開業していた。私は彼に会いたかったんだ。私がなぜ彼に会いたかったかは、デガルモが知っているよ」

デガルモはポケットからマッチ棒を取りだし、柔らかい方の端を静かに嚙んだ。そして無表情に肯いた。ウェバーはそちらには目をやらなかった。

私は言った。「君は愚かな男だよ、デガルモ。やることはすべて愚かしいし、そのやり方も愚かしい。昨日、アルモアの家の前で私と顔を合わせたとき、君はやたらタフぶった。タフになる必要なんて何もなかったのにな。おかげで私は好奇心を抱くことになった。好奇心を抱く要素なんてそこには何もなかったというのに。おまけに君は、もしそれが大事な意味を持ってきたときに、私がどうすればその好奇心を満たすことができるか、そのヒントを与えてくれまでした。友人たちを護るために君がやるべきだったのは、私が何か行動を起こすまでは、ただじっと口を閉じているということだったのにな。そうすれば、私はおそらく何ひとつ行動を起こさなかっただろうし、君だってこんな面倒を背負い込まずに済んだんだ」

ウェバーは言った。「それが、君がウェストモア・ストリートの1200番ブロックで逮捕されたことと、いったいどのような関係を持っているのだろう？」

「アルモア事件と繫がっているからだ」と私は言った。「ジョージ・タリーはアルモア事件の調査をしていた。飲酒運転で引っ張られるまではね」

「なあ、私はアルモア事件の捜査に関わったことはないんだ」、ウェバーはぴしゃりとそう言った。「誰が最初にジュリアス・シーザーの身体にナイフを突き立てたかも、私は知らん。話のポイントを逸らせないでくれないか？」

「ポイントを逸らせてはいない。デガルモはアルモア事件の事情を知っているが、それについては触れられたくないと思っている。おたくのパトロール警官たちでさえそのことを知っているよ。クーニーとダブスには、もし私がアルモア事件を調査していた男の細君の家を訪ねなかったら、私のあとをつける理由なんて何もなかったはずだ。彼らがつけてきたとき、私はスピード違反なんてしていなかった。私が逃げようとしたのは、そこを訪ねたことで、連中に叩きのめされるかもしれないと考えるだけの根拠があったからだ。デガルモが私にその根拠を与えてくれた」

ウェバーはちらりとデガルモの顔を見た。デガルモの硬質な青い目は部屋の正面の壁をじっと見ていた。

私は言った。「私はクーニーからウィスキーを飲むことを強制され、それを飲んで、そのあと腹に一発きついパンチをくらうまでは、相手の鼻を殴ったりはしなかった。腹を殴られたのは、私がウィスキーを吐き出し、それが上着の前面にかかって、酒の匂いが飲酒運転の証拠として残るようにするためだよ。そういうトリックを耳にしたのは、これが最初じゃないはずだよ、警部」

ウェバーはもう一本、マッチ棒を折った。彼は後ろにもたれかかり、自分の小さな締まった拳を眺めた。それからもう一度デガルモを見て、言った。「もしおまえさんが、警察署長の地位についていたら、私もそういうのに荷担させられていたかもな」

デガルモは言った。「だって、この探偵は軽いのをせいぜい二、三発くらっただけですぜ。みんな冗談みたいなものだ。冗談をそんなに真に受けなくたって——」

ウェバーは言った。「おまえがクーニーとダブスをそこに配置したのか？」

「ええ——まあそうです。そうしました」とデガルモは言った。「こんな詐索屋どもがうちの街にやってきて、自分を売り込んで仕事をもらい、年寄り夫婦を騙して大金をせしめるべく、もうカタのついた古い事件をひっかきまわすのを、なんでおれたちが我慢して見てなきゃならんのです？　そんなやつらはうんときつい目にあわせ、学ばせなくちゃならん」

「おまえの目にはそのように映るんだな？」とウェバーは訊いた。

「ええ、おれの目には実にそのように映りますね」とデガルモは言った。

「おまえみたいな連中は、いったい何を必要としているんだろうな」とウェバーは言った。「今の時点では、おまえは外の空気を必要としているみたいだ。外に出て少しばかり空気を吸い込んできたらどうかね、警部補」

デガルモはゆっくりと口を開いた。「おれに、ここから消えろと言ってるわけですか？」

ウェバーは唐突に身を前に乗り出した。彼の小さな鋭い顎が、巡洋艦の船首のように空気を切った。「そうしていただけるとありがたい」

デガルモはゆっくりと立ち上がった。紅潮がその頬骨を暗い色合いに染めていた。彼は硬い手をデスクにぺたんとついて前屈みになった。そしてウェバーの顔を見た。ささやかな、緊迫した沈黙があった。彼は言った。

「オーケー、警部。しかしあんたはちっと間違ったことをしていますよ」

ウェバーは返事をしなかった。デガルモは戸口まで歩いて行って、外に出た。ウェバーはドアがしっかり閉じるのを待ってから言った。

「君には、一年半前に起こったそのアルモア事件と、今日のレイヴァリーの家での銃撃事件とを結びつけることができる——言いたいのはそういうことなのか？　それともキングズリー夫人がレイヴァリーを撃ったことはわかりきっているから、そこに煙幕を張っているだけなのか？」

私は言った。「その事件は、射殺される前から既にレイヴァリーに結びついている。きちんとした結び目じゃない。逆さ結びみたいな変則の結び目だ。しかし疑念を抱かせるには十分なものです」

「私はおそらく君が考えているよりも細心の注意を払ってこの事件にあたってきた」とウェバーは冷ややかな声で言った。「アルモアの細君の死については、私は個人的にはまったく関与しておらず、またそのときには刑事部長の職には就いていなかったとしてもだ。昨日の朝まで、君がアルモアの名を聞いたことがなかったとしても、それ以来ずいぶんたくさん、彼についての話を耳にしたに違いない」

私はミス・フロムセットとグレイソン夫妻から聞かされた話を、そのまま彼に語った。

「つまり、レイヴァリーがアルモア医師を恐喝していたかもしれない、というのが君の仮説なんだな？」と最後に彼は尋ねた。「そしてそれが今回の殺人に関連しているかもしれないと」

「仮説というほどのものじゃありません。ただの可能性に過ぎない。しかしそれを無視するようであれば、こんな商売はやめちまった方がいい。レイヴァリーとアルモアの関係は——もし何かしらの関係があったとすればだが——深くて危険なものであったかもしれない。あるいは二人はただの知り合いという程度だったかもしれない。あるいはそこまでも行かなかったかもしれない。私の知り得た限りにおいては、お互いに口をきいたこともなかったということだってあり得ます。しかしもしアルモア事件に関して、何もおかしなことがなかったとしたら、その事件に関心を示す人間が、なぜこれほどまでに荒っぽく扱われなくてはならないのだろう？　ジョージ・タリーがその事件を調べだしたとたんに飲酒運転であげられたのは、ただの偶然の一致かもしれない。私がアルモアの家をただじっと眺めていたというだけで、アルモアが電話をかけて警官を呼んだのも、また私が二度目に話を聞こうとする前にレイヴァリーが撃たれたことも、あくまで偶然の一致なのかもしれない。しかしあなたの部下が二人、今夜タリーの家を見張っていたのは、そしてもし私がそこに現れたら、痛い目にあわせてやろうと手ぐすね引いて待ち構えていたのは、どう考えてもたまたまの出来事ではない」

「言いぶんは認めよう」とウェバーは言った。「その件はまだ解決していない。君は刑事告訴するかね？」

「警官たちを暴行容疑でいちいち告訴しているほど、私の人生は暇ではない」と私は言った。

彼は少し顔を歪めた。「それならこの一件はすべて水に流し、何ごとも経験だと考えることにしよう」と彼は言った。「そして君の名前は、私の理解するところ、勾留記録にも一切残されていない。好きなときにここを出て行ってよろしい。そしてもし私が君の立場にあるなら、私はウェバー警部に、レイヴァリー事件の処理をそっくり任せていくだろうね。その事件がアルモア事件に結びつくことになるかもしれない、ほんの僅かなコネクションをも含めて」

私は言った。「そして昨日、ピューマ・ポイントの近くの山間の湖で溺死体で見つかった、ミュリエル・チェスという名前の女を、この件に結びつけることになるかもしれない、ほんの僅かなコネクションをも含めて？」

彼は小さな眉をあげた。「君はそう考えるのか？」

「あるいはあなたはミュリエル・チェスという名前ではその女を知らないかもしれない。もしあなたが彼女のことを知っているとしたら、ミルドレッド・ハヴィランドという名前を持つ女としてかもしれない。彼女はアルモア医師の診療所の看護婦だった。彼女はミセス・アルモアの死体がガレージで発見された夜、彼女をベッドに寝かせつけた。そしてもしそこに何かしらよからぬことがあったとしたら、それが誰の仕業だったかを彼女は知っているかもしれない。そして口止め料をもらうか、あるいは脅されたかして、その後すぐに街を出て行ったのかもしれない」

ウェバーはマッチ棒を二本取り上げ、それを折った。彼のすさんだ一対の目は私の顔にまっすぐ据えられていた。しかし何も言わなかった。

「そしてまさにこのポイントで」と私は言った。「我々は紛れもない偶然の一致に出くわすことになる。それは私がこの全体像の中で唯一、進んで偶然の一致として認めるものだ。というのは、このミルドレッド・ハヴィランドはリヴァーサイドのビアホールで、ビル・チェスという名前の男に出会い、何らかの思惑から彼と結婚し、リトル・フォーン湖で生活を共にすることになったからだ。そしてこのリトル・フォーン湖を所有する人物の細君は、レイヴァリーとねんごろな関係にあった。ミセス・アルモアの死体を発見したレイヴァリーとね。これこそが紛れもなく偶然の一致と呼びうるものだ。それ以外の呼び方はできない。ただしそれはあくまで基礎として、土台としてあるものだ。それ以外のものごとはどれもみんな、そこから派生している」

ウェバーはデスクの前から立ち上がり、ウォータークーラーの前に行って、紙コップで二杯、水を飲んだ。彼はその二つの紙コップをゆっくりと握りつぶし、丸めてひとつのボールにした。そしてそれをクーラーの下にある茶色い金属製のゴミ箱に入れた。それから窓際に行き、そこに立って外の湾の光景を眺めた。灯火管制が開始される前のことで、ヨットハーバーにはたくさんの明かりがついていた。

彼はゆっくりとデスクに戻り、腰を下ろした。手を伸ばし、鼻をつまんだ。彼は何かについて腹を決めようとしていた。

彼はゆっくりと言った。「その件と、一年半後に起こった出来事とを絡めることにいったいどんな意味があるのか、私にはさっぱりわからんよ」

「オーケー」と私は言った。「私のために時間をこんなにも割いていただいて、感謝の限りだ」

「脚はまだかなり痛むのか？」、私が身を屈めて脚をさすっていると、彼はそう尋ねた。

「ずいぶん。でもだんだんましになっている」

「警察の仕事には山ほど問題がある」と彼は優しげなと言ってもいいくらいの声で言った。

「政治と似ている。それは最良の人間を要請しているのだが、そこには最良の人間を惹きつけるものは皆無だ。だから我々としては手に入る人材でやっていくしかない。そしてこのような結果がもたらされることになる」

「わかっている」と私は言った。「そのことは常に痛感してきた。いちいち恨みに思ったりはしないよ。おやすみ、ウェバー警部」

「ちょっと待て」と彼は言った。「少しそこに座ってくれ。もし我々がアルモア事件を今回の話に持ち込まなくてはならんのなら、思い切ってそっくり明るいところに引っ張り出して、眺めてみようじゃないか」

「誰かがそうするべき時期がやってきたようだ」と私は言った。そしてもう一度腰を下ろした。

28

ウェバーは静かに言った。「人々の中には、警察なんて悪党の集まりみたいなものだと見なすものもいるだろう。そういう連中はこんな風に考えるんだ。ある男が細君を殺す。そして私に電話をかけてきて、言う、『よう、警部。実はここでちょっとした殺人事件があってな、居間がめちゃめちゃになっている。で、五百枚くらい遊んでいるドル札が手元にあるんだがね』と。そこで私は言う、『わかった。現場はそのままにしておけ。毛布を持ってすぐに駆けつけるから』と」

「そこまでひどくはなかろう」と私は言った。

「今夜タリーの家を訪れたとき、君は彼に何を求めていたんだね？」

「タリーはフローレンス・アルモアの死に関して何か手がかりをつかんでいた。彼女の両親は彼を雇って、それを追求させようとした。しかしそれが何であるか、タリーは彼らには教えなかった」

「そして君になら、彼はそれを教えるだろうと思ったのか？」とウェバーは皮肉を込めて尋ねた。

「試してみるしかない」

「あるいは、デガルモにきつい目にあわされたから、同じくらいきついお返しをしてやろうと思ったのかな？」

「それも少しはあるかもしれない」と私は言った。

「タリーはけちな強請屋（ゆすりや）だった」、ウェバーは吐き出すようにそう言った。「そういうことが前にも何度かあった。あんなやつは消えちまって当然だと思う。だから君に教えてやろう。彼が何を手にしていたかを。彼はフローレンス・アルモアの履いていたダンス靴の片方を持っていたんだよ」

「ダンス靴？」

彼は微かな笑みを浮かべた。「ダンス用の室内靴の片方だけさ。あとになって、それが彼の家に隠されていたことがわかった。緑のビロードでできたダンスのためのパンプスで、踵に小さな宝石がいくつか埋め込まれていた。カスタムメイドで、作ったのはハリウッドで劇場用の履き物なんかを専門にこしらえている男だ。で、そのダンス靴のどこがそんなに重要だったのかと私に尋ねてみてくれ」

「そのダンス靴のどこがそんなに重要だったのだろう、警部？」

「彼女はそいつを二組持っていた。まったく同じもので、同時に注文したんだ。まあ、それ自体はとくに珍しいことじゃない。踵が擦り切れるとか、酔っ払ったとんまな男がご婦人の脚を這い上がろうとしたときのためにそなえてね」、彼はそこで言葉を切り、淡い笑みを浮かべた。「予備の一組は履かれた形跡がまったくなかった」

「少しずつ読めてきたと思う」と私は言った。

彼は背中を後ろにもたせかけ、椅子の肘掛けをとんとんと叩いた。そして待った。

「家の横手のドアからガレージまでの通路は、粗いコンクリートの造りだ」と私は言った。「かなりざらざらの道だ。彼女はそこを歩いて行ったのではなく、担がれてきたとしよう。そして彼女を運んだ人間は、彼女にそのダンス靴を履かせたのだとしよう。まだ一度も履かれていない新品の靴を」

「それで？」

「そしてレイヴァリーが、往診に出かけている医師に電話をかけているあいだに、タリーがそのことに気づいたとしよう。それで彼はその履かれた形跡のない靴を持ち去ったんだ。フローレンス・アルモアが殺害された証拠物件になると思って」

ウェバーは肯いた。「もし彼がそれを現場に残したままにしておいて、警察が発見していれば、それは証拠になっていただろう。しかし彼が現場から持ち去ったあとでは、それはやつが屑野郎だったという証拠にしかならん」

「血液中の一酸化炭素の検査はしたのか？」

彼は両手を広げてデスクの上に置き、それを見下ろした。「やった」と彼は言った。「そして一酸化炭素はみつかった。そしてまた、捜査にあたった警官たちは見かけにも満足した。暴力をふるわれた形跡はなかった。アルモア医師が妻を殺害してはいないということで、彼らは納得した。おそらく彼らは過ちをおかしたのだろう。捜査はかなりうわべだけのものだったように見える」

「誰が捜査の指揮をしたんだ？」と私は尋ねた。

「言わずとも知れているだろう」

「警察が駆けつけたとき、ダンス靴が片方紛失していることに彼らは気づかなかったのかな？」

「警察が駆けつけたときには、それはまだ紛失していなかった。よく思い出してくれ。アルモア医師がレイヴァリーからの電話を受けて帰宅したときには、まだ警察には連絡が入っていなかったんだ。我々がその靴について知っているのは、タリーの口から聞かされたことだけだ。彼はその履かれたことのない靴を家から盗んできたのかもしれない。横手のドアには鍵がかかっていなかったし、メイドたちは眠っていたから。それに対する反論は、履かれたことのないダンス靴が家の中にあるなんて、彼にはおそらく知りようがなかっただろうというものだ。しかしあいつならそれくらいはやりかねない。なにしろこすっからい、悪知恵の働くやつだからな。ただやつがそうしたと決めつけられるだけの確証は、まだ得られていない」

我々はそこに座って、それについて考えながら顔を見合わせていた。

「ただし」とウェバーはのっそりと言った。「そのアルモアの看護婦がタリーとつるんで、アルモアを強請ろうとしていたのだとしたら、話はまた変わってくる。それはあり得ることだ。そう思わせるいくつかの要因がある。そしてそうではなかろうと思わせる要因は、更にたくさんある。山の上で溺死した女がその看護婦だったと君は言うが、何か根拠はあるのかね？」

「理由は二つある。どちらも別々では決定的なものではないけれど、二つ合わせるとけっこう重みをもってくる。数週間前に、外見も振る舞いもいかにもデガルモを思わせるタフガイが山にやってきて、ミルドレッド・ハヴィランドの写真を見せてまわった。その写真の女はミュリエル・チェスに似ていた。髪型を変え、眉毛も変えていたが、見かけはかなりよく似ていた。しかし誰も彼の役に立とうとはしなかった。彼はデソトと名乗り、ロサンジェルスから来た警官だと言った。でもロサンジェルス市警には、デソトという名前の警官はいない。ミュリエル・チェスはその話を聞いて、真っ青になった。もしそれがデガルモだったとしたら、話は合う。もうひとつは、ハートの飾りのついた金のアンクレットが、チェスのキャビンの粉砂糖の容れ物の中に隠されていたことだ。それは彼女の死後に、そして彼女の夫が逮捕されたあとにみつかった。ハートの裏側には字が彫られていた。アルからミルドレッドに。一九三八年六月二十八日。すべての愛を込めて、と」

「それは別のアルであり、別のミルドレッドかもしれないぜ」とウェバーが言った。

「本気でそんなことを言っているわけじゃあるまいね、警部」

彼は前屈みになり、人差し指で空中にくるりと穴を描いた。「君はいったいどのように話をまとめたいんだね？」

「私が望んでいるのは、キングズリーの細君がレイヴァリーを射殺していないことを、そしてレイヴァリーの死がアルモア事件と何かしらの繋がりを持っていることを、はっきりさせることだ。そしてミルドレッド・ハヴィランドとも、またおそらくはアルモア医師とも。キングズリーの細君が姿を消したのは、何かが起こって、それが彼女をひどく怯えさせたからだということも明らかにしたい。彼女は犯罪を構成する事実を認識していたかもしれないし、していなかったかもしれない。しかし彼女は誰も殺しちゃいない。それを証明できれば、私は五百ドルを手に入れることができる。それを試してみるのは、法に反してはいないだろう」

彼は肯いた。「もちろん法に反してはいない。そしてそれが筋の通ったことだとわかれば、喜んで協力もしよう。我々はまだその女を見つけてはいない。なにしろまだ捜査に取りかかったばかりだからね。しかし私としては、うちの署の人間に君が罪をかぶせるのを手助けすることはできない」

私は言った。「あなたがデガルモをアルと呼ぶのを耳にした。しかし私はアルモアのことを考えていたんだ。彼の名はアルバートだから」

ウェバーは自分の親指を眺めた。「しかしアルモアはその女と結婚していたわけじゃない」と彼は静かに言った。「ところがデガルモはまさに彼女と結婚していたのだ。はっきり言って彼女は、あいつをずいぶん振り回した。今の彼があのように妙な具合になってしまったのも、そのおかげだ」

私はじっと静かにそこに座っていた。「まったく思いがけない展開になってきたものだ。それで、彼女はいったいどういう種類の女だったんだろう？」

「頭が切れて、人当たりが良く、たちが悪い。男あしらいがうまい。男たちを足下でのたうちまわらせることができる。もし君が何か彼女の悪口でも言おうものなら、あの図体がでかい馬鹿者は、君の頭を即刻ひきちぎってしまうことだろう。彼女は彼と離婚した。しかし彼の方ではまだ話は片づいちゃいないんだ」

「彼女が死んだことを、デガルモは知っているのか？」

ウェバーは長いあいだじっと黙っていたが、やがて口を開いた。「彼の口ぶりからすれば、知らないはずだ。しかしもしそれが同じ女であったとしても、彼にはもう手の打ちようもなかろう」

「彼は山中で彼女を見つけることはできなかった。私の知る限りにおいては」

私は立ち上がり、デスクに向かって屈み込んだ。「ねえ、警部、あなたは私をかついでいるわけじゃないだろうね？」

「まさか。かついでなんているものか。世の中にはそういう男がいるし、男をそんな風にしちまう女もいるのだよ。デガルモが彼女を傷つけるためにその山中に行ったと、もし考えているのなら、君の頭はバーのタオル並みに湿っぽくなっているということになるな」

「決してそんな風に考えてはいなかった」と私は言った。「もしデガルモがあのあたりの地理を熟知しているなら、その可能性もなくはないだろうが。女を殺した人間が誰であれ、その人物は地理を心得ていた」

「今話したことはここだけに留めておいてもらいたい」と彼は言った。「よそには洩らさんように」

私は肯きはしたが、約束はしなかった。もう一度おやすみを言って、そこを出た。私が部屋を横切るのを、彼は背後から見ていた。彼は傷ついて悲しげに見えた。

クライスラーは建物の脇にある駐車場に駐めてあった。キーはイグニションに差しっぱなしになっていた。フェンダーはまったく無疵だった。クーニーは脅しを実行しなかったようだ。私はハリウッドに向かい、ブリストルにある自分のアパートメントに戻った。時刻は遅かった。もうほとんど真夜中だ。

緑と象牙色の廊下には人気はなく、しんと静まりかえっていた。耳に届くのはどこかのアパートメントで鳴っている電話のベルだけだ。それはいつまでもしつこく鳴り続けていた。そして自分の部屋に近づくに従って、その音はだんだん大きくなっていった。私はドアの鍵を開けた。鳴っていたのは私の部屋の電話だった。

私は真っ暗な部屋を横切り、横の壁につけた樫材のデスクの棚に置かれた電話の前に行った。そこに着くまでに、少なくともベルが十回は鳴っただろう。

受話器を取り、返事をした。かけてきたのはドレイス・キングズリーだった。

彼の声はこわばって、かさかさして、緊張をはらんでいた。「おい、今までいったいどこにいたんだ？」と彼は厳しい声で言った。「もう何時間も電話をかけていたんだぞ」

「わかりました。今はここにいます」と私は言った。「何ですか？」

「彼女から連絡があった」

私は受話器を硬く握りしめた。息をゆっくり吸い込み、ゆっくり吐いた。「それで」と私は言った。

「私はそこからほど遠くないところにいる。五、六分でそちらに着けるだろう。出かける用意をしておいてくれ」

彼は電話を切った。

私は受話器を自分の耳と電話機の真ん中あたりに持ったまま、じっとそこに立っていた。

それから受話器をとてもゆっくり元に戻し、それを摑んでいた自分の手を見た。手は半ば開いたまま、硬くこわばっていた。まるでいまだに受話器を摑んでいるみたいに。

29

真夜中の控えめなノックの音がした。私は戸口まで歩いて行って、ドアを開けた。クリーム色のシェトランドのスポーツコートを着たキングズリーは、馬みたいに大きく見えた。彼はコートの襟をぞんざいに立てて、その内側に緑と黄色のスカーフを巻いていた。濃い赤みを帯びた茶色のスナップブリムは、額の下までおろされ、つばの下に見える彼の目は、病んだ動物の目のようだった。

ミス・フロムセットが彼に付き添っていた。彼女はスラックスにサンダルにダーク・グリーンのコートという格好で、帽子はかぶらず、髪は不穏なまでの輝きを放っていた。両耳からはイヤリングが下がっていた。それぞれに小さなガーデニアの花が二つ、重なりあうようについている。それぞれの耳に花のペンダントが二つだ。ジラレイン・リーガル、別名香水のシャンパンの香りが、彼女と共に室内に入ってきた。

私はドアを閉め、椅子を指して言った。「まず一杯やった方がよさそうだ」

ミス・フロムセットは肘掛け椅子に座り、脚を組み、見回して煙草を探した。それを見つけ、さりげなくも優雅な手つきでのんびりと火をつけ、潤いのない笑みを浮かべて天井の隅を眺めた。

キングズリーは部屋の真ん中に立って、顎をまっすぐ引いていた。私は略式食堂(ダイネット)に行って、三人分の飲み物をつくった。それを持って戻ってきて、二人に手渡した。私は自分の飲み物を持って、チェス・テーブルの脇の椅子に座った。

キングズリーは言った。「きみは今までいったいどこで何をしていたんだ？　その脚はどうしたんだ？」

私は言った。「警官に蹴飛ばされたんですよ。ベイ・シティー警察署からの贈り物です。あそこではそういうサービスが普通なんです。私が放り込まれていた、飲酒運転者用の留置場では、ということですが。そしてあなたの顔つきからすると、私はもう一度そこに逆戻りすることになるかもしれない」

「何の話をしているんだ、いったい」と彼は手短に言った。「言ってることがさっぱりわからん。ふざけている時間はないんだ」

「じゃあ、本題に入りましょう」と私は言った。「何を言われたんですか？　そして奥さんは今どこにいるのです？」

彼は飲み物を手に腰を下ろし、右手の指を曲げて、それをコートのポケットに突っ込んだ。そして封筒を取り出した。細長い封筒だ。

「きみにこれを届けてもらいたいんだ。彼女に」と彼は言った。「五百ドルある。もっと多くを欲しがったが、今用立てられるのはこれだけだ。あるナイトクラブで小切手を換金してもらったのだ。簡単なことじゃなかったがね。彼女は街を出なくてはならない」

私は言った。「どこを出て行くんですか？」

「ベイ・シティーのどこかだ。どこかは知らん。ピーコック・ラウンジという店で会うことになっている。八番街とアルゲロ大通りの角か、そのあたりにある店だ」

私はミス・フロムセットを見た。彼女はまだ天井の隅を見ていた。ドライブを楽しみに来ただけというような顔つきで。

キングズリーは封筒を放って寄越し、それはチェス・テーブルの上に落ちた。私は中身を調べた。封筒には確かに金が入っていた。そこまでの彼の話はいちおう筋が通っていた。私はその封筒を、茶色と淡い金の象眼細工の施された、方形の小さなテーブルの上に置きっぱなしにしておいた。テーブルはきれいに磨かれていた。

私は言った。「なぜ彼女は自分の口座から金を引き出さないのですか？　どんなホテルだって彼女の小切手なら引き受けてくれるでしょう。大抵のホテルは現金化だってしてくれるはずだ。銀行口座が凍結されたとか、そういうことですか？」

「そんな話をしても始まらん」とキングズリーは重々しい声で言った。「とにかく彼女はトラブルに巻き込まれている。自分がトラブルに巻き込まれていると、彼女がどうやって知ったのか、そこまではわからない。放送で公開指名手配でもされたのなら別だが。そういうのがあったのかね?」

それは私にもわからないと私は言った。警察がどんな通報を出しているのか、調べているような暇はなかった。なにしろ生身の警官たちの話を聞くだけで手一杯だったのだから。

キングズリーは言った。「ああ、彼女は小切手を換金するような危険を冒すわけにはいかないのだ。これまではそれもできたが、今はもう無理だ」。彼はじわじわと目を上げ、私がこれまでに目にしたこともないほど空虚な視線を、私にじっと向けた。

「いいでしょう。もともと筋道のない話に筋道をつけることはできない」と私は言った。「で、彼女はベイ・シティーにいる。彼女と話しましたか?」

「いや。話したのはミス・フロムセットだ。妻はオフィスに電話をかけてきたんだ。仕事の時間はもう過ぎていたのだが、ベイ・シティーからやってきた警官が、そのとき私と一緒にいた。ウェバーという警部だ。ミス・フロムセットは当然ながら、今ここで話をすることはできないと彼女に言った。あとでこちらから電話をかけなおしましょうと。しかし先方の電話番号は教えてもらえなかった」

私はミス・フロムセットを見た。彼女は天井から視線を下ろし、私の頭の上あたりに焦点を移した。彼女の目にはどのような表情も浮かんでいなかった。まるで閉じられたカーテンのようだ。

キングズリーは続けた。「私は彼女と話したくなかったし、向こうも私とは話をしたくなかった。私は彼女と会いたくない。妻がレイヴァリーを撃ったことに間違いはないだろう。ウェバーもそれについては確信を抱いているようだった」

「それは何も意味しません」と私は言った。「彼が口にすることと、彼の考えていることは、同じ地図に描かれているとは限らないのです。警察が奥さんを追っていることを、奥さんが知っているというのは、あまり好ましくないな。警察の短波送信を娯楽として聴くような人間は、世間にたくさんはいませんからね。で、彼女は電話をかけなおしてきた。それからどうなりました？」

「電話がかかってきたのは、六時半近くだった」とキングズリーは言った。「我々はオフィスに座って、電話がかかってくるのをじっと待っていなくてはならなかった。君が話してくれ」、彼は娘の方に顔を向けて言った。

ミス・フロムセットは言った。「ミスタ・キングズリーのオフィスで、私は電話に出ました。彼は私のすぐ隣に座っていましたが、彼女とは一言も口をききませんでした。そのピーコックという店に金を届けてほしいと言われました。そして誰がそれを持ってくることになるかと尋ねられました」

「彼女は怯えているようだったかね？」

「いいえ、まったく。完全に落ち着いていました。氷のように沈着、とでも言えばいいのかしら。頭の中でしっかり段取りができていました。自分の知らない誰かが、そのお金を運んでくることになるかもしれないということも、ちゃんと計算に入っていました。彼女にはわかっていたのです。デリーが――ミスタ・キングズリーが――それを持ってくることはないだろうと」

「デリーでかまわない」と私は言った。「それが誰を意味するか見当はつくから」

彼女は微かな笑みを浮かべた。

出すようにすると、彼女は言いました。「毎時十五分過ぎ前後に、ピーコック・ラウンジに顔を出すようにすると、彼女は言いました。それで私は――私は、たぶんあなたが行くことになるだろうと思ったので――あなたの外見を彼女に伝えました。そしてあなたはデリーのスカーフを巻いていくことになりました。私はスカーフの特徴も説明しました。彼はオフィスにいくつか予備の服を置いていて、このスカーフもそのひとつだったのです。とても目立ちますから」

実にそのとおりだった。卵の黄身の背景の上に、たっぷりした緑色の腎臓が置かれたような代物だ。それなら人目を惹くこと間違いなしだ。赤と白と青に塗られた手押し車を押して店に入っていくのと変わりない。

「お気楽な脳味噌のわりには、奥さんはずいぶん抜かりなく立ちまわっている」と私は言った。

「軽口をきいている暇はないんだ」とキングズリーは鋭く言った。

「あなたが前に口にしたことですよ」と私は言った。「しかし警察が捜索していると知れている人物に、のこのこと逃走資金を手渡しに行くほど、私がお人好しだと思っているとしたら、そいつはちっと厚かましすぎやしませんか？」

彼は膝の上に置いた手をねじった。そして顔を歪め、ややこしい笑みを顔に搾り出した。「いささか厚かましいことは認める」と彼は言った。「でも、やってもらえまいか？」

「我々は三人とも事後従犯に問われることになります。夫と、その忠実な秘書には、少しは情状酌量の余地があるかもしれません。しかしこの私がどんな目にあわされることになるか、考えてみるだけで心がほかほかと温まりませんか？」

「きみには相応の謝礼はするつもりだ」と彼は言った。「そしてもし彼女が無実であるなら、我々が従犯に問われることもあるまい」

「そう考えたいと思っています」と私は言った。「さもなければ、私はあなたとこうして口をきいてはいないでしょう。そればかりか、もし彼女が殺人を犯したという確信が得られれば、彼女を進んで警察に引き渡します」

「彼女はきみと口をきかないだろう」と彼は言った。

私は封筒を手に取り、ポケットに入れた。「もしこれがほしければ、彼女は私と口をきくことになる」、私は腕時計に目をやった。「今ここを出れば、一時十五分ぎりぎりに着けるかもしれない。その頃にはもう、バーにいる人々はみんな、彼女の顔をみっちり覚え込んでいるはずです。そういうのもなかなか心が温まる」

「彼女は髪を濃い茶色に染めています」とミス・フロムセットは言った。「それはきっと何かの助けになるでしょう」

「彼女がただの気楽な旅行者だと考えることも、私の助けにはならないよ」、私は酒の残りを飲み、立ち上がった。キングズリーは自分の酒をごくりと一口で飲み干し、立ち上がって、首からスカーフをはずし、私に渡した。

「警察の厄介になっていたとさっき言ったが、きみはいったい何をしていたんだ？」と彼は尋ねた。

「ミス・フロムセットがとても親切に私に与えてくれた情報を、私は活用していたところでした。その情報を辿り、アルモア事件を調査していたタリーという人物を私は探すことになり、そしてそのおかげで、みごとにブタ箱に放り込まれることになった。連中はその家を見張っていました。タリーはグレイソン夫婦が雇った私立探偵です」、私はそう付け加え、背の高い黒髪の娘に目をやった。「そのへんの事情は君の口から、彼にざっくり説明できるだろう。さして意味のあることでもないにせよ。今の私にはいちいち説明している暇がなくてね。あなた方二人はここで待っていますか？」

キングズリーは首を振った。「私の家に行って、そこできみからの連絡を待つことにする」

ミス・フロムセットは立ち上がってあくびをした。「いいえ、私は疲れてしまったわ、デリー。うちに帰って眠りたいの」

「一緒に来てもらいたい」と彼は鋭く言った。「君にいてもらわないと、頭がどうにかなってしまいそうだ」

「君の家はどこにあるのだろう、ミス・フロムセット？」と私は尋ねた。

「サンセット・プレイスのブライソン・タワーよ。716号室。どうして？」、彼女は私に探るような視線を送った。

「いつか君に連絡を入れたくなることがあるかもしれない」

キングズリーの顔は暗く苛立ったように見えた。しかしその目はまだ病んだ獣の目だった。私は彼のスカーフを首に巻き、略式食堂（ダイネット）に行って明かりを消した。戻ってきたとき、二人は戸口の脇に立っていた。キングズリーは彼女の肩に手を回していた。彼女はずいぶん疲れて、そしていくぶん退屈しているみたいに見えた。

「ああ、私は本当に心から――」、彼はそう言いかけたが、一歩素早く前に出てきて、手を差し出した。「きみはずいぶん肝の据わった男だな、マーロウ」

「いいから早く行きなさい」と私は言った。「さっさと、できるだけ遠くに行っちまってくれ」

彼は少し妙な目で私を見た。それから二人は行ってしまった。

エレベーターが上がってきて停まり、ドアが開いて、また閉まり、それから下に降りていく音が聞こえるまで私は待った。それから私は部屋を出て、地下のガレージまで階段を下りた。そしてもう一度クライスラーをスタートさせた。

30

「ピーコック・ラウンジ」はギフトショップの隣にある、間口の狭い店だった。ショップのウィンドウの中では、トレイに載せられたクリスタルの動物たちが、街灯の光を受けて眩しく輝いていた。「ピーコック」の正面はガラスブロックでできており、孔雀をあしらったステンドグラスがはめ込まれ、そのまわりに明かりがほんのりと浮かんでいた。私は中国の屏風(びょうぶ)を回り込むようにして店内に入り、バーを見渡し、小さなブース席の外側の端に腰を下ろした。照明は琥珀色、革は緋色で、ブース席にはよく磨かれたプラスティックのテーブルがついていた。ブース席のひとつでは、四人の兵隊たちがむっつりとした顔でビールを飲んでいた。目には生気がなく、ビールを飲みながらもあきらかに退屈しているようだった。彼らから通路を隔てたところでは、二人の娘と、きざなりをした二人の男が、なかなか賑やかにやっていた。クリスタル・キングズリーとおぼしき女性は見当たらなかった。

囓(かじ)られた骨みたいに萎(しな)びた顔をして、目つきが悪いウェイターがやってきて、私の前のテーブルに、孔雀の絵がプリントされた紙ナプキンを置き、バカルディのカクテルをその上に置いた。私は酒を一口飲み、琥珀色に染まったバーの時計の文字盤に目をやった。時刻はちょうど一時十五分を過ぎたところだった。

二人の娘たちと一緒にいた男の一人が急に立ち上がり、大股でドアに向かい、そのまま出て行ってしまった。もう一人の男の声が聞こえた。

「いったいなんで、あいつを侮辱しなくちゃならなかったんだ？」

娘の声はきんきんしていた。「侮辱したですって？　よく言うわよ。あいつは私をベッドに誘ったのよ」

男の声は不満げだった。「でもさ、だからってなにも、あそこまで言うことはないだろう」

兵隊の一人が急に胸の芯のあたりから笑い声を上げ、褐色の手でその笑いを顔から拭い去り、また少しビールを飲んだ。私は膝の裏をさすった。まだ熱を持って腫れていたものの、痺れはおおむね引いていた。

白い顔にとびっきり大きな黒い瞳の、小柄なメキシコ人の少年が、朝刊を抱えて店に入ってきて、急ぎ足でブース席をまわった。バーテンダーに放り出される前に少しでも新聞を売ろうとして。私は新聞を買い求め、隅々まで読んだ。何か面白そうな殺人事件はないかと思ったのだが、あいにくひとつもなかった。

新聞を畳み、目を上げると、ほっそりとした茶色の髪の若い女が見えた。漆黒のスラックスに黄色いシャツを着て、丈の長いグレーのコートを着ていた。女はどこからともなく現れ、私の方には視線も向けずブース席の前を通り過ぎていった。それが見覚えのある顔なのか、あるいはこれまでに一万回くらいは目にしてきたであろう、よくいる「ちょっときつい顔をした痩せ型の美人」に過ぎないのかを、私は見極めようとした。彼女は屏風の向こう側の、街路に通じるドアから外に出て行った。二分後に小さなメキシコ人の少年がまた中に入ってきた。バーテンダーの方にちらりと目をやり、それから足早に私の前にやってきた。

「ミスタ」と彼は言った。そのひどく大きな目はいたずらっぽく輝いていた。それから手招きするような素振りをして、再び急ぎ足で店を出て行った。

酒を飲み干し、少年のあとから店を出た。グレーのコートに黄色いシャツ、黒いスラックスという格好の女は、ギフトショップの前に立って、ウィンドウの中を覗き込んでいた。私が出て行くと、彼女の目はちらりと動いた。私は彼女の隣に行って、そこに立った。

彼女はもう一度私の顔を見た。その顔は青白く、疲れていた。髪はダーク・ブラウンというよりは、もう少し暗く見えた。彼女は顔を逸らせ、ウィンドウに向かって話しかけた。

「お金を渡して」、彼女の息でガラスが小さく曇った。

私は言った。「そちらが誰だか確認する必要がある」

「私が誰だかは知っているはずよ」と彼女は柔らかな声で言った。「いくらもってきてくれたの？」

「五百だ」

「それじゃ足りないわ」と彼女は言った。「ぜんぜん足りない。でもまあ、さっさとそれをちょうだい。ほとんど永遠に近い時間、誰かがやってくるのをここで待ち続けていたんだから」

「どこかで話ができるか？」

「話をする必要なんてない。早くお金を渡して、そのままどこかに消えちゃって」

「話はそれほど簡単じゃない。こんなことをして、私だって危ない橋を渡っているんだ。少なくとも、いったい何がどうなっているのか、満足のいく話を聞かせてもらわなくてはならない」

「まったくもう」と彼女は吐き出すように言った。「なんであの人が自分で来られないわけ？　話なんかしたくない。できるだけ早く立ち去りたいの」

「ご亭主が来ないことを君自身が望んだのだろう。電話でも彼とは話したくなかったということだし」

「そのとおりよ」と彼女は早口で言った。そして頭をさっと後ろに振った。

「でも君は私と話をしなくてはならない」と私は言った。「私は君のご亭主のように生やさしくはないぜ。私に向かって話すか、あるいは法執行機関に向かって話すかだ。どちらかを選ぶしかない。私は私立探偵で、自分の身に保険をかけておかなくちゃならないということもある」

「あの人も、しゃらくさいことをしたものね」と彼女は言った。「私立探偵だなんて」、彼女の声には冷笑の響きが少しばかりうかがえた。

「彼は最良と思えることをやったんだ。何をするべきかを知るのは、彼にとって簡単ではなかったが」

「それで何を話したいわけ?」

「君についてだ。今まで何をしてきたか、今までどこにいたのか、そしてこれから何をしようと考えているのか? その手のことだよ。些細な事柄ではあるけれど、そういうのが重要になる」

彼女はショップのウィンドウにはあっと息を吹きかけ、その曇りが消えていく様子を見ていた。

「思うんだけど」と彼女は相変わらずクールで空虚な声で言った。「さっさとそのお金を渡して、あとは私の好きにさせておいた方が、あなた自身のためにもなるんじゃないかしら」

「違うね」

彼女はもう一度、私にちらりと鋭い横目をくれた。そして苛立たしげに、グレーのコートに包まれた肩をすぼめた。

「いいわ。どうしてもというなら、仕方ないわね。私はグラナダに滞在している。八番街を二ブロック北に行ったところにある。部屋番号は618。十分だけ時間をちょうだい。できれば一人で中に入りたいから」

「車はある」

「できれば一人で行きたいの」、彼女はさっと振り向いて、歩き去った。

彼女は角まで歩いて戻り、大通りを渡った。そしてコショウボクの並木の連なるブロックに消えていった。私はクライスラーに乗り込んで座り、十分間待った。それから車をスタートさせた。

グラナダはブロックの角にある醜い灰色の建物だった。ガラスでできた玄関ドアは、通りの地面と同じレベルにあった。角を曲がったところに乳白色の球形の標識があり、「パーキング」と書かれていた。ガレージの入り口はなだらかな下り坂になっており、そこを降りていくと、列をなして並んだ車の、ゴムの匂いのする硬質な沈黙があった。ひょろ長い体軀の黒人がガラス張りの詰め所から出てきて、私のクライスラーを眺め回した。

「短い時間ここに置きたいんだが、いくらだね？　上に行くんだが」

彼はいかがわしい薄ら笑いを浮かべた。「かなり夜も更けてますぜ、旦那。彼女もさぞやお待ちかねでしょう。一ドルでさ」

「おいおい、ここはいったいどういうところなんだ？」

「一ドルでさ」と彼は素っ気ない声で言った。

私は車を降りた。彼は私にチケットを寄越し、私は彼に一ドルを渡した。尋ねるまでもなく、彼は私にエレベーターの乗り場を教えてくれた。詰め所の裏側、男子用洗面所の横だ。

六階まで上がり、ドアに記された番号を読み、静けさの中で耳を澄ませ、廊下の端から吹き込んでくる浜風の匂いを嗅いだ。なかなかまっとうなアパートメントらしかった。どんなアパートメントにだって、何人かのハッピーなご婦人たちは住んでいるのだろう。あのひょろ長い黒人が一ドルをふんだくったことも、それで説明がつく。あの男にはたぶん、人を見る目がそなわっているのだろう。

618号室のドアがあり、その前に私は少し立っていた。それからそっとドアを叩いた。

31

　彼女はまだグレーのコートを着ていた。ドアから少し離れて立っていたので、私はその前を通って部屋に入った。正方形の部屋で、壁収納のツインベッドがあり、必要最小限のありきたりの家具があった。窓際のテーブルの電気スタンドがほのかな黄色い明かりを放ち、その背後の窓は開けられていた。

　女は言った。「座って。それから話して」

　彼女はドアを閉め、それから部屋の向こう側にある陰気なボストン型揺り椅子に腰を下ろした。私は分厚いソファに腰を下ろした。ソファの一方の端にはドアのない戸口があり、そこには鈍い緑色のカーテンがかかっていた。たぶんその奥には化粧室と浴室があるのだろう。もう一方の端には閉じられたドアがあった。そちらは簡易キッチンなのだろう。それがすべてだった。

　女はくるぶしを交差させ、頭を椅子の背にもたせかけ、長いまつげの下から私を見ていた。眉毛は薄く、鋭くアーチを描き、髪と同じ茶色だった。物静かな、秘密をたたえた顔つきだ。あれこれ無駄な動きをする女性の顔ではない。

「君はキングズリーから聞いていた話とは、かなり印象が違って見えるね」と私は言った。

彼女の唇が少し歪んだが、何も言わなかった。

「レイヴァリーから聞いた話ともね」と私は言った。「結局のところ、ひとから聞かされた話なんてあまりあてにならない、というだけのことなのかもしれないが」

「のんびり世間話をしているような暇は、私にはないのよ」と彼女は言った。「あなたが知りたいというのはどんなこと？」

「私は君を探すためにご主人に雇われた。そしてずっと行方を追ってきた。君はそのことを知っていると思っていたのだが」

「ええ。彼のオフィスの素敵な娘さんが電話で話してくれたわ。マーロウという名前の人がやって来るだろうということだった。スカーフのことも教えてくれた」

私はスカーフを首から取り、畳んでポケットに入れた。私は言った。

「だから私は君の行動についてもいくらかのことを知っている。それほど多くではないが。君はサン・バーナディノのプレスコット・ホテルで車を乗り捨てたことを知っている。君はそこでレイヴァリーに会った。そしてエル・パソから電報を打った。そのあと何をしたのだろう？」

「あなたは、彼が寄越したお金を私に渡せば、それでいいのよ。私がどこで何をしようが、あなたの知ったことじゃない」

「そのことで論議するつもりはない」と私は言った。「君は金を受け取りたいのか、受け取りたくないのか、どちらなんだ？」

「ええ、私たちはエル・パソに行った」と彼女は疲れた声で言った。「そのときは彼と結婚するつもりだった。だから電報を打ったのよ。電報は見た？」

「見た」

「それから私は考えを変えたの。彼に、もう帰ってほしい、一人にしてちょうだいと言った。彼は逆上したわ」

「彼は一人で帰ったのか？」

「もちろんよ。当然でしょう」

「それからどうした？」

「サンタ・バーバラに行って、そこに数日滞在した。正確には一週間ね。それからパサデナに行った。同じようなものだった。そのあとハリウッドに移った。そしてここにやってきた。以上、おしまい」

「ずっと一人だったのかな？」

彼女は少し躊躇してから言った。「そうよ」

「レイヴァリーと一緒だったことはない？　たとえ少しのあいだでも」

「別れてからあとは一度も会ってない」

「どういうつもりだったのだろう？」

「つもりって、何のことよ？」、彼女の声が少し鋭くなった。

「そのようにいろんなところに行って、一言の連絡も入れない。彼が君の身を案じていたことを知らなかったのか？」

「ああ、あなたはうちの夫のことを言っているのね」と彼女はクールに言った、「あの人のことはほとんど気にもならなかったわ。彼は私がメキシコにいると思っていたはずよ。そうでしょ？　今後どうするつもりだったのかということだけど、そうね、私はただ、いろんなことを腰を据えて考えなくてはならなかったの。私の人生はなんだか抜き差しならないことになってしまっていた。どこか静かなところで一人になって、自分を立て直す必要があった」

「その前に」と私は言った。「リトル・フォーン湖で一カ月を過ごしているだろう。自分を立て直そうとして、結局どこにも行けなかった。そうじゃないか？」

彼女は自分の靴を見下ろし、それから視線を上げて私を見て、しっかり強く肯いた。ウェーブのかかった茶色の髪が頬の上を前向きに揺れた。左手を上にあげ、髪を後ろにやり、それから一本の指でこめかみを撫でた。

「新しい場所に行く必要があるように思えたの」と彼女は言った。「興味深い場所である必要はなかった。知らない場所であり、知り合いがいないところであればよかった。なにより一人きりになれる場所がほしかった。たとえばホテルのような」

「それはうまくいったのかな？」

「あまりうまくはいかなかったわ。しかしドレイス・キングズリーのもとに戻るつもりはない。彼は私に戻ってもらいたがっているの？」

「それはわからない。でもどうしてここに戻ってきたのだ？　レイヴァリーが住んでいた街に？」

彼女は拳を嚙んだ。そしてその上から私を見た。

「彼にもう一度会いたかった。私の気持ちの中で、彼はとてもややこしい位置を占めているの。彼に恋しているというのではないけれど、それでも――というか、やはりある意味では恋しているのかも。でもとにかく私には、彼と結婚するつもりはない。話の筋は通っているかしら？」

「その部分の筋は通っている。しかし家を離れて、ぱっとしないホテルを次々渡り歩いている部分は今ひとつ納得がいかないね。私の理解するところ、これまでだって、ずっと自分の好きなように生きてきたのだから」

「私は一人になる必要があったのよ――ものごとをじっくり考えるために」と彼女はいくぶんやけっぱちな口調で言った。そしてもう一度拳を嚙んだ。かなり強く。「ねえ、お願いだからさっさとお金を私に渡して、どこかに消えちゃってくれない？」

「いいとも。すぐに消えよう。しかし私は知りたいんだ。なぜリトル・フォーン湖を逃げ出すようにあとにしなくてはならなかったのか、その理由を。それはひょっとして、ミュリエル・チェスと何か関係したことなのだろうか？」

彼女はびっくりしたような顔をした。でもびっくりしたふりくらい誰にだってできる。

「なによ、それは？　あんな氷を削ったみたいな顔をした味気ない女。あの女が私にどんな関係があるっていうわけ？」

「彼女と一悶着（ひともんちゃく）起こしたんじゃないかと思ったんだ。ビルのことでね」

「ビル？　ビル・チェスのこと？」、彼女は更に驚いたように見えた。いささか驚き過ぎたようにも見えたが。

「君が自分を誘惑したとビルは言っている」

彼女は首を後ろにのけぞらせ、大きく笑った。きんきんした、現実味を欠いた笑いだった。「よしてよ。なんで私が、あんな薄汚い顔をした酔いどれを」、それから突如真顔になった。「いったいどういうことなの？　どうしてそんなわけのわからないことばかり言うわけ？」

「彼は薄汚い顔をした酔いどれかもしれない」と私は言った。「それに加えて警察は彼が殺人者だと考えている。奥さんを殺したんじゃないかと。彼女は湖で溺死体になって発見された。一ヵ月後に」

彼女は唇を湿らせ、じっと私を見たまま、頭を片方に傾けた。しんとした沈黙の時間が少しばかりあった。太平洋の湿った息吹が部屋の中に忍び込んできて、我々のまわりを取り囲んだ。

「とくには驚きはしない」と彼女はゆっくり言った。「結局はそのへんに落ち着いたわけね。ときどきあの二人はひどい喧嘩をしていたから。私があそこを出て行ったことは、その件と何か関係しているとあなたは考えているわけ？」

私は肯いた。「そういう可能性はある」

「関係なんてなんにもありゃしないわ」と彼女は真剣な口調で言った。そして頭を前後に振った。「私が言ったとおりのことよ。ただそれだけ」

「ミュリエルは死んだ」と私は言った。「湖で溺れ死んだんだ。そのことはさほど気にならないみたいだね。違うかい？」

「あの女のことはあまりよく知らないの」と彼女は言った。「ほんとよ。自分をあまり出さない人だった。結局のところ――」

「彼女がアルモア医師の診療所で働いていたことを、たぶん君は知らないのだろうね？」

彼女はまったくわけがわからないという顔をした。「アルモア医師の診療所に行ったことはない」と彼女はゆっくり言った。「昔、何度か往診をしてもらったことはあるけれど。

「ミュリエル・チェスの本名はミルドレッド・ハヴィランド、アルモア医師の診療所で看護婦をしていた」

私――あなたはいったい何の話をしているのかしら？」

「それはずいぶん不思議な巡り合わせね」と彼女は戸惑ったように言った。「ビルは彼女とリヴァーサイドで知り合ったと言っていたけど。二人がどのような状況でどうやって知り合ったか、そこまでは知らなかった。彼女がかつてアルモア医師の診療所にいたなんてこともね。それが何か意味を持つわけ？」

私は言った。「いや。ただの偶然の一致なのだろう。そういうことは起こる。でもなぜ私が君と話をしたかったか、それはわかるだろう。ミュリエルは水死体で発見され、君はそこを立ち去っていて、ミュリエルは実はミルドレッド・ハヴィランドで、彼女はかつてアルモア医師と繋がりがあった。レイヴァリーもまた、違う風にだが、その医師と繋がりを持っていた。そしてもちろん、レイヴァリーはアルモア医師の家の向かいに住んでいた。彼は、レイヴァリーは、ミュリエルを以前から知っているように見えただろうか？」

彼女は下唇をそっと噛みながら、それについて考えた。「彼はあそこで彼女の姿を目にした」、彼女はようやくそう言った。「でも彼女のことを前から知っているような素振りは見せなかったわ」

「たぶん知らないふりをしたのだろう」と私は言った。「そういうことをする男なんだ」

「クリスがアルモア医師と何か関係していたとは思えないわ」と彼女は言った。「彼はアルモアの細君を知っていた。でもアルモア医師と面識があったとは思えない。だから彼がアルモア医師の診療所の看護婦を知らなかったとしても、とくに不思議はないでしょう」

「まあ、こんなことは別に何の意味も持たないのだろう」と私は言った。「ただ私がどうして君の話を聞きたかったのか、それはわかってもらえるね。これでやっと金を渡すことができる」

私は封筒を取り出し、立ち上がってそれを彼女の膝の上に落とした。彼女はそれをそのままにしていた。私はまた腰を下ろした。

「君はとても上手にそのキャラクターを演じている」と私は言った。「ハードで苦々しいものを込めた、混乱した無垢さみたいなものをね。みんなは君についてずいぶん思い違いをしてきた。君のことを無軌道な、脳味噌と自制心の足りない、可愛い浮かれ女だと見なしてきた。でもそれはとんでもない思い違いだった」

彼女は眉毛を上げ、まっすぐ私を見ていた。何も言わなかった。やがて小さな笑みがその唇の端を持ち上げた。封筒に手を伸ばし、膝の上でそれをとんとんと叩いた。それから脇のテーブルの上に置いた。そのあいだ私から視線を逸らせなかった。

「君はまたフォールブルックの役をもじつに巧妙に演じていた」と私は言った。「あとから振り返ってみると、いささか演技過剰の感もあった。でもそのときはまんまと騙されたよ。あの紫色の帽子は金髪には合っていただろうが、ばらけた茶色の髪にはまるで似合わない。そしてまるで暗闇の中で、手首を挫いた人が施したようにしか見えない出鱈目な化粧。調子っぱずれなそわそわした態度。どれもまことに見事だった。そして私の手に拳銃をあのように押しつけたとき——まさに度肝を抜かれたよ」

彼女はくすくす笑った。そしてコートの深いポケットに両手を突っ込んだ。両足の踵はこつこつと床を叩いていた。

「でもどうしてまた現場に戻ってきたのだろう?」と私は尋ねた。「朝の早い時刻に、まさに白昼堂々と、危険を冒してまで」

「つまり、私がクリス・レイヴァリーを撃ったと、あなたはそう考えているわけ?」と彼女は静かに言った。

「考えているわけじゃない。知っているんだ」

「なぜ私があそこに戻ったか、それを知りたいのね?」

「本当はどちらでもいいんだが」と私は言った。

彼女は笑った。鋭く冷ややかな笑いだった。「あいつは私のお金をそっくり持っていった」と彼女は言った。「私の財布をきれいに空っぽにした。小銭に至るまでね。だからあそこに戻ったのよ。危険なんて何ひとつなかったわ。彼がどんな暮らしをしているか、よく承知していたから。あそこに戻ることで、ものごとはより安全になったわけ。たとえば牛乳とか新聞とかを取り込んだりするとかね。人はああいう状況に置かれると頭が真っ白になってしまう。でも私はそうじゃない。当たり前じゃないの。頭を真っ白にさせるよりは、させない方がずっと身のためだもの」

「なるほど」と私は言った。「ということはもちろん、君はその前夜に彼を撃ったわけだ。そのことを考えてみるべきだったな。それがとくに重要だというわけではないにせよ。彼は髭剃りの最中だった。とはいえ髭が濃くて、ガールフレンドがいる男たちは、伸びてきた髭を夜遅くに剃ることはある。違うかい？」

「そういう話は耳にしたことがある」と彼女はほとんど愉しそうに言った。「それであなたは、これからどうしようというの？」

「君は血も涙もない、類を見ないほどたちの悪い女だ」と私は言った。「これからどうするか？　もちろん警察に突き出すのさ。さぞや愉しい経験になるだろうね」

「そうは思わないわ」、彼女はほとんど歌うみたいにそう言い放った。「どうしてあのとき、あなたに空っぽの拳銃を渡したかを、あなたは不思議に思った。どこが不思議かしら？　だって私はバッグにもう一丁、別の拳銃を持っていたんだもの。こんな具合に」

彼女は右手をコートのポケットから出した。そしてその手を私に向けた。

私はにやりと笑った。それは世界でもっとも明るい笑みと言えないかもしれないが、でもとにかく笑みだった。

「こういうシーンはどうしても好きになれなくてね」と私は言った。「探偵が殺人者と向かい合う。殺人者は拳銃を持ち出し、それを探偵に向ける。そして探偵に悲しい話をそっくり聞かせる。話の最後には相手を撃ち殺すつもりで。そのようにして貴重な時間が浪費される。たとえ最後には殺人者が探偵を撃つことになるとしてもだ。ただ実際には殺人者が探偵を撃ち殺すことはない。それを妨げる何かが必ず起こるんだ。神様たちだってこういうシーンはあまり好きじゃないからね。だから彼らはいつだって邪魔を入れることになる」

「でも今回ばかりは」と彼女は優しい声で言って立ち上がり、カーペットの上を私の方にそっとやってきた。「少し違った趣向でやってみましょうよ。私はあなたにお話なんて聞かせない。そしてなにごとも起こらず、私はずどんとあなたを撃つ。そういうのって、いかがかしら？」

「それでもやはりシーンとして好きじゃないな」と私は言った。

「あまり怖がってはいないようね」と彼女は言った。そして足音を立てず、カーペットの上を私の方に近づきながら、唇をゆっくりとなめた。

「怖くはない」と私は嘘をついた。「夜もずいぶん更けているし、あたりは静まりかえっているし、窓は開いているし、銃というのはずいぶん大きな音を出すものだ。ここから表に逃げ出すまでにけっこう時間がかかるし、君の銃の腕はお粗末きわまりない。うまく当たらないよ。君はレイヴァリーを撃ったとき、三発も外したじゃないか」

「立ちなさいよ」と彼女は言った。

私は立ち上がった。

「外さないようにすぐ近くまで寄るわ」と彼女は言った。彼女は銃口を私の胸に当てた。「こんな風にね。これなら外しっこないでしょう？　だからじっとしていてね。肩の脇に両手を上げて、そのままぴくりとも動かないでいて。もしちょっとでも動いたら、すぐに撃つわよ」

私は肩の脇に両手を上げた。そして拳銃を見下ろした。舌がいつもより少し分厚くなっていた。でもまだそれを打ち振ることはできた。

彼女は左手で私の身体を探ったが、銃は発見できなかった。彼女は手を下ろし、唇を噛み、私をじっと見た。銃口が私の胸をぐっと押した。「後ろを向いてくださいな」と彼女は言った。仕立屋が寸法をとるときのように、丁寧に。

「君のやることなすことすべて、何かしら調子っぱずれのところがあるね」と私は言った。「まずとんでもなく射撃が下手だ。そして私にくっつきすぎている。それから、こんなことを今更持ち出したくはないんだが、安全装置が外してないぜ、と言う昔からおなじみの手がある。君はそのことも見過ごしている」

そこで彼女は同時に二つのことを始めた。大きな歩幅で後ろに下がり、私から目を離さないまま、親指で安全装置を探ったのだ。二つのとてもシンプルな行為、一秒あればことは足りる。しかし私に指摘されたことが彼女の気に入らなかった。私に上手を取られたようなかたちになったことが面白くなかったのだ。その微かな混乱が彼女を乱した。

女ははっと小さく息を詰まらせたような音を出し、私は右手を下におろし、相手の顔を胸にぐいと引き寄せた。左手で彼女の右の手首の上を叩きつけた。そして手のつけねを彼女の手の親指の根元にぶっつけた。拳銃は横っ飛びに床に転がった。女の顔は私の胸の上で悶えていた。たぶん悲鳴を上げようとしていたのだろう。

彼女は私を蹴飛ばそうとして、残されていた僅かなバランスを崩した。それから両手を上げて私を爪で引っ掻こうとした。私は相手の両手首を摑んで、背中でねじ上げた。ずいぶん力が強い女だったが、力比べになれば私にはかなわない。だから彼女は身体の力を抜いて、全体重を私の手に載せるようにした。彼女の顔を押さえつけている方の手だ。片手で女を支えきることはできない。彼女は身を沈み込ませ、私はそれに合わせて身を屈めないわけにはいかなかった。

ソファの脇の床でもみ合っている我々の立てるごそごそという物音があり、激しい息づかいがあった。だからもしそのとき床板が軋んだとしても、その音は私の耳には届かなかった。カーテンリングがロッドの上をささっと動く音が聞こえたという気がする。でも確信はないし、またそれについて考えを巡らせるような余裕は私にはなかった。左脇の後方に突然、ぼんやりと人影が浮かび上がった。視野のはずれあたりで、定かには見えない。私にわかったのはそこに男が一人いて、それは大柄な男だったというくらいだ。覚えているのはそれだけだ。情景は炸裂して炎となり、それから暗闇が落ちた。殴打されたことさえ覚えてはいない。炎と暗闇、そして暗闇がやってくる直前に、むかつきを伴う鋭い閃光があった。

32

ジンの匂いがした。それも、冬の朝にベッドから出るために四杯か五杯ひっかけたというような生半可なものではなく、太平洋がそっくりジンでできていて、船の上からそこにまっすぐダイビングしたというくらい強烈な匂いだった。髪から眉毛まで、顎の先から顎の下までジンに濡れていた。シャツにも染みていた。私は死んだヒキガエルのような匂いを放っていた。

上衣は脱がされ、どこかのカーペットの上、ソファの隣に仰向けに寝転んでいた。そして額に入った絵を眺めていた。額縁はニスをかけられた安物の軟材でできており、そこに描かれているのは、恐ろしく高い跨線橋(こせんきょう)の一部だった。その淡い黄色に塗られた跨線橋の下を、プルシアン・ブルーの車両を牽引した、艶やかに真っ黒な機関車が通過していた。跨線橋の堂々たるアーチのひとつの向こうには、広々とした黄色のビーチがあった。ビーチのあちらこちらに海水浴客と、ストライプの日よけアンブレラが見えた。三人の娘が、それぞれに紙のパラソルを持って手前の方を歩いていた。一人は赤の、一人は淡いブルーの、もう一人は緑のパラソルだ。ビーチの向こうには湾曲した入り江が見えた。どんな入り江もこれ以上は青くなれないだろうというほど、とことん真っ青な入り江だった。海原はふんだんに陽光を浴び、弓形にたわんだヨットの帆がそこに、いくつもの白い点をまだらに添えていた。入り江の湾曲した陸の向こうには、三つの丘が連なっていた。その三つの丘はそれぞれに真っ向から対立する色合いに染まっていた。黄金色と、テラコッタと、ラベンダーだ。

絵の下部には大文字でこうプリントされていた。「青列車でフレンチ・リヴィエラに行こう」と。

今ここで、そんな提案を持ち出されても困るかもしれない。

私はぎこちなく手を伸ばし、頭の後ろを触った。なんだかふにゃふにゃしているみたいだった。そこに手を触れると激痛が走り、足の踵にまで到達した。私は思わず呻いた。でもその呻きを、不平の唸りにつくり替えた。職業的プライドのなせるわざだ。まだそんなものが少しなりとも残っているとすればだが。私はゆっくりと注意深く身をねじり、壁から引き出されたベッドの足下を見た。ツインベッドがひとつ、もうひとつは壁の中に収まったままだ。着色された木材の派手なデザインには見覚えがあった。リヴィエラの絵はソファの上にかかっていたのだが、そんな絵があったことにそれまでちっとも気づかなかった。

身体をねじると、ジンの四角い瓶が胸の上から転がって、床に落ちた。無色透明で空っぽの瓶だ。たった一本の瓶にそれほど大量のジンが入るなんて、とても信じ難い。

私は膝をつき、四つん這いになったまましばらくじっとしていた。そして餌を食べ終えられないのだが、その前を離れることができない犬のように、鼻をいつまでもくんくんさせていた。首をぐるぐると回してみた。頭は痛んだ。なおも少し首を回してみたが、更に痛んだだけだった。それからなんとか立ち上がり、自分が靴を履いていないことに気づいた。

靴は壁のベースボードの前に落ちていた。それは、靴というものがこれほど疲弊できるものかと感心するくらいうらぶれて見えた。私はふらつきながらその靴を履いた。私はすっかり老人になってしまっていた。私は人生最後の長い下り坂をたどっていた。それでもまだ歯は一本だけ残っていた。それを舌で触ってみた。ジンとは少しばかり違う味がするみたいだ。

「このお返しはそっくりさせてもらおう」と私は言った。「こいつはいつかそっくり、そちらに戻っていく。そしておまえはそれを愉快には思うまい」

開いた窓のそばのテーブルに、電気スタンドが置かれていた。どっしりと分厚い緑色のソファがあった。緑色のカーテンがかかった戸口があった。緑色のカーテンには決して背中を向けて座ってはならない。それはよくない結果を招くことになる。いつだって何か思いも寄らぬことが起こるものだ。私はその言葉を誰に向けて口にしただろう？　拳銃を手にした若い女に向けてだ。曇りなく空虚な顔をした女。かつてはブロンドだった髪を、今はダーク・ブラウンに染めている女。

私は見回して彼女の姿を求めた。彼女はまだそこにいた。壁から引き出されたツインベッドに横になっていた。

彼女はタン色のストッキングをはいていたが、それ以外は何ひとつ身につけていなかった。髪はくしゃくしゃにもつれ、喉に黒ずんだ傷がいくつかあった。口は開けられ、舌は口いっぱいに膨らみ、外に溢れ出そうになっていた。目は飛び出して、白目は白さを失っている。

裸の腹には四本の怒りのひっかき傷が、白い肌の上に深紅の筋を、流し目のように走らせていた。激しい憤怒の傷跡、むごい四本の爪でぐっさりえぐられている。

ソファの上には衣服がくしゃくしゃに丸められていた。ほとんどが彼女の衣服だ。私の上衣もそこにあった。それを引っ張り出して、着た。丸められた衣服の下で何かがごそごそと音を立てた。私は細長い封筒を引っ張り出した。中にはまだ金が入っていた。私はそれをポケットに入れた。マーロウ、五百ドルだよ。金がそのまま収められていることを私は願った。それ以外に願えることはほとんど何もなかった。

薄氷の上を歩くみたいに、拇指球で床をそっと踏んで歩いた。身を屈めて膝の裏をさすりながら、こうして膝をさするために身を屈めているとき、身体の中でいちばん痛みを訴えているのは膝なのか頭なのか、いったいどちらだろうと思いを巡らせた。

重い足音が廊下をやってきた。いかつい声が何ごとかをつぶやいていた。足音が止まり、硬い拳がドアをノックした。

私は下唇を噛みしめ、横目でドアを睨みながら、そこに立っていた。誰かがドアを開けて、部屋に踏み込んでくるのを待っていた。ドアノブが回された、しかし誰も中には入ってこなかった。もう一度ノックの音が響いたが、やがて止み、また話し声が聞こえた。足音が去っていった。合鍵を持った管理人を見つけるまでにどれくらい時間がかかるだろうと私は考えた。それほど長い時間ではないはずだ。

マーロウがフレンチ・リヴィエラから家に帰り着けるほどの余裕はまずあるまい。

緑色のカーテンのところに行って、それを横に引き、浴室に通じる暗い廊下を見渡した。そこに入り、明かりをつけた。二枚のウォッシュ・タオルが床に落ちていた。バスマットがバスタブの縁に畳まれていた。タブの隅には霜降りガラスの窓があった。私はバスルームのドアを閉め、タブの端っこに立ち、窓をそろそろと押しあげた。ここは六階で、網戸はついていない。頭を外に突き出し、闇の中に視線を巡らせた。並木を配した通りが、狭く切り取られて見えた。横手に目をやると、隣のアパートメントの浴室の窓が、そこから一メートル足らずのところにあるのが見えた。栄養の行き届いた白岩山羊（マウンテン・ゴート）なら、何の問題もなくそちらに跳び移れるだろう。

問題はふらふらになった私立探偵にそんな真似ができるか、ということだ。また仮にできたとして、それが私に何をもたらしてくれるのだろう？

背後のかなり遠方から、くぐもった声が聞こえてきた。それは警官のお決まりの文句を唱えているようだった。「ドアを開けろ。さもないと蹴破るぞ」。私はその声に向かってにやりと笑った。彼らはドアを蹴破ったりはしない。そんなことをしたら、足を痛めてしまうからだ。警官たちは足に対して気を配る。彼らが気を配る相手はせいぜい足くらいのものだが。

私はラックのタオルをもぎ取り、二つに分かれた窓を押し開け、そろそろと出っ張りの上に出た。開いた窓枠をつかみながら、半身を隣室の出っ張りに向けて乗り出した。手を伸ばし、隣の部屋の窓を降ろせるところまで（もし窓がロックされていなければ、ということだが）、なんとか達することができた。窓は見事にロックされていた。私は足をそちらに移し、掛け金の上からガラスを蹴った。それはリノ（ネヴァダ州の都市）あたりまで聞こえそうな大きな音を立てた。左手をタオルでくるみ、手を窓の中に入れて掛け金を回した。下の通りを車が一台通りかかった。しかし誰も私に向かって大声を上げたりはしなかった。

私は割れた窓を押して開け、隣の出っ張りに乗り移った。タオルが私の手からはずれ、二つの建物の棟のあいだにある暗闇の遙か下の、細長い芝生に向けてひらひらと落ちていった。

私は窓をくぐって、隣の部屋の浴室に入り込んだ。

33

私は暗がりの中に転がり込み、何も見えないまま手探りでドアに向かった。ドアを開け、耳を澄ませた。北の窓から漉された月光が差し込んで、ツインベッドのある寝室が見えた。ベッドはメイクされていたが、空っぽだった。壁収納型のベッドではない。ここはもっと広いユニットなのだ。私はベッドの脇を抜けて、もうひとつのドアを開け、居間に入った。どちらの部屋も閉め切りになっていて、空気はかび臭かった。手探りで電気スタンドを探し、スイッチをオンにした。そしてテーブルの木製の縁に指を這わせた。うっすらと埃の膜ができていた。どんなクリーンな部屋でも、長いあいだ閉め切っていれば埃は溜まるものだ。

その部屋には書き物机にもなるダイニング・テーブルがあり、アームチェア・ラジオがあり、石炭入れのような造りの本棚があり、大きな本箱があった。本箱の中にはたくさんの小説が収められていた。どれもみんなまだ表紙カバーがかかっている。暗い色合いの木製のハイボーイ（高脚つきの洋箪笥）があり、そこにはサイフォンと、カットグラスのリカー・ボトルがあり、真鍮のトレイには四個の縞柄のグラスが伏せて置いてあった。隣には二重の銀のフレームに入った、一対の写真があった。若々しい感じのする中年の男女の写真だった。健康そうな丸顔で、目は愉しげだ。二人は、私がここにいることなど気にしてはいないという顔つきで、写真の中から私を見ていた。

酒の匂いを嗅いでみた。スコッチ・ウィスキーだ。私はそれを少しいただいた。それは私の頭の具合を悪化させたが、それ以外の部分については楽にさせてくれた。部屋の明かりをつけ、クローゼットの中を探ってみた。ひとつは男性用で、テイラーメイドの服がたくさん揃っていた。上衣の内ポケットについている仕立屋のラベルで、持ち主の名前がH・G・タルボットであることがわかった。それから洋簞笥のところに行って中を物色し、柔らかな生地の青いシャツを見つけた。サイズは私には少しばかり小さそうだった。私はそれを手に浴室に入り、自分のシャツを脱ぎ、顔と胸を洗い、湿ったタオルで髪を拭った。そして青いシャツを身につけた。タルボット氏のいささかしつこいヘアトニックを大量に使い、彼のブラシと櫛を使って髪をきれいに撫でつけた。そうするうちに、身体についたジンの匂いも、すっかりとまではいかないが、ずいぶん薄らいできた。

シャツのいちばん上のボタンをはめることはできなかった。だからもう一度簞笥の抽斗をさぐって、ダークブルーの縮緬のネクタイを選び、それを首に巻いた。それから自分の上衣を着て、鏡にその姿を映してみた。こんな夜更けにしては、私は少しばかり整ったな、りをしすぎているかもしれない。いくら——その衣服から察するに——タルボット氏が細部にうるさい人物であるにせよだ。小綺麗にすぎるし、素面（しらふ）にすぎる。

私は軽く髪を乱し、ネクタイを緩めた。そしてウィスキーのデキャンターの前に戻り、素面にすぎないようにする方策を実行した。タルボット氏の煙草に火をつけ、タルボット夫妻が——今どこに彼らがいるにせよ——私が送っているよりはもっとずっと幸福な時間を送っていることを祈った。いつか二人に会いに来られるくらい長生きできるといいのだが。

私は居間のドアに向かった。廊下に通じるドアだ。それを開け、通路にもたれて煙草を吸った。そんな手が通用するとは思えなかったが、連中が私のあとを辿って、窓から入り込んでくるのを座して待つよりはましなはずだ。

廊下の少し先で男が咳をした。私が頭を突き出すと、彼はこちらを見た。そしてきびきびとした足取りでやってきた。きちんとプレスされた警官の制服を着た、小柄で鋭そうな男だ。赤っぽい髪に、赤みがかった黄金色の目をしていた。

私はあくびをして、気怠そうに言った。「いったい何があったんですか、お巡りさん？」

彼は思慮深げに私を見た。「隣の部屋でちょっとトラブルがありましてね。何か物音を聞きませんでしたか？」

「ドアをノックする音が聞こえたような気がする。少し前に帰宅したばかりなので」

「いささか遅い帰宅ですね」と彼は言った。

「そいつは考え方の問題だ」と私は言った。「隣の部屋で何かがあったって？」

「女です」と彼は言った。「彼女をご存じですか？」

「見かけたことはあると思う」

「ふん」と彼は言った。「あなたは今の彼女を見るべきですよ――」、彼は両手を自分の喉にあて、目を剝いて、ごぼごぼと不快な音を立てた。「こんな具合です」と彼は言った。

「何も聞かなかったんですか？」

「気がつかなかったね。ノックの音が聞こえただけだ」

「なるほど。お名前は？」

「タルボット」

「ちょっと待っててください、タルボットさん。しばらくここから動かないで」

彼は廊下を歩いて行って、開いたドアから中に首を突っ込んだ。ドアからは明かりがこぼれていた。「あの、警部補」と彼は言った。「隣の住人が外に出てきました」

長身の男が戸口から出てきて、廊下に立って、まっすぐ私を見た。背の高い、さび色の髪の、どこまでも青い目をした男だった。デガルモだ。なんという完璧な展開だろう。

「隣に住んでいる人です」とそのこざっぱりとした小柄な制服警官は、手助けをするように言った。「名前はタルボットさんです」

デガルモはまっすぐ私の顔を見た。しかしその冷徹な青い瞳は、彼が以前に私に会っていることなど、ちらりとも匂わせなかった。彼は静かに廊下を歩いてやってきて、その硬い手を私の胸に置き、部屋の中にぐいと押し戻した。二メートルばかりドアの中に入ったとき、彼は肩越しに後ろに向けて言った。

「中に入ってドアを閉めてくれ、ショーティー」

小柄な警官は部屋の中に入ってドアを閉めた。

「面白いギャグだ」とデガルモは気怠そうに言った。「こいつに銃を向けてろ、ショーティー」

ショーティーはベルトの黒いホルスターの蓋を外し、実に素早く38口径を手にした。そして唇をなめた。

「これはこれは」とショーティーは言った。「これはこれは。いったいどうしてわかったんですか、警部補？」

「わかるって、何を？」とデガルモは私から目を離すことなく言った。「おまえはいったい何をするつもりだったんだ？　女がほんとに死んでいるかどうか確かめに、新聞でも買いにいくつもりだったのか？」

「すごいや」とショーティーは言った。「セックス・キラーですね、警部補。女の服をはぎ取って、両手で首を絞めたんだ。どうしてわかったんですか？」

デガルモはそれには返事をしなかった。踵でそこに立ち、ただ軽く身を揺すっていた。顔は表情を欠き、花崗岩のように無感覚だった。

「ああ、確かにこいつが殺したんだ」とショーティーは出し抜けに言った。「ここの匂いを嗅いでみてください、警部補。この部屋はもう何日も空気が通されていません。そしてこの本棚に積もった埃。マントルピースの時計も止まったままだ。こいつはきっと窓から——ちょっと待ってください、警部補、見てきます」

彼は走って部屋を出て、居間に行った。彼が様子を見て回る音が聞こえた。デガルモは仏頂面をしてそこに立っていた。

ショーティーが戻ってきた。「浴室の窓から侵入したんです。浴槽にガラスの破片がありました。そしてひどいジンの匂いのするものも浴槽の中にありました。あのアパートメントに入ったときに、ジンの匂いがしましたよね。ここにシャツがあります。ジンで洗ったみたいな匂いがしますよ」

彼はシャツを掲げた。ジンの匂いがあたりにぷんぷん漂った。デガルモはぼんやりとした目でそれを見ていたが、前に進んで私の上衣の前をはだけ、私が着ているシャツを見た。

「こいつのやったことはわかります」とショーティーは言った。「ここに住んでいる人のシャツを一着盗んだんだ。そうですよね、警部補」

「そうだ」、デガルモは私の胸に手を当てていたが、それをゆっくりと下に降ろした。彼らは私のことをまるで板きれか何かのように話していた。

「身体を点検しろ、ショーティー」

ショーティーは私のまわりを巡って、拳銃を持っていないかどうかあちこち探った。

「何も持っちゃいません」と彼は言った。

「裏口からこいつを連れ出そう」とデガルモは言った。「ウェバーがここに来る前にしっかり身柄を押さえたら、こいつはおれたちの手柄になる。リードの野郎、靴箱の蛾だって見つけることはできないさ」

「あなたはこの事件の担当でもないんですよ」とショーティーは解せないという顔で言った。「それに警部補は何かの件で停職処分になったという話を耳にしましたが」

「いったん停職処分になっちまったら、もう失うべきものはないさ」とデガルモは言った。「おれはこの制服を失いかねませんよ」とショーティーは言った。

デガルモはうんざりしたような顔で彼を見た。小柄な警官は顔を紅潮させ、その赤みがかった黄金色の目は不安の色を浮かべた。

「オーケー。ショーティー、警部にご注進してこいよ」

小柄な警官は唇を湿した。「わかりました、警部補。言われたとおりにしましょう。あなたが停職処分になっていたとは知らなかったということにしておきます」

「こいつはおれたちが連行するんだ。おれたち二人だけでな」とデガルモは言った。

「わかりました」

デガルモは私の顎に指をつけた。「セックス・キラー」と静かな声で言った。「へえ、まったく驚いたよな」。彼はその酷薄な口のいちばん端っこを微かに動かし、薄い笑みを私に向けた。

34

我々はアパートメントを出て、６１８号室とは反対の方向に廊下を歩いた。まだ開けっ放しになっている戸口から光がこぼれていた。今ではそのドアの外に、二人の私服警官が立ち、両手で囲うようにして煙草を吸っていた。まるで強い風が吹いているみたいに。部屋の中からは言い争うような声が聞こえてきた。

廊下の角を曲がり、エレベーターのところに行った。デガルモはエレベーター・シャフトの先にある非常階段の扉を開け、我々はコンクリートの階段を、一階ずつ足音を響かせながら降りた。ロビー階でデガルモは足を止め、ドアノブに手を置いて耳を澄ませた。そして肩越しに振り向いた。

「車はあるのか？」と彼は私に尋ねた。

「地下のガレージに」

「そいつはいいね」

我々は階段を降りて、薄暗い地下室に出た。小さな詰め所からひょろりとした黒人が出てきて、私は彼に駐車券を渡した。彼はこそこそした目でショーティーの着ている警官の制服を見た。口はきかなかった。彼はクライスラーを指さした。

デガルモがクライスラーの運転席に座った。私が彼の隣に座り、ショーティーは後部席に座った。我々は坂を上り、ひやりと湿った夜の空気の中に出た。赤いスポットライトを二つつけた大型車が二ブロック向こうから、我々の方に駆けつけてきた。

デガルモは窓からぺっと唾を吐き、クライスラーを勢いよくUターンさせた。「あれはウェバーだろう」と彼は言った。「また葬式に遅刻したな。この件では、やつの鼻をしっかりあかしてやったぜ、ショーティー」

「こういうのって、あまり気に入りませんね、警部補。どうも気に入らないな、正直言って」

「腹を据えろよ。これで殺人課に戻れるかもしれんぞ」

「ひらの警官でも、職を失わない方がいい」とショーティーは言った。勇気は彼の身体から急速にこぼれ落ちていった。

デガルモは十ブロックばかり車を勢いよく進め、それから少しスピードを落とした。ショーティーは落ち着かない声で言った。

「もちろんおわかりだとは思いますがね、警部補、これは署に戻る道筋じゃありませんよ」

「そのとおりだ」とデガルモは言った。「それくらいわかっている」

彼は車のスピードを落とし、這うように走らせた。そして住宅地の通りに入った。代わり映えしないかたちのこぢんまりした家が、代わり映えしないかたちの芝生の前庭の奥に、うずくまるように並んだ通りだった。彼は穏やかに車のブレーキを踏んで、縁石に車を寄せ、ブロックの真ん中あたりに停車した。そしてシートの背中に片腕をまわし、首を曲げてショーティーを振り返った。

「なあショーティー、こいつが女を殺したとおまえは思うか？」

「さあ、そう言われても」、ショーティーの声はこわばっていた。

「懐中電灯を持っているか？」

「いいえ」

私は言った。「左手の物入れの中にひとつ入っている」

ショーティーは中を探っていたが、そのうちにかちんという金属音が聞こえ、懐中電灯の白い光がついた。デガルモが言った。

「この男の頭の後ろを見てみろや」

光線が動き、それから定まった。小柄な男の息づかいが背後に聞こえ、首の後ろにそれを感じることができた。何かがそこを探り、頭の後ろの瘤に触れた。私は呻いた。明かりが消え、街路の暗闇が再び中にさっと入り込んできた。

ショーティーは言った。「ブラックジャックで頭をどやされているようですね、警部補。どういうことだかわからないな」

「殺された女も同じ目にあっていた」とデガルモは言った。「あまり目立ちはしないが、確かにブラックジャックで殴打されたあとは残っていた。彼女は頭を一発どやされ、それから服をはぎ取られ、爪で引っ掻かれたんだ。死ぬ前にな。だから引っ掻き傷から出血したんだ。そのあとで絞め殺された。おかげで物音もしなかった。当然ながらな。そしてまた部屋の中には電話はなかった。いったい誰が警察に通報してきたんだろうな、ショーティー？」

「そんなこと私にはわかりっこありません。男が電話をかけてきて、八番街のグラナダ・アパートメント、618号室で女が殺されていると言ったんです。あなたがやってきたとき、警部はまだ写真係を探していた。電話をかけてきたのは押し殺したような声の男で、どうも声を作っていたみたいだと、通報を受けた担当の警官は言っていました。名前は名乗らなかった」

「なるほど」とデガルモは言った。「もしおまえが女を殺したとしたら、あそこからどうやって出て行く？」

「私だったら、さっさと立ち去りますね」とショーティーは言った。「どうしてなんだ、なあ」彼は唐突に私に向かって噛みつくように言った。「なんでそのまま逃げなかったたんだ？」

私は返事をしなかった。デガルモは抑揚を欠いた声で言った。「おまえなら六階建ての建物の浴室の窓から抜け出し、隣の見知らぬアパートメントの浴室の窓に飛び移り、窓ガラスを蹴破って侵入したりするだろうか？　中では住人が眠っている確率が高いというのに。そしてそこに住んでいる人間のふりをして、わざわざ警察に電話をかけ、貴重な時間を無駄にするだろうか？　あの女は、あと一週間くらい誰にも見つかることなく、あのままの状態に置かれていたかもしれないんだぜ。そのままあっさり逃げ去れるチャンスを、おまえなら棒に振ったりはするまい、ショーティー？」

「私ならそんなことはしませんね」とショーティーは用心深く言った。「わざわざ通報の電話をかけるなんてことは。でもね、警部補、こういう性的犯罪者はときとして奇妙なことをするものです。こいつらは我々通常の人間とは違います。あるいはこの男には共犯者がいて、そいつがこの男の頭をどやし、現場に置き去りにしたのかもしれませんよ」

「その最後の部分については、おまえの独創的な発想にまったく感心しちまうよ」とデガルモは呻くように言った。「さて、おれたちは今ここに座っている。そしてすべての真相を知っている人物が隣においでになる。ところがその人物はただのひとことも口にしようとはしない」。デガルモはその大きな頭をこちらに回して、じっと私を見た。「おまえさん、あそこで何をしていたんだ？」

「思い出せないね」と私は言った。「頭をどやされて、おかげで記憶がきれいに飛んでしまったらしい」

「おれたちが手伝って、思い出させてやるよ」とデガルモが言った。「ここから少し離れたところにある山の中に行こう。そこならうんと静かだし、星もよく見えるし、いろんなことがうまく思い出せるだろう。大丈夫、きっと思い出せるさ」

ショーティーは言った。「そういうやり方はまずいんじゃないですか、警部補？　署に戻って、ルールブックどおりの尋問をやりましょうよ」

「ルールブックなんぞくそ食らえだ」とデガルモは言った。「この男は気に入った。ここはひとつ、じっくりと膝を交えて語り合いたい。どうやら恥ずかしがり屋のようだから、少し気分をほぐしてやらなくてはな」

「そういうのにはおれ、関わり合いになりたくないです」とショーティーは言った。

「じゃあ、どうしたいんだね、ショーティー？」

「署に戻りたいです」

「誰も止めやしないぜ。歩いて帰るか？」

ショーティーは少し黙った。「いいですよ」とようやく静かな声で彼は言った。「歩いて帰ります」。彼は車のドアを開け、縁石の上に降りた。「このことは上に報告しなくちゃなりませんが、それはかまいませんね、警部補？」

「いいとも」とデガルモは言った。「それからウェバーにひとつ頼みを伝えておいてくれ。この次ハンバーガーを買うときには、おれのために空の皿はもらってくれなくていいってな」

「意味がよくわかりませんが」とその小柄な警官は言った。そしてばたんと車のドアを閉めた。デガルモはクラッチを繋ぎ、エンジンを吹かせ、時速六十五キロで最初の一ブロック半を走った。三つめのブロックは八十キロで走り抜けた。大通り（ブールヴァード）に出るとスピードを落とし、東に折れて、それからは法定速度を守ってゆったりと進んだ。時刻は夜明けに近かったから、通りを行く車はどちらの方向も希（まれ）だった。世界はおおむね、冷ややかにしんと静まりかえっていた。

しばらくして市境を越えたところでデガルモが言った。「おまえさんの話を聞こう」と彼は静かな声で言った。「話し合う余地はあると思うんだが」

車は長い上り坂のてっぺんに達し、それから少し下った。大きな通りは、公園のようになった復員軍人病院のグラウンドをカーブを描きながら抜けていた。三基の電灯がついた高い街灯が、夜のあいだに海から漂ってきた霧の奥から、輪になった光を投げかけていた。

私は語り始めた。

「キングズリーが今夜うちにやってきた。細君から電話の連絡があり、彼女は緊急に金を必要としているらしいということだった。その金を彼女のところまで運び、彼女を窮地から――それがたとえどのような窮地であれ――救い出すというのが私の役目だった。私の方にはそれとは少し違う目論見があったわけだが。私を見分ける方法が相手に教えられた。そして私は、八番街とアルゲロ大通りの角にある〈ピーコック・ラウンジ〉に出向くことになった。毎時十五分過ぎにそこで待ち合わせるのだ。それが何時になるにせよ」

デガルモはゆっくりと言った。「彼女は逃げなくてはならなかった。ということは、彼女には逃げなくちゃならん理由があったということだ。たとえば殺人事件とか」、彼は両手を軽く上げ、それからまたハンドルの上に下ろした。

「彼女が電話をかけてきてから何時間も経って、私はそこに行った。髪は茶色に染められていると教えられていた。彼女は私の脇を通り過ぎて外に出て行った。しかし私は彼女を見分けられなかった。生身の姿を目にしたことはなかったからね。私が目にしたのはかなりよく撮られたスナップショットとおぼしきものだ。でもそれだって、どの程度本人に似ているかはよくわからない。彼女はメキシコ人の子供を寄越して、私を外に呼び出した。金だけがほしい、話はしたくないと彼女は言った。私は話を聞きたいと言った。最後に向こうも仕方ないと思ったのだろう、少しくらいなら話をしてもいい、自分はグラナダに滞在していると言った。先に行くから、十分だけ時間を置いてそこに来てもらいたいと彼女は言った」

デガルモは言った。「十分あれば、罠が仕掛けられる」

「ああ、罠は仕掛けてあったさ。しかし彼女がそれを仕組んだのかどうか、今ひとつ確かではない。彼女は私を部屋に入れたくないようだった。話をしたくもなかった。しかしある程度事情を説明しなくては私が金を渡さないことはわかっていたはずだ。だから気が乗らないというのは演技だったかもしれない。状況をコントロールしているのは私だと思わせるためのね。演技がなかなか上手な女だった。そいつはたしかだ。とにかく私は部屋に行って、彼女と話をした。レイヴァリーが撃たれた話になるまで、彼女の言っていることはろくすっぽ意味をなさなかった。でもそれから話が、あまりにも急に意味を持ち始めた。私は彼女を警察に引き渡すつもりだと言った」

ウェストウッド・ビレッジは終夜営業のガソリン・スタンドと、アパートメント・ハウスのいくつかの窓だけを別にして真っ暗だった。街は我々の北側を滑るように行き過ぎて行った。

「そこで彼女は拳銃を取り出した」と私は言った。「本気でそれを使うつもりだったはずだ。しかし彼女は私に近づきすぎていた。そして私は相手にヘッドロックをかけた。我々がもみ合っているあいだに、誰かが緑色のカーテンの奥から出てきて、私をノックアウトした。意識が戻ったとき、彼女はもう殺されていた」

デガルモはゆっくりと言った。「そいつの顔をちょっとでも覚えているか？」

「いや。しかしでかい男であることは感じ取れた。というか、それだけはぼんやり目の端で捉えた。そしてこいつがソファの上にあった。衣服なんかと一緒にな」、私はキングズリーの黄色と緑のスカーフをポケットから取り出して、彼の膝の上にかけた。「今夜早い時刻に、キングズリーがそれを巻いているのを目にした」と私は言った。

デガルモはそのスカーフを見下ろした。それを取り上げ、車内灯に照らして見た。「こんな派手なものはたしかに、一度見たら忘れられないよな」とデガルモは言った。「そいつはやってきて、おまえの頭をどやしたんだな。キングズリーだって？　参っちまうな。

それからどうなった？」

「ドアがノックされた。頭がふらふらして、ものがうまく考えられなかった。いくらかパニックにも陥っていた。頭からジンを浴びせられ、上着と靴を脱がされていた。こんな格好でこんな匂いをさせていたら、間違いなく犯人だと思われるだろう。いかにも女の服を脱がせて、首を絞めそうなやつだと。だから浴室の窓から逃げ出した。そしてできるだけ身なりを整えた。あとはご存じのとおりさ」

デガルモは言った。「なんで、入った部屋でそのまま眠っていなかったんだ？」

「そんなことをしても無駄だよ。いくらベイ・シティーの警察だって、私が逃げ出した経路くらい、あっという間に突き止めるはずだ。それが判明する前に、そこから逃げ出す以外に手はなかった。もし私の顔を知っている人間がたまたま居合わせなかったら、首尾よくあの建物から逃げおおせていたんじゃないかな」

「そいつはどうだろう」とデガルモは言った。「しかしまあ、試してみる価値はあったかもしれない。で、殺人の動機は何だと思う？」

「もしキングズリーが彼女を殺したのだとして、それは何のためか？　難しい問いじゃない。彼女は夫を裏切っていたし、ずいぶん面倒な目にあわせていた。彼の地位を危うくさせ、今は殺人まで犯した。また、彼女は一財産を持っていたし、キングズリーは別の女と結婚したいと望んでいた。細君がその金を使って罪を免れ、自由の身になって自分をあざ笑うことを、彼は恐れたかもしれない。もし彼女が罪を免れることができず、刑務所に送り込まれることになったら、彼女の財産には手のつけようがなくなってしまう。彼女を追い払うには離婚するしかない。あれやこれや、彼女を殺すための理由は数多くある。彼はまた私に罪をかぶせるチャンスを手にしてもいた。最終的にはうまくはいかないかもしれないが、そうすることで捜査を混乱させ、回り道させることはできただろう。もし殺人者たちが、罪を免れて逃げ切れると思わなければ、人を殺す人間なんてほとんどいなくなってしまうはずだ」

デガルモは言った。「とはいえ、犯人はまったく知られていない誰かだという可能性もあるぜ。これまでまったく姿を見せなかった新顔であるかも。もしキングズリーが細君に会いに実際にあそこまで足を運んでいたとしても、それでもなお殺したのは誰か別の人間だということもあり得る。レイヴァリーを殺したのも、その誰かかもしれない」

「そのように考えたいのであれば」

彼は顔をこちらに向けた。「おれはべつにどんな風にも考えたくなんかないさ。もしおれが事件を解決すれば、上からの譴責を受けるだけで、なんとかこのままやっていけるだろう。もし解決できなければ、ヒッチハイクして街を出て行くしかない。おまえはおれのことを鈍物だと言った。オーケー、おれは鈍物なんだろう。キングズリーはどこに住んでいる？　おれが唯一心得ているのは、人に口を割らせる技術だ」

「ベヴァリー・ヒルズ、カーソン・ドライブの965番地だ。五ブロックほど進んでから、丘の麓に向けて北に折れる。サンセット通りのすぐ下、左側にあるよ。まだ行ったことはないが、そのへんの地番の並びは頭に入っている」

彼は私に緑と黄色のスカーフを渡した。「ポケットにしっかり入れておけよ。そいつをやつの前で引っ張り出す時が来るまではな」

35

暗い色合いの屋根の、二階建ての白い家だった。月光が壁を照らし、まるで新しくペンキが塗られたばかりのように見えた。正面を向いた窓の下半分には、錬鉄のグリルがついていた。平らな芝生の庭が玄関口まで続いていた。ドアは張り出した壁とは斜めの角度に取り付けられていた。表から見える窓はどれも暗かった。

デガルモは車を降り、通りに沿って歩きながら、ドライブウェイ越しにガレージの方に目をやった。彼はドライブウェイを歩き、家の角を曲がって、その姿が見えなくなった。ガレージの扉が持ち上げられる音が聞こえた。それからそのドアが下りるどすんという音が聞こえた。彼は家の角を曲がって再び姿を見せ、私に向かって首を振った。そして芝生の前庭を横切って玄関に向かった。彼は親指を曲げるようにしてベルを押し、片手でポケットから煙草を一本器用に取り出し、それを口にくわえた。

ドアから顔を背けて煙草に火をつけた。マッチの炎が彼の顔に深い線を刻んだ。少ししてから、ドアの上の扇風機についた明かりが灯った。ドアの覗き穴の蓋がさっと内側に開かれた。デガルモが手に持った警官のバッジを示すのが見えた。いかにも不承不承という風情でドアがゆっくり開けられ、彼は中に入った。

彼が家の中にいたのは四、五分のことだった。様々なかたちの窓の背後に明かりが灯り、やがて消えた。それから彼が家の外に出てきて、車に歩いて戻ってくるあいだに扇風機についた明かりが消えた。そして家全体が、最初に目にしたときと同じように再び真っ暗になった。

彼は車の横に立って煙草を吸っていた。そして通りの先のカーブしているあたりを眺めていた。

「小型車が一台ガレージの中にあった」と彼は言った。「料理女は自分の車だと言う。キングズリーの姿はない。今朝からいっぺんも姿を見ていないと言っている。すべての部屋を見せてもらった。どうやら本当のことを言っているらしい。ウェバーと指紋採集係が午後遅くにやってきた。おかげで主寝室はまだ粉だらけの状態だ。ウェバーはレイヴァリーの家で採集した指紋と照合するために、ここで指紋を集めていったのだろう。その結果がどうだったか、おれは聞かされていない。彼はどこにいると思う――キングズリーのことだが？」

「見当もつかないね」と私は言った。「車を走らせているかもしれないし、ホテルに泊まっているかもしれないし、トルコ風呂に入って溜まった緊張を解いているかもしれない。

しかしまず最初に、彼の女友だちをあたってみた方がいいんじゃないかな。彼女の名前はフロムセット、サンセット・プレイスのブライソン・タワーに住んでいる。ずっとダウンタウンの方だ。ブロックス・ウィルシャー（アールデコ風の建物で有名な百貨店）の近くになる」

「何をしている女だ？」とデガルモが運転席に乗り込みながら尋ねた。

「キングズリーのオフィスでは仕事を仕切り、職場を離れれば彼を仕切っている。しかしただの可愛い秘書じゃない。頭も切れるし、性根も据わっている」

「今の状況からすると、彼女はそういうのを総動員する必要がありそうだ」とデガルモは言った。彼はウィルシャー通りの方に進み、再び東に折れた。

二十五分後に我々はブライソン・タワーに着いた。スタッコ塗りの白い宮殿風の建物で、前庭には雷文模様のランタンがあり、背の高いナツメヤシが生えていた。入り口はL字型になっており、大理石の階段があり、ムーア風のアーチがあり、ロビーがあった。ロビーは大きすぎたし、敷かれたカーペットは青すぎた。あちこちにアリババの話に出てきそうな青色の油壺が置かれていた。虎でも入れられそうな大きな壺だ。デスクがひとつあり、夜番のフロント係が詰めていた。お決まりどおり、爪の下に隠せそうなくらい小さな口髭を蓄えている。

デガルモはデスクの前をさっさと素通りして、扉の開いたエレベーターの方に向かった。その横では疲れた顔をした老人が丸椅子に座って、乗る人が来るのを待っていた。フロント係はテリアが噛みつくみたいに、デガルモの背中に鋭く声をかけた。「ちょっとお待ちください。どちらさまにお会いになるのでしょう?」

デガルモはくるりと後ろを振り向いて、わけがわからないという顔で私を見た。「こい、い、い、つ、どちらさまにって言ったか?」

「ああ、そう言ったが、彼を殴ったりしないでくれ」と私は言った。「世間にはそういう文法表現もあるんだ」

デガルモは唇を舐めた。「それくらい知ってる」と彼は言った。「そんな言葉をみんながどこから引っ張り出してくるのか、ときどき不思議に思うだけだ。なあ、いいか」と彼はフロント係に言った。「おれたちは716号室に行く。文句あるか?」

「もちろんありますとも」とフロント係は冷ややかな声で言った。「私どもはこのような時刻に——」、彼は腕を持ち上げ、手首の内側につけた細長い長方形の腕時計を優雅に回して、時刻を見た——「午前四時二十三分に、お客様にお取り次ぎするわけにはいかないのです」

「そんなこったろうと思ったんだ」とデガルモが言った。「だからあんたをわざわざ煩わせたくなかったのさ。話はわかったかい?」、彼はポケットから警察バッジを取り出し、掲げた。金色と青いエナメルが明かりにきらりと光るように。「警察のものだ」

フロント係は肩をすくめた。「けっこうです。面倒はこちらの求めるところではありません。お取り次ぎをいたします。お名前は？」

「デガルモ警部補と、ミスタ・マーロウだ」

「716号室。ミス・フロムセットですね。少しお待ちください」

彼はガラスの仕切りの奥に入った。長い沈黙のあとで、彼が受話器に向かって何かを語る声が聞こえた。それから戻ってきて、肯いた。

「ミス・フロムセットはご在室です、お会いになられます」

「そいつはまことに痛み入るね」とデガルモは言った。「それから、専従探偵みたいなのに連絡して、部屋に寄越したりするんじゃないぜ。おれはホテル付きの探偵ってやつにアレルギーがあってね」

フロント係は小さな冷ややかな笑みを浮かべ、我々はエレベーターに乗った。

七階はひんやりとして静かだった。廊下は一マイルくらいの長さがあった。我々はようやく716号室に到達した。ドアには716という金メッキの数字がついていて、そのまわりを金メッキされた葉が円形に囲んでいた。ドアの隣に象牙色のボタンがあった。デガルモがそれを押すと、ドアの向こうでチャイムの音が響き、ドアが開けられた。

ミス・フロムセットはパジャマの上に青いキルトのローブを着ていた。足にはふさのついた、高いヒールの室内履きをはいていた。暗い色合いの髪はほどよく毛羽立ち、コールドクリームは顔から拭き取られ、最小限の化粧が施されていた。

我々は彼女のあとから部屋に入った。どちらかというと狭い部屋で、壁には美しい楕円形の鏡がいくつか掛けられ、ブルーのダマスク織りの生地を張られた時代物の灰色の家具が置かれていた。それはアパートメント・ハウスの備え付け家具には見えなかった。彼女は華奢なラブシートに腰を下ろし、背中を後ろにもたせかけた。そして誰かが口を開くのを黙して待った。

私が口を開いた。「こちらはベイ・シティー警察のデガルモ警部補だ。我々はキングズリーの行方を捜している。自宅にはいなかった。どこに行けば彼が見つかるか、君に訊けば見当がつくかと思ってね」

彼女は私の方を見ずに言った。「それは急ぎの用件なの？」

「そうだ。ちょっとしたことが起こってね」

「何が起こったの？」

デガルモが素っ気なく言った。「おれたちはキングズリーがどこにいるかを知りたいだけだよ、シスター。いちいち場を盛り上げているような暇はないんだ」

娘は表情というものがただのひとかけらもない顔で彼を見た。それから私の方を向いて言った。

「私にはちゃんと話した方がいいと思うわ、マーロウさん」

「私は金を持ってそこに行った」と私は言った。「打ち合わせ通り、彼女に会うことができた。話をするために彼女のアパートメントに行った。そこで私は、カーテンの陰に隠れていた男に頭をどやされた。男の姿は見なかった。意識を取り戻したとき、彼女は既に殺害されていた」

「殺害された？」

私は言った。「殺されていたんだよ」

彼女はその整った目を閉じた。美しい口の両端がぎゅっと内側に引き込まれた。それから短く肩をすくめ、立ち上がった。そしてか細い脚のついた、大理石トップの小さなテーブルの方に向かった。浮き彫り細工の施された小さな銀のボックスから煙草を一本取りだし、火をつけた。そして虚ろな目でテーブルを見下ろした。マッチを振る手の動きがだんだん緩慢になり、やがて止まった。火がついたままのマッチが灰皿に落とされた。彼女はテーブルに背を向け、こちらを振り向いた。

「私はここで悲鳴をあげるとか、何かそういうことをするべきなのでしょうね」と彼女は言った。「でもそう言われても、どんな気持ちもまったく湧いてこないみたい」

デガルモは言った。「おれたちはね、あんたの気持ちになんて、毛ほども興味は持っちゃいないんだよ。おれたちが知りたいのは、キングズリーがどこにいるかってことだけだ。それを教えるもよし、教えないもよし。どっちにしろ、そう格好をつけるのだけはやめてくれないか。ただどっちかに決めてくれ」

彼女は静かな声で私に言った。「この警部補さんはベイ・シティー警察の方だって言ったわね?」

私は肯いた。彼女は、いかにも相手を見下したような優雅な身のこなしで、ゆっくりとデガルモの方を向いた。そして言った。「もしそうであれば、彼はこのアパートメントでいかなる権利も持ってはいない。大口を叩いて偉そうに振る舞う、そのへんのやくざ者と変わりない存在に過ぎない」

デガルモはすさんだ目で彼女を見た。にやりと笑い、部屋を横切り、ふわふわした椅子に深く座って、長い脚を前に伸ばした。そして私に向かって手をひらひらと振った。「オーケー、彼女はおまえさんにまかせるよ。そうしようと思えば、ロス市警からしっかり協力を得ることもできる。しかし連中に事情を説明しているうちに、来週の火曜日の、そのまた一週間先になっちまう」

私は言った。「ミス・フロムセット、もし彼の居所をご存じなら、あるいはどこから探し始めればいいか、心当たりがあるなら、どうか教えてもらいたい。彼を見つけ出すことが大事だと、君にもよくわかっているはずだが」

彼女は冷静な声で言った。「なぜかしら?」

デガルモは頭を後ろにのけぞらせて笑った。「このねえちゃんは大したもんだぜ」と彼は言った。「たぶんこう考えているんだろう。彼の細君がのされちまったことを、おれたちはキングズリーに内緒にしておかなくちゃならないってな」

「彼女はそれほど愚かじゃない」と私はデガルモに言った。彼は醒めた顔で、親指を嚙んでいた。そして無遠慮な目で彼女をじろじろと眺め回した。

彼女は言った。「彼を捜しているのは、奥さんが殺されたことを伝えるだけのためなの？」

私は緑と黄色のスカーフをポケットから取り出し、それを振って広げて、彼女の前に示した。

「彼女が殺されたアパートメントでこれが見つかった。君はこいつに見覚えがあるはずだよ」

彼女はスカーフに目をやり、それから私を見た。どちらの眼差しにも意味らしきものは込められていなかった。彼女は言った。「あなたはずいぶん盛大に信頼を求める人なのね、マーロウさん。これまでの経過を見る限り、それほど頭脳明晰な探偵さんとも思えなかったけれど、そのわりには」

「私は信頼を求めている」と私は言った。「そしてそれを手に入れることになると思う。私がこれまでどれほど優秀だったか、そいつは君にはまずわかりっこない」

「いいねえ」とデガルモが割って入った。「おまえさんたち二人なら素敵なチームが組めるぜ。あとに従う軽業師がいればもう言うことないね。ただし今は——」

彼女はまるでデガルモなどが存在しないかのように、その途中で口を開いた。「彼女はどのようにして殺されたの？」

「絞め殺された。裸にされ、ひっかき傷をつけられて」

「デリーがそんなことをするはずはない」と彼女は静かな口調で言った。

デガルモは唇を使って耳障りな音を出した。「人ってのはね、思いも寄らないことをするものなんだよ、シスター。警官はそういうのをいやというほど目にするのさ」

彼女はやはり彼の方には目も向けなかった。同じ調子の、抑揚を欠いた声で彼女は言った。「あなたのアパートメントを出たあと、私たちがどこに行ったかを知りたいかしら？彼が私をうちまで送ってくれたかどうかとか、そういうことを？」

「そうだ」

「もし私をうちまで送っていたなら、彼が海岸まで行って、彼女を殺しているような時間はなかったはずだものね。そうでしょ？」

私は言った。「そういうことになるかもしれない」

「彼は私を送らなかった」と彼女はゆっくりと言った。「私はハリウッド大通りでタクシーを拾ったの。あなたのところを出てから五分も経たないうちに。そのあと彼の姿を目にしてはいない。そのまま自宅に帰ったのだと思った」

デガルモは言った。「おおかたの場合、おねえちゃんたちはボーイフレンドにたっぷりとアリバイを提供しようとするものなんだがな。しかしまあ、人さまざまってことさ」

ミス・フロムセットは私に言った。「彼は私をうちまで送りたがったの。でもそれではすごく遠回りになるし、私たちは疲れ切っていた。私があなたにそう教えるのは、そんなことはぜんぜん大事な問題ではないってわかっているからよ。もし大事な問題だと思ったら、そんなことは言わない」

「つまり彼には時間があった」と私は言った。

彼女は首を振った。「私にはわからない。どれくらいの時間を彼が必要としたのか、そんなことは知らない。奥さんの居場所をどうやって彼が知ったのか、それもわからない。私からではないし、私を通して彼女からでもない。奥さんは私に何も教えなかったから」。彼女の黒い瞳はまっすぐ私を見ていた。何かを捜し求め、探りを入れながら。「あなたが私に求めているのは、こういう種類の信頼なの？」

私はスカーフを畳んで、ポケットにしまった。「彼が今どこにいるのか、我々はそれを知りたいんだ」

「それを教えることはできない。私にも見当がつかないのだから」、彼女の目はスカーフを追うように私のポケットに向けられた。そしてじっとそのままそこに留まった。「頭をどやされたと言ったわね。意識を失っていたということ？」

「そうだ。カーテンの後ろに隠れていた誰かにね。未だにそういう手がものを言うんだ。

彼女は拳銃を出してきて私に向けた。私はそれを取り上げようと必死になっていた。彼女がレイヴァリーを撃ったことに間違いはないよ」

デガルモが急に立ち上がった。「なかなか場を盛り上げてくれるじゃないか」と彼は唸るように言った。「しかしこんなことをしていてもらちがあかない。さっさと引き上げようぜ」

私は言った。「待ってくれ。まだ話は終わっちゃいない。何か心にかかっていたことがキングズリーにあったとしよう、ミス・フロムセット。彼の心の奥底に食い込んでいる何かがあったとしよう。今夜の彼の様子には、そういう節が見受けられた。我々が思っていたより――あるいは私が思っていたより――彼はこの件に関してもっと多くの事情を知っていたのかもしれない。そして危機的な状況が迫っていることを察知していたのかもしれない。どこか静かなところに行って、自分に何か手が打てるかどうか、じっくり考えを巡らせようとしたのかもしれない。そういう可能性は考えられないか？」

私はそこで言葉を止め、苛々しているデガルモの様子を横目でうかがいながら待った。少し後で、娘は抑揚のない声で言った。「彼は逃げたり隠れたり、そんなことはしない。なぜならそれは逃げたり、隠れたりできる種類のものではないから。でも熟考するための時間をほしいと思ったかもしれない」

「見知らぬ場所のホテルとか」と私は、グラナダで聞いた台詞を思い出しながら言った。

「あるいはそれよりもっと静かな場所で」

私は見回して電話を探した。

「寝室にあるわ」とミス・フロムセットは、私が何を求めているかをすぐさま察して言った。

私は部屋を横切り、奥にあるドアを開けた。デガルモが私のすぐあとからついてきた。寝室は象牙色と、灰のかかったローズ色だった。大きなベッドには足下のボードはついておらず、枕には頭の丸いへこみが残っていた。作り付けの化粧台には各種化粧品が輝かしく並び、その上の壁にはパネル付きの鏡があった。開いたドアの向こうにはマルベリー色の浴室のタイルが見えた。電話はベッドの脇、ナイトテーブルの上に置かれていた。

私はベッドの端に腰を下ろし、ミス・フロムセットの頭が置かれていた場所をとんとんと叩き、受話器を持ち上げ、長距離の番号を回した。交換手が出ると、ピューマ・ポイントのジム・パットン執行官にパーソン・トゥー・パーソンでつないでほしい、とても緊急の用件なのだ、と言った。そして受話器を置き、煙草に火をつけた。デガルモは私の脇に両足を広げて立ち、おっかない顔で私を見下ろしていた。タフで疲れを知らず、そして性悪な警官に一瞬にして変わることができる。「今度は何だ?」と彼は呻いた。

「今にわかる」と私は言った。

「誰がこのショーを仕切っているんだ?」

「私にショーを仕切るようにさっき求めたじゃないか。ロサンジェルス市警に仕切らせたいのなら話は別だが」

彼は親指の爪でマッチを擦り、それが燃えるのを眺め、長い息をしっかりと吐いて炎を消そうとしたが、炎は消えず揺らいだだけだった。彼はマッチを捨て、新しいマッチ棒を出して、それを歯の間にくわえ、嚙んだ。ほどなく電話のベルが鳴った。

「ピューマ・ポイントの先方がお出になります」

パットンの眠そうな声が聞こえた。「もしもし、こちらはピューマ・ポイントのパットンだが」

「ロサンジェルスのマーロウです」と私は言った。「覚えていますか？」

「ああ、覚えておるよ、お若いの。まだ半分眠っているが」

「ひとつお願いがあります」と私は言った。「あなたにこんなことを頼める立場ではたぶんないのだが、リトル・フォーン湖まであなたが行くか、あるいは誰かを行かせるかして、キングズリーがそこにいるかどうか確かめていただけませんか。彼にはそちらの姿が見えないようにして。キャビンの前に車が停まっているかどうか、家に明かりがついているかどうか、それでわかるでしょう。そして彼がそこに腰を据えているのかどうか、それが判明したら、すぐにこちらに電話をいただきたいのです。即刻そちらに出向きます。お願いできますか？」

パットンは言った。「もし彼がそこから立ち去ろうとしても、わたしにはそれを止める権利はないよ」

「ベイ・シティー警察の警官を一緒に連れて行きます。彼は殺人事件に関して、キングズリーに聞きたいことがあるのです。あなたのところの殺人ではなく、別の殺人事件です」

息を呑むような沈黙が電話線の向こうから伝わってきた。パットンは言った。「わたしをからかっておるんじゃあるまいね、お若いの？」

「違います。タンブリッジの２７２２番に電話をください」

「半時間ばかりかかりそうだが」と彼は言った。

私は電話を切った。デガルモは今では笑みを浮かべていた。「このおねえちゃんは、おまえさんに何か素早く、おれにわからないシグナルでも送ってるのかい？」

私はベッドから立ち上がった。「いや、私はただキングズリーの考えを読みとろうとしていただけさ。彼は冷血な殺し屋じゃない。どのような炎が燃えさかっていたにせよ、それは今ではすっかり燃え尽きてしまったはずだ。彼は自分の知っているもっとも静かで、もっとも遠く離れた場所に行くんじゃないかと推測したんだ。自分を取り戻すためにね。数時間のうちに彼はたぶん自ら出頭してくるだろうが、その前に彼のところに行った方が、おたくには都合がいいんじゃないか？」

「やつが自分の頭に銃弾をぶち込まなければね」とデガルモは冷ややかな声で言った。

「そういうことをしかねない男のようだから」

「そうさせないためには、まず彼を見つけることだ」

「言えてる」

我々は居間に戻った。ミス・フロムセットはキチネットから首を突き出して、今コーヒーをつくっているところだが、いらないかと言った。我々はコーヒーを少し飲み、友人を見送るために駅に来た人たちのような顔つきでそこに座っていた。

パットンからの電話は二十五分後にかかってきた。キングズリーのキャビンには明かりが灯り、その隣に車が停めてあるということだった。

36

我々は「アルハンブラ」で朝食をとり、ガソリンを満タンにした。ハイウェイ70号線を進み、なだらかに起伏する牧場地域に入ってからは、トラックを次々に追い越していった。私が運転し、デガルモは沈んだ顔で隅の方に座っていた。両手をしっかりとポケットに突っ込んで。

私はオレンジ・ツリーのふくよかでまっすぐな列が、車輪のスポークのようにぐるぐると回転する様を眺めていた。そして不足する睡眠と過剰な感情がもたらす疲弊と感覚の鈍麻を感じながら、舗装道路を走るタイヤの唸りに耳を澄ませていた。

サン・ディマスの南の、長い坂道が現れた。その尾根を越えると、ポモナまで下り坂になる。霧の立ちこめる地帯はそこで終了し、その先は準砂漠地域になる。太陽は朝には年代物のシェリー酒のように軽くドライになり、真っ昼間には燃えさかる火炉のように熱くなり、黄昏時(たそがれどき)には怒った煉瓦となって沈んでいく。

デガルモは口の端にマッチをくわえ、ほとんど嘲(あざけ)るように言った。

「ウェバーは昨夜、おれをみっちり締め上げてくれたぜ。やつはおまえさんと四方山話をしたそうだな」

私は何も言わなかった。彼は私を見たが、やがてまたむこうを向いた。外に向けて手をひらひらと振った。「おれはただで家をくれると言われても、田舎になんぞ住みたくないな。夜が明ける前から、空気はもうもったりしている」

「すぐにオンタリオに着く。フットヒル大通りに入るが、そこでは世界でいちばん美しいシノブノキの並木が、八キロにわたって続いているのが見える」

「おれはシノブノキと点火プラグの違いもわからないよ」とデガルモは言った。

我々は街の中心に入り、北に折れて、素晴らしい分離帯つきの道路をユークリッドに向かった。デガルモはシノブノキを馬鹿にして笑った。

少しあとで彼は言った。「あそこの湖で溺れ死んだのはおれの女だった。その話を聞いてから、頭がずっとおかしくなっていた。おれに見えるのは赤い色だけだ。もしそのチェスという野郎をとっつかまえたら——」

「君は既に十分厄介な問題を起こしている」と私は言った。「アルモアの奥さんを殺害した彼女を逃げ延びさせただけでもな」

私はフロントグラスの向こうを見据えていた。彼の頭が動き、その視線が私の上に凍りつくのがわかった。彼の手が何をしているのかはわからなかった。その顔にどんな表情が浮かんでいるのかもわからなかった。長い時間が経ったあとで、ようやく言葉が出てきた。それは端から端まできつく嚙みしめられた歯の間から出てきた。そこを出てくるときに言葉はいくらか削り取られていた。

「あんた、頭に何か問題があるのか？」

「いや」と私は言った。「君と同じように、頭に問題はないよ。君だって他のみんなと同様、フローレンス・アルモアがベッドから起き上がって、ガレージまで歩いて行ったとは思っちゃいないだろう。彼女がそこまで誰かに運ばれたと知っている。タリーがダンス靴を盗んだのはそのためだということも知っている。そのダンス靴には、コンクリートの通路を歩いた跡がついていないからね。アルモアがコンディーの店で細君の腕に注射を打ったことも知っている。注射は適量で、過剰投与ではなかった。彼は静脈注射のことは熟知している。君が、無一文で宿無しの浮浪者たちをどのように締め上げればいいかを心得ているのと同じようにな。アルモアがモルヒネを使って細君を殺したのではないことも承知している。もしその医師が彼女を殺したいと思ったとしても、モルヒネだけはまず使うまいということもな。しかし君は知っている。それをやったのが別の人間だということを。アルモアが彼女をガレージまで運び、そこに置いたんだ。理論的には彼女はまだ死んではいなかった。一酸化炭素をいくらか吸い込める程度には生きていたんだ。しかし医学的に見れば、彼女は既に心肺停止状態にあった。君はそのことをすべて知っている」

デガルモは穏やかに言った。「なあブラザー、よく今まで命があったものだな」

私は言った。「できるだけごまかしに引っかからないように、できるだけプロの強面の連中を恐れないようにしてきただけさ。アルモアがやったようなことは悪党にしかできない。できるのは悪人かあるいは、魂にやましいものを抱え、怯えて生きている人間だけだ。理論的にいえば、彼は殺人罪で有罪になるかもしれないが、そのへんの線引きはいつだって基準が曖昧だ。彼女が深い昏睡状態にあって、もはやその生命を回復することは不可能になっていたと証明するのは、彼にとって間違いなく厄介な作業になっていただろう。しかし実質的に誰が手を下して彼女を殺害したのかとなれば、あの女がやったと君にはちゃんとわかっている」

デガルモは笑った。それは喉にひっかかったような、収まりの悪い笑いだった。陰気なばかりではなく、意味のない笑いだった。

我々はフットヒル大通りに着いて、再び東に折れた。まだ涼しさは残っていると思ったのだが、デガルモは汗をかいていた。でもわきの下に拳銃を吊っているので、上衣を脱ぐことができなかった。

私は言った。「その女、ミルドレッド・ハヴィランドはアルモアと関係を持っていた。そして細君はそのことを承知していた。彼女はアルモアを脅した。その話は彼女の両親から聞いたよ。ミルドレッド・ハヴィランドはモルヒネのことを熟知していたし、どこに行けば必要なだけ手に入れられるかも、どれくらいの量を投与すればいいかも心得ていた。彼女はフローレンス・アルモアを寝かせつけたあと、家の中に彼女と二人きりになった。彼女は注射器に四グレーンか五グレーンの薬物を入れ、意識を失った女に、医師が前もって打ったのとぴったり同じ場所に注射することができた。そういう絶好の機会に恵まれたわけだ。細君はおそらくアルモアが家を留守にしているあいだに死ぬだろう。そして帰宅したときに、死んでいる彼女を発見することだろう。それはアルモアの問題になる。彼がその問題を処理しなくてはならない。ほかの誰かが彼の細君に薬物を注射したなんて、誰も信じてはくれまい。その状況についてすべてを承知しているものじゃなくてはね。しかし君はすべてを承知していた。知らなかったとはいわせない。君がそこまで愚か者ではないことはわかっている。君はミルドレッドをかばって、細工をしたんだ。君はそれでもまだ彼女に惚れ込んでいた。君に怯えさせられて、彼女は街を出て行った。危険から、司直の手から逃れていった。でも君はその後始末をした。殺人の罪から彼女を免れさせたのだ。彼女が君にそうさせた。なぜ君は山の中までわざわざ彼女を探しに行ったりしたんだ？」

「でもおれはどうやって彼女の行く先をつきとめられたのだろう？」と彼は苦みを込めた声で言った。「そういうところまで説明してもらいたいと言うのは求めすぎだろうか？」

「ぜんぜん」と私は言った。「彼女はビル・チェスとの生活にうんざりしてきたんだ。彼の飲酒癖にも、癇癪（かんしゃく）の強さにも、みすぼらしい暮らしにも。でも先立つものがなくちゃ、そこから抜け出すこともできない。彼女はもう身の安全を確信していた。そしてアルモアの弱みを握っている。そろそろ彼から金を取り立てても大丈夫だろうと思った。だから彼女はアルモアに手紙を書いた。アルモアは彼女と話をつけさせるために、君を山に送った。彼女はアルモアに現在の姓を教えなかったし、今どこでどんな風に暮らしているか、詳しいことは一切言わなかった。ピューマ・ポイントのミルドレッド・ハヴィランドあてで郵便は届くということにしておいた。彼女はそういう手紙が来ているかどうかを、問い合わせるだけでいい。しかし手紙は来なかったし、彼女とミルドレッド・ハヴィランドという名前を結びつけるものもいなかった。君が持ち合わせていたのは、古い写真と、いつもながらの横柄な態度だけだ。そして当地の人々相手では、手がかりは何ひとつ得られなかった」

デガルモは耳障りな声で言った。「彼女がアルモアから金を取ろうとしたと誰から聞いた？」

「誰からも。これまでに起こったことを総合すれば、いやでもそういう結論にたどり着くさ。もしレイヴァリーなり、キングズリー夫人なりが、ミュリエル・チェスの正体を知って、それを通報していたら、どこに行けば彼女が見つかり、どんな名前を使っているかわかっていたはずだ。でも君は知らなかった。となればその情報は、彼女が誰であるかを知る唯一の人物——つまりは彼女自身からもたらされたということになる。そのようにして、彼女がアルモアに手紙を書いたに違いないと考えついた」

「オーケー」と彼はようやく言った。「そんなことはもう忘れちまおうじゃないか。そいつが明らかになったところで、今となっちゃもう何ひとつ変わりはしない。おれがまずい立場に立たされているとしても、それは結局のところおれの問題に過ぎない。同じような状況に立たされたら、おれはやはり同じことをするだろう」

「それでかまわない」と私は言った。「このことで誰かを懲らしめてやろうというようなつもりは、私にはない。君に対してさえな。私がこんな話をした主な理由は、キングズリーが犯してもいない殺人の罪までを彼に負わせるような真似を、君にしてほしくないと思ったからだ。彼が罪を負うべき殺人があるのなら、もちろん背負わせればいいわけだが」

「それが、おれにその話をした理由なのか？」と彼は尋ねた。

「そうだよ」

「おれのことを憎んでいるからかと思ったが」と彼は言った。

「君に対する反感はとうに消えている」と私は言った。「そんなことは忘れた。人を激しく憎むことはあるが、それほど長くは憎めないんだ」

我々は葡萄園の広がる地域を抜けていた。開けた砂地の葡萄園が、山腹に傷跡を残しながら続いていた。その少しあとでサン・バーナディノに着いた。街では車を停めず、そのまま通り抜けた。

37

標高千五百メートルのクレストラインでは、まだ暖かさは訪れていなかった。我々は休憩してビールを飲んだ。車に戻ると、デガルモはわきの下のホルスターから拳銃を取り出し、点検した。38口径のスミス・アンド・ウェッソンだが、フレームは44口径用のもので、反動は45口径並み、射程距離は遙かに長いというすさまじい代物だ。

「そいつは必要ないだろう」と私は言った。「大きくて力の強い男だが、その手のタフさは持ち合わせていない」

彼は拳銃をわきの下に戻し、呻き声を出した。我々はそれ以上口をきかなかった。それ以上語るべきことはなかった。我々はカーブを曲がり、白いガードレールのついた切り立った崖っぷちを進んだ。場所によっては、自然石と重い鎖がガードレールの代わりをつとめていた。高く聳え立つ樫の木のあいだを抜けて坂道をあがった。山をのぼるにつれて、樫の木はそれほど高くなくなり、かわりに松の木がどんどん背丈を伸ばしていった。そしてようやく、ピューマ湖の端っこにあたるダムに到着した。

私が車を停めると、歩哨が銃を身体の前にさっとまわし、窓のそばにやってきた。

「ダムを渡る前に、車の窓をすべて閉めていただけますか」

私は身体を伸ばし、自分の側のリア・ウィンドウを閉めた。デガルモは警察のバッジを掲げた。「いいんだよ、兵隊さん。おれは警察のものだから」と彼はいつもの調子で言った。

歩哨は彼に表情を欠いた厳しい視線をじっと向けた。「窓をすべて閉めていただけますか」、彼は口調をまったく変えることなくそう繰り返した。

「あほらしい」とデガルモは言った。「まったくあほらしいぜ、ソルジャー・ボーイ」

「これは命令なのです」と歩哨は言った。彼の顎の筋肉がほんの微かに膨らんでいた。その鈍く灰色がかった目がじっとデガルモを見つめていた。「私は命令を受けているだけです、ミスタ。さあ、窓を閉めて」

「湖に飛び込みやがれと、もしおれが言ったら？」とデガルモが馬鹿にしたように言った。

歩哨は言った。「言われたとおり飛び込むかもしれませんね。すぐに怯える性格（たち）で」、そしてそのごわごわした手で、ライフルの銃床をとんとんと叩いた。

デガルモは身体を曲げて自分の側の窓を閉めた。我々はダムを越えた。真ん中あたりにも、向こうの端にも歩哨が立っていた。最初の歩哨が彼らに何か信号のようなものを送ったに違いない。彼らは我々を油断のない目で見守っていた。そこには好意の片鱗（へんりん）もうかがえなかった。

聳え立つ巨大な花崗岩のあいだを抜け、ぼさぼさとした雑草の繁った野原を抜けた。一昨日と同じ派手なスラックスと、短いショートパンツと、農夫風のハンカチーフがあり、同じ軽やかな微風と、黄金色の太陽と、透き通った青い空があり、同じ松の葉の匂いがあり、同じ山あいの夏の涼しげなソフトさがあった。でもそれはもう百年も前の出来事のようだった。何かが時間の中で結晶化されてしまっていた。まるで琥珀の中の蠅のように。

リトル・フォーン湖に向かう道に入り、いくつもの大きな岩を回り込み、水音を響かせる小さな滝を通り越した。キングズリーの地所に通じるゲートは開いており、パットンの車が鼻先を湖の方に向けて、路上に駐まっていた。そこから湖を望むことはできなかったが。車の中には誰もいなかった。フロントグラスの中には前と同じカードが置かれていた。「ジム・パットンを執行官に再任してください。彼は新しく仕事を探すには歳を取りすぎています」

その近くには別の車があった。小さなおんぼろのクーペで、それは違う方を向いていた。クーペの中にはライオン狩猟用の帽子が置いてあった。私はパットンの車の背後に自分の車を駐め、ロックし、外に出た。アンディーがクーペから降りて、そこに立って、表情のない目でじっと我々を見た。

私は言った。「ベイ・シティー警察のデガルモ警部補だ」

アンディーは言った。「ジムは尾根を少し越えたところにいる。そこであんたを待っている。まだ朝飯を食べていない」

我々は道路を尾根に向かって歩いた。アンディーはクーペの車内に戻った。尾根を越えると、道路は小さな青い湖に向かって下り坂になった。湖面の向こう側にあるキングズリーのキャビンは人気（ひとけ）がないように見えた。

「あれが湖だ」と私は言った。

デガルモは何も言わずにそれを見下ろしていた。彼の両肩は重々しくすくめられた。

「さあ、野郎をとっつかまえようぜ」というのが彼の口にしたすべてだった。

我々が進んでいくと、パットンが岩の背後から立ち上がった。彼は前と同じ古びたステットソン帽をかぶり、カーキ色のズボンをはき、太い首のところまでシャツのボタンをぴったりはめていた。左胸につけた星形のバッジの、先端のひとつはやはり曲がっていた。彼の顎がものを食べるみたいに、ゆっくり動いた。

「またあんたに会えたな」と彼は言った。私の方には目を向けず、デガルモだけを見ながら。

彼は手を差し出し、デガルモのごつごつした硬い手を握った。「この前あんたに会ったとき、あんたは違う名前を名乗っていたね、警部補。あんた方の言うところの、覆面捜査みたいなものだったのだろう。とはいえ、こちらもあんたに対して公正に振る舞ったとは言えん。申し訳なかった。あんたの見せた写真が誰なのか、すぐにわかったんだが」

デガルモは肯いただけで、何も言わなかった。

「もしわたしが余計な小細工なんぞせず、順当に為すべきことを為していたなら、ずいぶん面倒が省けていたことだろう」とパットンは言った。「人がひとり殺されずに済んだかもしれん。それについてはいささか心苦しく思っている。とはいえわたしは何につけ、くよくよと長引いて後悔するようなタイプの人間ではない。ちょっとここに腰を下ろして、これからどのような行動をとるつもりなのか、教えてもらえんだろうか」

デガルモは言った。「キングズリーの細君が昨夜、ベイ・シティーで殺された。それについて彼の話を聞かなくてはならない」

「彼を疑っているということかね？」とパットンが尋ねた。

「もちろんだ」とデガルモは唸るように言った。

パットンは首をごしごしとこすり、湖の向こうを見た。「彼はキャビンの外にまったく出てこない。どうやらまだ眠っているようだ。朝早く、わたしはキャビンのまわりを探ってみた。そのときはラジオがかかっていた。酒瓶とグラスが立てる音が聞こえた。彼にはできるだけ近寄らないようにしていた。それでいいのかね？」

「あとはおれたちが引き継ごう」とデガルモは言った。

「銃は持っておるかね、警部補？」

デガルモはわきの下をとんとんと叩いた。パットンは私を見た。私は首を振った。銃は持ち合わせていない。

「キングズリーは持っているかもな」とパットンは言った。「このあたりで早撃ち競争をされるのは、あまり好ましくないんだよ、警部補。銃撃戦なんかやられると、わたしの立場がおかしくなる。うちらの地域社会はその手の派手な騒ぎには馴染まんのだ。あんたはどうやら、銃をかなり素早く抜きそうなタイプに見えるんだが」

「おれは迅速をよしとする人間だ。それがあんたの意味するところであるならね」とデガルモは言った。「しかしおれとしても、できれば本人の口から話を聞き出したい」

パットンはデガルモを見た。私を見て、それからまたデガルモを見た。そして煙草の汁をぺっと横に吐いた。それは長い筋をひいた。

「彼の近くに寄るには、話の筋をきちんと呑み込んでおかねばならん」とパットンは頑な声で言った。

我々はそこに腰を下ろし、一部始終を説明した。彼は瞬きもせず、じっと黙って話を聞いていた。話が終わると、彼は私に向かって言った。「わたしの見るところ、あんたはいささかけったいなやり方で仕事をする人のようだな。個人的な意見ではあるが、あんた方はえらい思い違いをしているように見える。一緒に行って様子を見てみよう。わたしが先に中に入る。もしあんた方の言っていることがまっとうで、キングズリーが銃を所持していて、少しばかりやけっぱちになっている場合に備えてな。わたしは大きな腹を持っているし、きっと絶好の弾よけになるだろう」

我々は地面から立ち上がり、遠回りして湖のまわりをぐるりと歩いた。小さな船着き場まで来たとき、私は言った。

「検死は終わったのかね、保安官」

パットンは肯いた。「溺死に間違いはなかった。それが彼女の死因であることに疑いの余地はない。ナイフで刺されてもいないし、銃で撃たれてもいないし、頭を何かで割られたりもしていない。死体には多くの傷跡があったが、多すぎて何が何だかよくわからん。それに死体そのものがかなりひどい有様だったからね」

デガルモは顔が白く、怒っているように見えた。

「こんなことは口にするべきじゃなかったんだろうね、警部補」とパットンは穏やかな口調で付け加えた。「心穏やかには受け入れられんだろう。あんたはあのレディーのことをよく知っておったらしいから」

デガルモは言った。「うだうだ言わずに、やるべきことを済ませてしまおう」

我々は湖岸に沿って、キングズリーのキャビンまで歩いた。そしてがっしりとした階段を上った。パットンは足音を忍ばせてポーチを横切り、ドアに向かった。網戸を引いてみたが、フックはかけられていなかった。彼は網戸を開け、ドアを試してみた。ドアにも鍵はかかっていなかった。彼はドアを閉めたまま、ノブを握って回した。デガルモは網戸を大きく開いて押さえていた。パットンはドアを開け、我々は部屋に足を踏み入れた。

ドレイス・キングズリーは、火のついていない暖炉の脇に置かれた深い椅子に身を沈め、目を閉じていた。横のテーブルには空のグラスと、ほとんど空っぽになったウィスキーの瓶が置かれていた。部屋にはウィスキーの匂いがした。瓶の近くにある皿は、煙草の吸い殻が山積みになっていた。吸い殻の山のてっぺんには握りつぶされた煙草の空き箱が二つあった。

窓はひとつ残らず閉ざされていた。部屋の中はもう既にムッとして暑かったが、キングズリーはセーターを着ており、その顔は重々しく紅潮していた。鼾をかいて、両腕は椅子の肘掛けの外側にだらんと垂れ下がり、指先が床に触れていた。

パットンは彼から一メートルほどのところまで歩み寄り、そこに立って長いあいだ彼の姿を見下ろしていた。それからやっと口を開いた。

「キングズリーさん」と彼はようやく言った。静かで確かな声だった。「あなたと少々お話をしたい」

38

キングズリーはぴくっと身体を震わせ、瞼を開き、頭を動かさずに目だけを動かした。彼はパットンを見て、それからデガルモを見て、最後に私を見た。目はどろんとしていたが、そこには鋭い光がうかがえた。椅子の中でゆっくり身を起こし、顔の両側を手でごしごしと上下にこすった。

「眠っていた」と彼は言った。「二時間ほど前に眠りに落ちてしまった。スカンクのように泥酔していた。とにかく、ここまで酔っ払うつもりはなかったのだが」、彼は両手をだらんと下に落とし、そのままぶらぶらさせた。

パットンは言った。「こちらはベイ・シティー警察のデガルモ警部補。あんたに話があるそうだ」

キングズリーはまずデガルモに目を向けた。それから視線を動かし、私をまじまじと見つめた。もう一度口を開いたとき、その声は前より酔いが引いてもの静かになり、底なしの疲弊を漂わせていた。

「つまり、きみが彼女を逮捕させたわけか？」と彼は言った。

私は言った。「そうしたいところでしたが、そうはならなかった」

キングズリーはデガルモを見ながら、それについて考えていた。パットンは玄関のドアを開けっ放しにしていた。彼は正面の二つの窓にかかった茶色のベネシアン・ブラインドを引いて上げ、窓を上に押し開けた。それから近くにある椅子に腰を下ろし、腹の上で両手を組み合わせた。デガルモは立って、ぎらぎらした目でキングズリーを上から睨みつけていた。

「あんたの奥さんは死んだよ、キングズリー」と彼は残忍な声で言った。「ご存じなかったかもしれんが」

キングズリーは彼をじっと見つめたまま、唇を湿した。

「ずいぶん落ち着いているじゃないか」とデガルモは言った。「スカーフを見せてやれよ」

私は緑と黄色のスカーフを取り出し、それを前に広げた。デガルモはぐいと親指を突き出した。「あんたのか？」

キングズリーは肯いた。そしてまた唇を湿した。

「そいつをあとに残していったのは失敗だったな」とデガルモは言った。彼の息は少しばかり激しくなっていた。その鼻はこわばり、鼻腔の両脇から唇の端にかけて、深い皺が刻まれていた。

キングズリーは物静かな声で言った。「それを私がどこに残してきたって？」、彼はそのスカーフにはほとんど目もくれなかった。私の方はまったく見もしなかった。

「ベイ・シティーの八番街にあるグラナダ・アパートメントの、618号室だよ。初耳かね？」

キングズリーはとてもゆっくりと視線を上げ、私と視線を合わせた。「彼女はそこにいたのか？」、彼はそう言って息を吐いた。

私は肯いた。「彼女は私を部屋に入れたがらなかった。しかし私の方は話を聞かずに金を渡すつもりはなかった。彼女は自分がレイヴァリーを殺害したことを認めました。そして拳銃を抜き、レイヴァリーと同じ運命を私に辿らせようとした。そのとき何ものかがカーテンの背後から現れて、私をノックアウトした。その相手の姿を目にすることはできなかった。意識を取り戻したときには彼女はもう死んでいた」、彼女がどのような死に方をしたか、私は説明した。どんな格好であったかも。そこで私がどんなことをして、どんなことをされたかも。

彼は顔の筋肉をぴくりとも動かさず話を聞いていた。私が話を終えたとき、彼はそのスカーフに向けて漠然とした動作をした。

「そのスカーフが、そのこととどういう関係を持つのだろう？」

「あなたがそのアパートメントに潜んでいたことの証拠になると、警部補は考えています」

キングズリーは考えを巡らせた。しかしその話の意図するところが、すぐには呑み込めなかったようだった。椅子にぐったりと沈み込み、頭をその背にもたせかけた。「続けてくれ」と彼はややあって言った。「きみは筋道がわかって話をしているらしいが、私には皆目わからん」

デガルモは言った。「いいとも、とぼけてればいい。そんなことをしても役には立たないぜ。あんたが昨夜、あのお姉ちゃんをアパートメント・ハウスまで送り届けてから何をしたか、そのへんから話をしてもらおうか」

キングズリーは単調な声で言った。「君がミス・フロムセットのことを言っているのなら、私は彼女を送ったりはしなかったよ。彼女はタクシーで帰宅した。私も自宅に帰るつもりだったが、そうはしなかった。そのかわりにここにやってきたんだ。ドライブと、夜の空気と、静けさが、私の気持ちを立ち直らせてくれるかもしれないと思ったのだ」

「ひとつうかがいたいのだが」とデガルモが小馬鹿にしたように言った。「気持ちを立ち直らせるって、いったい何から立ち直らせるんだね？」

「私がそれまで抱えてきたすべての悩みごとから、立ち直らせたかったのだ」

「参ったね」とデガルモは言った。「奥さんの首を絞めたり、腹に引っ掻き傷を残したりというような些細なことは、あんたをさほど悩まさないらしいな。違うかね？」

「お若いの、そんなことを口にするべきではないよ」とパットンが背後から口をはさんだ。「そういう言い方はあるまい。これまでのところ、証拠と呼ぶに足るものをあんたは何ひとつ持ち出してはいない」

「そうかい？」とデガルモは言って、首をさっと彼の方に曲げた。「スカーフはどうなんだい、太っちょ？　それは証拠とは呼べないのか？」

「確たる証拠と言えるものじゃない。私の耳にした限りにおいてはな」とパットンはのんびりと言った。「それにわたしは太ってはおらんよ。ただ怠りなく肉に包まれているだけだ」

デガルモはうんざりしたように、彼からまた顔を背けた。そしてキングズリーに指を突き立てた。

「つまりあんたは、ベイ・シティーにはまったく足を踏み入れていないと言いたいんだな」と彼は詰め寄った。

「そのとおりだ。どうして私がそこに行かなくちゃならない？　マーロウがその役目を引き受けてくれたのに。そして君がそのスカーフをそれほど重要視する理由が私には解せない。そのスカーフはマーロウが巻いていったのだから」

デガルモは両脚を踏ん張るように荒々しくそこに立っていた。彼はとてもゆっくりと振り向いて、怒りに燃えた荒々しい視線を私に向けた。

「わけがわからんな」と彼は言った。「まったくもってわけがわからんぜ。まさか誰かがおれのことをおちょくっているというんじゃあるまいな。なあ？　たとえばおまえさんのような誰かが」

私は言った。「私が口にしたのはこういうことだよ。そのスカーフはアパートメントの中に落ちていて、その夜早く、彼がそれを首に巻いているのを私は目にした、と。それだけ聞けば君はもう十分という感じだった。女が私を簡単に見分けられるように目印として、私がその後それを自分の首に巻くことになった、と付け加えることもできたんだが」

デガルモはキングズリーのそばを離れ、暖炉の端の壁に寄りかかった。左手の親指と人差し指を使って、下唇を前に引っ張り出した。右手は身体のわきにだらんと下ろされていた。指は僅かに曲げられている。

私は言った。「前にも言ったように、ミセス・キングズリーを私はスナップショットでしか見たことがなかった。我々のどちらかが相手を見分けられなくちゃならなかった。で、このスカーフなら簡単に目印になる。実際のことを言えば、私は以前に一度彼女と顔を合わせていたんだが、そのときはその相手がミセス・キングズリーだとはわからなかった。しかしもう一度顔を合わせても、同じ人物だとはすぐには認識できなかった」、私はキングズリーの方を向いた。「ミセス・フォールブルックですよ」と私は言った。

「ミセス・フォールブルックはその家の家主だということだったが」と彼はゆっくりと答えた。

「彼女はそこで私に向かってそう名乗ったんです。そのときは彼女の言うことを信じた。疑うべき理由はありませんからね」

デガルモは喉の奥で音を出した。彼の目は少しばかり血走っていた。私は彼にミセス・フォールブルックの話をした。彼女の紫色の帽子と、そのひらひらした身振り、そして空っぽの拳銃を手にしていたことについて。彼女がその銃を私に手渡したことについて。

私が話し終えると、彼はとても注意深く口を開いた。「おまえさん、たしかウェバーにはそんな話はしなかったよな」

「彼には話していない。その三時間前に既に、その家に私が足を踏み入れていたことを、彼には知られたくなかったからだ。警察に通報する前にキングズリーのところに行って、その件について相談をしていたこともね」

「そういう小賢しいことをするやつが、おれたちはなにしろ大好きなんだよ」とデガルモは冷ややかな笑みを浮かべて言った。「よくもまあ、そこまで派手にコケにしてくれたものだ。自分の殺しを粉飾してもらうために、あんたはいったいいくらこいつに払ったんだね、キングズリー？」

「通常の料金だ」とキングズリーは空虚な声で言った。「そしてもし妻がレイヴァリーを殺していないことを証明してくれたなら、それに加えて五百ドルをボーナスとして出すと言った」

「こいつがその金を稼げなかったのはお気の毒様だな」とデガルモがあざ笑った。

「とんでもない」と私は言った。「私は既にその金を手にしているよ」

部屋の中に沈黙が降りた。それはひどく張りつめた沈黙で、雷鳴の轟きによって今にも真っ二つに裂けてしまいそうに思えた。しかしそんなことは起こらなかった。沈黙はそのまま、壁のように重く固くのしかかっていた。キングズリーが椅子の中で僅かに身を動かした。そして長い沈黙のあとで、こっくりと肯いた。

「君くらいそのことをよく知っているものはいないはずだよ、デガルモ」と私は言った。

パットンの顔は板きれのように無表情だった。彼は静かにデガルモを見守っていた。キングズリーの方はまったく見もしなかった。デガルモは私の両目の真ん中あたりの一点を見ていた。しかしそれは部屋の中に現実にあるものを見ているという視線ではなかった。むしろ何か遙か遠方にあるものを、たとえば谷間を隔てた向こうの山を眺めているかのような視線だった。

ずいぶん長い時間が流れたような気がした。それからデガルモは静かに言った。「それはどういうことだ？　おれはキングズリーの女房のことなんぞ、何ひとつ知らんぜ。おれの知るかぎり、一度たりともその女を目にしたことはない。昨日の夜まではな」

彼は瞼を少し下げ、何かを考え込むような目で私を見ていた。私がこれから何を言おうとしているのか、彼にははっきりとわかっていた。いずれにせよ、私はそれを口にした。

「そして昨夜だって君は彼女を目にはしなかった。なぜなら彼女は一ヵ月も前に既に死んでいたからだ。リトル・フォーン湖で溺死したんだよ。君がグラナダ・アパートメントで発見したのは、実はミルドレッド・ハヴィランドだった。ミセス・キングズリーはレイヴァリーが殺害されるずっと前に死んでいた。そしてミルドレッド・ハヴィランドはミュリエル・チェスだった。ミセス・キングズリーはレイヴァリーが射殺されるずっと前に死んでいたのだから、レイヴァリーを撃ったのは彼女ではないということになる」

キングズリーは椅子の肘掛けの上で、拳を堅く握りしめていた。しかし彼は音を立てなかった。どのような音も一切立てなかった。

39

それから再び重い沈黙があった。注意深いのんびりとした声でパットンがその沈黙を破った。「そいつはいささか乱暴な決めつけじゃないかね。ビル・チェスには自分の女房も見分けられなかったということかな？」

私は言った。「一カ月水の中にいたあとで？　その遺体が彼女の着ていたのと同じ服を着て、彼女のつけていた装身具をつけていて？　同じ金髪だし、それは水をたっぷり吸い込んでいたし、顔の見分けもほとんどつかなかった。なぜ彼はそのことに疑問を露ほども抱かなかったか？　彼女が遺書ともとれる書き置きをあとに残していたからだ。そして家を出ていってしまった。二人は大喧嘩をしたんだ。彼女の衣服と車は消えていた。姿を消して一カ月、彼女からの音信はまったく途絶えていた。妻がどこに行ったのか、彼にはまったく見当がつかなかった。そして湖の底からこの遺体が浮かび上がってきた。ミュリエルの衣服を身につけてね。髪はブロンドで、体型もおおむね同じだ。もちろん二人のあいだに違いはいくつもあるし、もし身代わりかもしれないという可能性があったなら、それらの違いは目にもつき、指摘されていたかもしれない。しかしそこには疑いを抱く余地はなかった。クリスタル・キングズリーはまだ健在で、レイヴァリーと駆け落ちをしている。車をサン・バーナディノに乗り捨てて、エル・パソから夫に電報を打った。ビル・チェスにしてみれば、彼女はもう自分とは何の関わりもない人間だ。クリスタルのことなんて頭に浮かびもしないさ。彼の視野のどこにも、もう彼女の姿は入ってこなかった。当然のことだろう」

パットンは言った。「そいつはわたしも考えてみるべきだったな。しかしもしわたしがそんなことを思いついたとしても、すぐに首を振って、頭から追い払っていたことだろう。あまりにも突飛な思いつきとしてな」

「表面的に見れば突飛かもしれない」と私は言った。「でもそれはあくまで表面に過ぎない。仮に遺体が一年も浮かび上がらなかったとしよう。あるいはまったく浮かび上がらなかったと。湖の底を浚いでもしないかぎり、死体は見つからなかったかもしれない。ミュリエル・チェスは姿を消したが、彼女の行方を熱心に探索しようとするような人間はまずいるまい。彼女の消息はいつまでも不明のままだったかもしれない。しかしミセス・キングズリーの場合、事情はいささか異なる。彼女には金があり、コネクションがあり、身の上を案じる夫がいた。彼女はやがて行方を捜索されることになるだろう。そして実際にこうして私が雇われたわけだ。しかしすぐにではない。何かが変だと人が思うまで少し時間がかかる。何かが発見されるまでに、数ヵ月かかるかもしれない。湖の底も浚われるかもしれない。しかし彼女の足取りが調査され、彼女が間違いなく湖を離れ、山を降りて、はるばるサン・バーナディノまで行って、そこから東行きの列車に乗ったことが判明したなら、湖が浚われることもたぶんないはずだ。そして仮に遺体が発見されたとしても、その死体の正体が明らかにならない可能性は、五分五分よりも高いだろう。ビル・チェスは妻を殺害した容疑で逮捕された。このままいけば、あるいは有罪判決を受けるかもしれない。そして湖底の死体に関するかぎり、話はそこでおしまいということになるだろう。クリスタル・キングズリーはなおも行方不明のままで、それは未解決の謎であり続けることだろう。何かが彼女の身に起こったのだろう、そしておそらくもう生きてはいるまいと、みんなは考えたことだろう。しかしどこでどんなことがどのようにして起こったのか、それは誰にもわからない。もしレイヴァリーという人物が存在しなければ、我々がここでこうして語り合っているような事態はもたらされなかったかもしれない。レイヴァリーこそがすべてのものごとの要（かなめ）をなしている。クリスタル・キングズリーが山を降りたとされる日の夜、彼はサン・バーナディノのプレスコット・ホテルにいた。そしてそこで一人の女を目にした。クリスタル・キングズリーの車に乗り、クリスタル・キングズリーの衣服を身にまとった女だ。そしてもちろん彼は、その女が誰であるかを知っていた。しかしそこに何か不穏な事情があることまでは気がつかなかったかもしれない。彼女の着ているのがクリスタル・キングズリーの服であることにも気づかなかったかもしれない。彼女がクリスタル・キングズリーの車を、ホテルの駐車場に既に入れていたことを知らなかったかもしれない。彼にはっきりわかっていたのは、その女がミュリエル・チェスであるということだけだ。ミュリエルがその始末をつけた」

私はそこで話をやめて、誰かが何かを言うのを待った。誰も何も言わなかった。パットンは椅子の中でぴくりとも動かなかった。彼の無毛の太った両手は、腹の上で気持ちよさそうに組み合わされていた。キングズリーは椅子の背に頭をもたせかけ、目を半ば閉じ、身動きをしなかった。デガルモは暖炉の横の壁にもたれかかり、身を硬くしていた。顔面は蒼白で冷ややかだった。その厳しく頑なな大男は、考えをどこか深いところに隠しているのだ。

私は話を続けた。

「もしミュリエル・チェスがクリスタル・キングズリーになりすましていたなら、彼女がクリスタル・キングズリーを殺したことになる。ごく初歩的な推理だ。よろしい、説明してみよう。我々は彼女の正体を知っているし、どんな種類の女であるかも知っている。彼女はビル・チェスと出会って結婚する前に、既に人を一人殺していた。アルモア医師の診療所で看護婦をしており、彼の愛人でもあり、そしてアルモア医師の細君を巧妙に、アルモア医師がその後始末をせざるを得ないようなやり方で殺害した。そして彼女は以前に、ベイ・シティー警察に勤務している男と結婚してもいた。そしてその男もいいように利用され、彼女の犯した殺人の尻ぬぐいをさせられる羽目になった。そういう風に男を操って利用できる女だったのだ。サーカスの動物に輪くぐりをさせるみたいにね。どうしてそんなことができたのか、それがわかるほど私は長く彼女を知っているわけではない。しかし彼女の経歴がそれを証明してくれることだろう。レイヴァリーとの一件を見るだけで、それは十分証明されるはずだ。そう、彼女は自分の邪魔になる人々を片端から始末していったのだ。キングズリーの細君も邪魔者の一人だった。このことを話すつもりはなかったが、今となっては話しても話さなくても、大した違いはあるまい。クリスタル・キングズリーもまた少しばかり、男に輪くぐりをさせるのが得意な女性だった。彼女はビル・チェスに輪くぐりをさせた。そしてビル・チェスの細君はそういうことを気楽に笑って見過ごせるような女ではなかった。そしてまた彼女は山の中での生活に、とことんうんざりして、そこから逃げ出したいと望んでいた。それにまず間違いはない。しかし逃げ出すためにはまず先立つものが必要だ。彼女はそれをアルモアから手に入れようとして、おかげでデガルモがここまで彼女を探しに出向いてくることになった。それを知って彼女は少し怯えた。デガルモのような男は、何をしでかすかわかったものではない。彼女がそう考えるのも、まあ無理からぬところだとは思わないかね、デガルモ?」

デガルモは床の上の足をもぞもぞと動かした。「おまえさん、このままで済むと思うなよ」と凄みをきかせて言った。「そうできるあいだに、好きなことを好きに話すがいい」

「ミルドレッドには、クリスタル・キングズリーの車とか衣服とか身分証明書とか、その他いろんなものが、どうしてもなくてはならないわけではなかった。しかし役には立った。彼女が所持していたお金にはずいぶん助けられたに違いない。ご主人の話によれば、クリスタルはいつも多額の現金を好んで持ち歩いたということだから。身につけていた宝石も現金化することが可能だった。つまり彼女の殺害は、やむを得ない行為であったと同時に、利を生む行為でもあったのだ。これで動機ははっきりした。あとは手段と機会の問題になる。

「彼女にとってはまたとない機会だった。彼女はビルと喧嘩をして、彼は飲みに行ってしまった。亭主のビルのことはよく知っていたし、彼が飲み始めるとどんな風になるか、どれくらい長く外にいるかもわかっていた。彼女には時間が必要だった。時間が何より重要だった。手持ちの時間がたっぷりあるとわかっていなくてはならなかった。さもなければ彼女の計画はうまく運ばなかっただろう。彼女は自分の衣服をまとめて自分の車に載せ、クーン湖まで運転していって、そこに隠さなくてはならなかった。衣服が消えている必要があったからだ。そして歩いて戻ってこなくてはならなかった。それからクリスタル・キングズリーを殺害し、彼女にミュリエルの衣服を着せ、湖の底に沈めなくてはならなかった。それだけのことをするには時間がかかる。殺人自体について言えば、彼女はおそらく相手を酔っ払わせるか、あるいは頭に一撃をくらわすかしてから、キャビンの中の浴槽に沈めて殺したのだろう。それは合理的だし、手短にできる。彼女は看護婦だったし、人の身体の扱い方を心得ていた。また泳ぎも得意だ。私はビルの口から、彼女が優れた泳ぎ手であったことを聞いた。そして溺死した人の身体は水に沈む。彼女に必要なのは、湖の深いところまで死体を引っ張って行くことだけだった。ここに沈めておきたいというところまでね。泳ぎの達者な女性なら、それくらいは楽にできる。彼女はそれを実行した。それからクリスタル・キングズリーの衣服を身にまとった。他のめぼしい服を荷物にまとめ、クリスタル・キングズリーの車に載せ、そこを出発した。ところがサン・バーナディノで彼女は最初の障碍に直面することになった。つまりはレイヴァリーだ。

「レイヴァリーは彼女がミュリエル・チェスであることを知っていた。彼女が別の誰かのふりをしていたことに、レイヴァリーが気づいたと推測する証拠も理由も、我々は持ち合わせていない。彼は山の上で彼女と初めて出会ったわけだが、おそらくそのときも、レイヴァリーは再び山に向かう途上だったのだろう。彼女にとってそれは望ましくない事態だった。レイヴァリーがそこで見出すのは、鍵を掛けられたキャビンだけだし、そうなれば彼はビルのところに問い合わせに行くかもしれない。彼女がリトル・フォーン湖を離れたという確証をビルが手にしていないということが、彼女の計画の大事な一部だった。もしあの死体が発見されたなら、そのときにはビルは、それが誰であるかを正しく判別するだろうから。そこで彼女はレイヴァリーにすぐに色目を使った。難しいことではない。なぜならレイヴァリーはなにしろ、目の前に女がいれば手を出さないわけにはいかないという男だから。数が多ければ多いほどいいというやつなのだ。ミルドレッド・ハヴィランドのような知恵の働く女にとっては、レイヴァリーを相手にするのは、赤子の手をひねるようなものだ。彼女は彼を誘惑し、一緒に連れ出した。エル・パソまで連れて行って、そこから電報を打ったわけだが、それについてレイヴァリーは何も知らない。それから彼と共にベイ・シティーまで行くことになった。彼女にはたぶん他に選ぶべき手がなかったのだろう。レイヴァリーは家に帰りたがったし、彼女としては、彼から目を離すわけにはいかなかった。なぜならレイヴァリーは今となっては、彼女にとって危険な存在になっていたからだ。クリスタル・キングズリーは間違いなくリトル・フォーン湖をあとにしたというシナリオが、彼一人のおかげでぶち壊されてしまいかねなかった。もしクリスタル・キングズリーの捜索が始まったら、必ずやレイヴァリーのところに問い合わせが来るだろうし、その時点ではレイヴァリーの命なんて一文の値打ちもなかった。最初のうち彼が何を否定しようと、そんなことは誰にも信用されなかっただろう。それは実際に信用できないものだったしね。しかし彼がありのままを正直にしゃべり出したら、そちらはきっと信用されたはずだ。なぜならそれは事実として検証できることだったから。だから捜索が開始された途端、レイヴァリーは浴室で射殺されることになった。私が彼のところに話を聞きに行った、まさにその夜にね。話はそこでだいたい終わるわけだが、ただ彼女はなぜか翌朝その家に戻ってきた。それは殺人者がやりがちなことだ。レイヴァリーが自分の金を取り上げたからだとミルドレッドは言ったが、私はそれを信じない。それよりは、彼がどこかに金を隠し持っていたはずだと見当をつけて、戻って来たのではないかと思う。それとも冷めた頭で、現場をよりもっともらしく取り繕おうとしたのかもしれない。あるいは、これは彼女が自分で口にしたことだが、新聞と牛乳を取り込むためだったのかもしれない。なんだってあり得る。とにかく彼女は現場に戻り、そこで私は彼女に出会った。そして彼女は一芝居打ち、私は見事にいっぱい食わされてしまった」

パットンは言った。「それで、いったい誰が彼女を殺したのかね、お若いの？　キングズリーがそのささやかな仕事をやってのけたとは、あんたはどうやら考えていないようだが」

私はキングズリーを見て言った。「あなたは彼女とは電話で話さなかった。そう言いましたね。ミス・フロムセットはどうだろう？　電話をかけてきた相手があなたの奥さんだと、彼女は思ったのだろうか？」

キングズリーは首を振った。「たぶんそうではあるまい。そんなに簡単には欺かれない女性だ。電話の声はずいぶん変化しており、沈んでいるように聞こえた、としか彼女は言わなかった。私はそのときはとくに疑念を抱かなかった。ここにやって来るまではまったく疑いもしなかった。しかし昨夜ここに足を踏み入れたとき、何かがおかしいと感じた。すべてがあまりにも清潔で、きれいに片付いていたからだ。クリスタルは出て行くときに部屋をいちいち片付けたりはしない。寝室には服が脱ぎ散らかしてあるし、家中が煙草の吸い殻だらけだし、キッチンにはグラスと酒瓶がちらかっているはずだ。洗っていない皿にはアリや蝿がたかっているはずだ。ビルの奥さんが片付けてくれたのかもしれないと思ったが、それから思い出した。ビルの奥さんがそんなことをするわけはない。その当日に彼女はビルと喧嘩をして、殺されたか、あるいは自殺をしたのだ。キャビンの片付けをしている暇なんてあるわけがない。それについてあれこれ考えてみたが、頭が混乱していて、結論らしきものは出せなかった」

パットンは椅子から立ち上がり、外のポーチに出て行った。それから褐色のハンカチーフで唇を拭いながら戻ってきた。彼は左の腰を下にして椅子に座り直した。銃のホルスターが反対側に来るように。そして考え深げにデガルモを見た。デガルモは壁に向かって立っていた。硬く、厳しく、岩でできた男のように。彼の右手はだらんと下に落とされていた。指は軽く曲げられたままだ。

パットンは言った。「誰がミュリエルを殺したのか、まだ聞いておらんよ。それも演し物の一部なのかね。それともまだ結論が出ていないということなのか？」

私は言った。「殺人が彼女の習性になっていると思った誰かです。彼女を愛しながらも憎まざるを得なかった誰かです。これ以上彼女が人を殺し、その罪を免れていくことに、警官として耐えられなくなった誰かです。しかし彼女を捕まえ、すべての事実を明るみに出すという、警官としての職務を果たすことまでは、その人物にはできなかった。早い話、それはデガルモのような誰かです」

40

デガルモは身体をまっすぐ伸ばして壁を離れ、すさんだ笑みを顔に浮かべた。その右手はきっぱりと無駄のない動きをして、今ではそこには拳銃が握られていた。手首をだらんとさせて持っていたから、その銃口は彼の前面の床に向けられていた。彼は私の顔を見ることなく、私に向かって語りかけた。

「おまえさんは銃を持っていないと言ってたな」と彼は言った。「パットンは銃を持っているが、それほど速く抜くことはできまい。その最後の推理に関して、証拠と呼べそうなものを少しは持っているんだろうな。それとも証拠なんて、おまえさんにとっちゃ大して重要なものではないのかな？」

「証拠なら少しばかりある」と私は言った。「それほどたくさんの証拠じゃない。しかしそれは膨らんでいく。グラナダで、誰かが緑色のカーテンの陰に半時間以上にわたって立っていた。そんな風に物音も立てずに長く立っていられるのは、張り込みに慣れた警官くらいのものだ。その誰かはブラックジャックを手にしていた。そしてその誰かは、私の後頭部を見もせずに、私がブラックジャックで殴られたことを知っていた。君はショーティーにそう言ったんだぜ。覚えているか？　その誰かは、死んだ女もやはりブラックジャックで殴られたと知っていた。一見しただけではそんなことはわからないし、そのとき死体を詳しく検分しているような余裕はなかったはずなのに。そしてその誰かは彼女の衣服を剝ぎ取り、身体を引っ搔いて傷を残した。そんなサディスティックな憎しみは、君のような人間が、自分をささやかな個人的地獄に追い込んだ女性に対して感じる種類のものだ。この今、爪の下に血と皮膚のかけらを詰めたその誰かに化学検査をすれば、多くの事実が判明するに違いない。右手の爪をパットンに見せるのは、君にとってきっと気が進まないことだろうな、デガルモ」

デガルモは銃を少しだけ持ち上げ、微笑んだ。口を広く開け、白い歯を見せた微笑みだった。

「で、おれはどうやって彼女の居場所を突き止めたのだろう？」と彼は尋ねた。

「アルモアが彼女を見かけたのさ。レイヴァリーの家から出てくるところか、あるいは入っていくところをね。それで彼は震え上がった。だから家のまわりをうろついている私の姿を見て、すぐさま君を呼んだんだ。君がどうやって彼女の後をつけ、そのアパートメントを突き止めたのか、詳しいところまでは私にはわからないが、そんなに難しいことではなかったはずだ。君はアルモアの家に身を隠し、彼女のあとをつけることができただろう。

あるいはレイヴァリーのあとをつけたのかもしれない。そういうのは警官にとってはお手の物だからな」

デガルモは肯いて、しばらくのあいだ黙して、何かを考えながらそこに立っていた。顔は陰鬱そうだったが、そのメタリック・ブルーの目には光が浮かんでいた。その目は何かを面白がっているようにさえ見えた。もはや修復の余地のない災厄を前にして、部屋の空気は暑く重かった。しかしデガルモは我々の誰よりも、それを感じてはいないようだった。

「ここを離れたい」と彼はようやく言った。「そんなに遠くまで行かなくていい。しかし田舎の警官にとっ捕まらなくても済むところまでは行きたい。そのことに何か文句はあるかね？」

パットンが静かに言った。「それはできんよ、お若いの。わたしはあんたを連行しなくてはならん。何ひとつ証明されてはおらんが、それでもあんたをこのまま行かせるわけにはいかんのだ」

「あんたは立派な腹をしているよな、パットン。おれは銃の腕がいい。あんた、どうやっておれをしょっぴくつもりだね？」

「それについて考えていた」、パットンはそう言って、後ろに押しやった帽子の下で髪をくしゃくしゃにした。「あまりよい考えは出てこなかった。腹に穴を開けられるのはできれば遠慮したい。しかしわたしの仕切っている土地で、そうそう好き勝手にさせるわけにもいかん」

「行かせればいい」と私は言った。「この山から出ることはできない。だからこそ彼をここまで連れてきたんだ」

パットンは醒めた声で言った。「彼を捕まえようとして、誰かが傷を負うかもしれない。そいつはよろしくない。もし誰かが傷を負うとしたら、それはわたしでなくちゃならん」

デガルモはにやりと笑った。「立派な心がけだよ、パットン」と彼は言った。「なあ、おれはわきの下に銃をしまうよ。それで対等になるだろう。おれはそういうのも得意なんだよ」

彼はわきの下に銃を収めた。そして両腕を両脇に垂らして立った。顎が前に軽く突き出された。そしてじっと見ていた。パットンはそっと煙草を嚙んでいた。彼の淡いブルーの目は、デガルモの鮮やかな目を見ていた。

「こちらは座っている」と彼は不満そうに言った。「それにだいいち、あんたほど速くは抜けないだろう。わたしはただ臆病者とは思われたくないだけだ」、彼は哀しそうに私を見た。「あんたはなんで、こんな面倒をここまで持ち込んできたんだね。これはそもそもわたしには関係のないごたごたなんだ。おかげでこんなややこしいことになってしまった」、彼の声は傷ついて、混乱しているように聞こえた。そしていくぶん弱々しかった。

デガルモは頭を少し後ろに逸らせ、声を上げて笑った。そしてまだ笑っているあいだに、彼の右手は再び銃の方にさっと伸びた。

パットンの動きはまったく目にとまらなかった。部屋は彼のフロンティア・コルトのすさまじい銃声でぶるぶると震えた。

デガルモの腕はまっすぐ外に弾かれ、重いスミス・アンド・ウェッソンは手から跳ね飛んで、背後の節だらけの松材の壁にどすんと当たった。彼は感覚を失った右手を振り、解せないという目で見下ろしていた。

パットンは静かに立ち上がった。ゆっくりと部屋を横切り、リボルバーを椅子の下に蹴り込んだ。そして悲しそうな目でデガルモを見た。デガルモは拳に滲んだ血を吸い取っていた。

「あんたはわたしに余裕を与えた」とパットンは悲しそうに言った。「わたしのような男には余裕を与えるべきじゃないんだ。あんたが生まれるより以前から、わたしは銃を使いこなしてきたんだよ、お若いの」

デガルモは肯き、背筋を伸ばして、戸口に向かった。

「やめた方がいい」とパットンは静かな声で彼に向かって言った。

デガルモは歩き続けた。戸口に着いて、網戸を押し開けた。彼はパットンの方を振り向いたが、その顔は蒼白だった。

「おれは出て行くぜ」と彼は言った。「おれを止める方法はひとつしかない。じゃあな、太っちょ」

パットンは筋肉ひとつ動かさなかった。デガルモはドアの外に出た。彼はポーチの上で大きな足音を立て、それから階段を降りていった。私は正面の窓に行って、外を見た。パットンはまだ動かなかった。デガルモは階段の下まで降りて、小さなダムの上を渡り始めていた。

「彼はダムを越えようとしている」と私は言った。「アンディーは銃を持っているのか？」

「持っていたとしても、使うとは思えない」とパットンは穏やかな声で言った。「使う理由が見当たらないからね」

「となるとお手上げだな」と私は言った。

パットンはため息をついた。「彼はあんな風にわたしにチャンスを与えるべきじゃなかった」と彼は言った。「わたしを好きに料理できたのだから。だからこちらも彼にチャンスを与えなくてはならない。取るに足らないことであるし、本人の身のためにはならないにしても」

「彼は人殺しだよ」と私は言った。

「好んで人を殺すタイプじゃない」とパットンは言った。「あんた、車はロックしてきたかね？」

私は肯いた。「アンディーがダムの向こう側にやってきた」と私は言った。「デガルモが彼を止めました。アンディーに何かを話しかけている」

「たぶんアンディーの車を使うつもりなのだろう」とパットンは悲しげに言った。

「ああ、お手上げだな」と私は繰り返した。私はキングズリーの方を振り返った。彼は両手で頭を抱え、床をじっと見つめていた。私は窓を振り返った。デガルモの姿は高くなった部分に隠れて見えなかった。アンディーはダムの半ばあたりにいた。背後をときどき振り返りながら、ゆっくりこちらに進んできていた。車をスタートさせる音が遠くから聞こえてきた。アンディーはキャビンの方を見上げた。それから振り向いて、ダム沿いに走って戻った。

エンジンの音はだんだん遠ざかっていった。やがて何も聞こえなくなると、パットンは言った。「さあ、これから事務所に戻ってあちこち電話しないとな」

キングズリーは突然立ち上がり、キッチンに行って、ウィスキーの瓶を持って戻ってきた。彼はそれをたっぷりとグラスに注ぎ、立ったまま飲んだ。それから片手を振り、部屋から重い足取りで出て行った。ベッドのスプリングが軋む音が聞こえた。

パットンと私はそっとキャビンを出た。

41

パットンが電話で、ハイウェイを検問封鎖する指示を出し終えたところに、ピューマ湖ダムの監視任務を指揮している軍曹から電話が入った。我々は事務所を出て、パットンの車に乗り込んだ。アンディーが運転して湖沿いの道路を走り、めざましい勢いで村を抜け、湖岸を走ってその先にある大きなダムに向かった。ダムの向こう側にある監視所のわきに駐めたジープの中で待機していた軍曹が、手を大きく振って我々に合図をした。

軍曹は我々を手招きしてから、ジープをスタートさせた。我々は彼のあとをついて、ハイウェイを百メートルばかり進み、数人の兵隊が渓谷の端に立って下を覗き込んでいるところまで行った。何台かの車がそこに停まって、人々が兵隊たちの近くにグループになって集まっていた。軍曹がジープから降り、パットンとアンディーと私も警察の車から降りて、軍曹のそばに行った。

「歩哨が立っているところで、その男は停止しなかったんです」と軍曹は言った。彼の声には苦い響きがあった。

「兵隊をあやうく道路から突き落とすところでした。橋の真ん中に立っていた歩哨は素早く飛び退いて難を免れました。こっちの端にいた兵隊はまだ余裕があったので、その男に停止を命じました。でも停止しなかった」

軍曹はガムを嚙みながら、渓谷の下を見おろした。

「そういう状況では発砲することを命じられています」と彼は言った。「歩哨は発砲しました」。彼は崖っぷちの路肩についたわだちのあとを指で示した。「あそこから下に落ちたんです」

三十メートルばかり下で、小さなクーペが巨大な花崗岩の脇腹に衝突してぺしゃんこになっていた。少しだけ傾き、ほとんど上下逆さまになっている。下には三人の男がいて、中から何かを引き出すことができるように、車を動かしていた。

かつて人間であった何かを。

訳者あとがき

「これが最後の一冊」

レイモンド・チャンドラーは全部で七作の長篇小説を遺して亡くなったが、この『水底の女』で、僕(村上)はそのすべてを翻訳し終えたことになる。僕の前に、清水俊二さんが六作を訳しておられるが(『大いなる眠り』は当時、版権の都合で翻訳することができなかった)、チャンドラーの七つの長篇を個人訳で揃えるのは、日本でいちおう僕が最初ということになる。恥ずかしながら……と言うべきなのかもしれないが、同時にまことに光栄なことだと感じている。そしてなにより喜ばしく思うのは、この作業をずいぶん楽しみながら最後まで為し終えることができたということだ。もちろん翻訳自体はかなり骨が折れたけれど、それでもそれはとても心愉しい、そして意味のある骨の折れかただった。

最初に『ロング・グッドバイ』を翻訳出版したのが二〇〇七年で、それから十年ばかりかけて、創作の合間にぼつぼつと翻訳作業をおこなってきたわけだが、そのあいだ「もうやめちゃおうか」と思ったようなことは一度もなかった。出版社から(ほとんど)一度も催促されることもなく、自分のペースでこつこつと自主的に翻訳を続けてきた。そして七作全部を訳し終えた今、あたりを見回して「ああ、これでおしまいか。もうこれ以上訳すべき作品はないのか……」と思うと、なんだかがっくりしてしまうことになる。チャンドラー・ロス、とでも言えばいいのか。

『水底の女』(清水訳では『湖中の女』)について語ろう。

チャンドラーが『水底の女』を出版したのは一九四三年で、彼はそのとき五十五歳になっていた。本格的に小説を書き始めたのが四十代の半ば、最初の長篇を出版したのが五十歳のときだから、五十五歳といっても、作家としてのキャリアにおいては、いちばん脂がのっていた時期と言ってもいいくらいである(はずだ)。しかしチャンドラーは、彼にとって四作目の長篇小説にあたるこの小説(時系列的には『高い窓』と『リトル・シスター』のあいだに挟まれている)を、かなりだらだらと時間をかけて書き続けていたようだ。彼自身の言によれば、想を得てこの小説を書き始めてから完成させるまでに、実に四年の歳月を要している。

『水底の女』は彼が雑誌に掲載したふたつの短篇小説がもとになっている。チャンドラーはよくこういう長篇小説の書き方をした。雑誌にまず短篇として書いておいて(とりあえず原稿料を稼ぐためだ)、後日それをいくつか組み合わせ、長篇に作り替えていくのだ。

たとえば『さよなら、愛しい人』が「トライ・ザ・ガール」と「翡翠」をもとにして作られているように。チャンドラー自身はこのような旧作再生作業を「屍体を食らう(cannibalizing)」という不吉な言葉で、おそらくは自虐的に表現している。その作業がすらすらと順調に進む場合もあれば、あまりしっくりと嚙み合ってこない場合もあった。『水底の女』はどちらかといえばその後者の例にあたるだろう。

『水底の女』を書いていたこの時期、チャンドラーは私立探偵を主人公としたミステリーを書き続けることにいささか飽いていたようで、執筆のだらだらぶりは、どうやらそのあたりに原因が見いだせそうだ。彼は『水底の女』だけを書いていることにうんざりして、同時的に並行して『高い窓』を書き進めている。そして後から始めたそちらの小説の方が先に完成してしまうことになった。その事情を、彼はこのように書き記している。

「一九四〇年という年を私は、ひとつには健康の問題もあり、また更に世界の置かれた状況もあり(欧州大陸で進行している第二次大戦のこと)、もうひとつ心の落ち着かないままに過ごしたようだ。その年の十一月の末までに私が手にした成果は、調子の良いときであれば一週間ほどでなしえた程度のものだった。私はまた他に三つの小説を並行してぽつぽつと書いていたが、そのうち完成を見たのはひとつきりだった(中略)。こんなことをいちいち書き連ねているのは、私はもうずいぶん長い期間にわたって、ひとつの作品だけに専念して執筆したことがないということをわかってもらいたいからだ。でもなんとかかんとか、それらの作品を最終的には仕上げることができる。それまでにどれほど長く時間がかかろうが、どれだけ数多くの仕事を同時に抱え込んでいようが（中略）。そういうのはまともじゃない執筆方法だと人は思うかもしれない。しかしながら私の場合、それが実際のところうまくいっているのだ。私は『水底の女』という作品を一九三九年から一九四三年にわたって、ずっと手元に抱え込んでいた。一九三九年には既にそのずいぶん多くの部分を書き終えていたというのに」

実際のところうまくいっていると本人は述べているが、そういう変則的な書き方をしないで済むときだって著者には多くあったし、その時期かなり執筆に苦しんだということにおそらく間違いはないだろう。どことなく「負け惜しみ」のような響きも聞き取れなくはない。そういう事情のせいか、この『水底の女』という作品は本来のチャンドラーの長篇小説の持つ溌剌（はつらつ）とした魅力に欠けていると考える読者は少なくない。申し訳ないが、僕もその中の一人だった。

チャンドラーは『高い窓』を出版したあとに、ある手紙にこのように書いている。「次はもっと生き生きして、うまくて、テンポの速い作品を書きたいと思う。なぜなら君も知ってのとおり、いちばんものを言うのは、ロジックでもなく、筋が通っていることでもなく、スタイルでもなく、ペースだからだ」

しかし残念ながらこの『水底の女』は、彼の目指したような軽快なペースを持った作品になることはかなわなかったようだ（スタイルは申し分ないものの、ロジックにはいささか弱点がある）。

『水底の女』は――あくまで僕の見方からすればということだけれど――チャンドラーの七作の長篇小説の中では少しばかり異色の作品と言っていいかもしれない。良くも悪くも、他の作品とは肌合い、色合いが違っている。僕がこの作品を翻訳リストのいちばん最後にまわしておいたのも、そのせいだ。

『水底の女』が他の作品と趣を異にしている点はまず第一に、この物語が基本的にプロット一本でできあがっていることだろう。そのプロットとはもちろん、話が始まってすぐに出てくる、山中の湖に沈んでいた女性の死体のアイデンティティーに関することであって、これはミステリーを読み慣れた人なら、どういう仕掛けなのかおおよその想像がついてしまう。そのような言うなればゆるめのプロットひとつで、長篇小説の長丁場を押し切ってしまおうというのだから、そもそもの基礎構造にいささかの無理がある。そういうところは、いかにもチャンドラーらしくないと言っても差し支えないだろう。彼はもともとそういう「本格派」のプロット重視主義を厳しく批判してきた人だからだ。僕がこの『水底の女』をもうひとつ買えないままできた理由もそのあたりにある。こんな仕掛けがなくても、チャンドラーほどの人なら十分面白い小説が書けたはずだろう、と。というか、少なくともこれまではだいたいそのように考えてきた。

しかし今回この小説を訳してみてあらためて感じたのは、それでもやはりマーロウものは読んでいて面白いし、そのらしくなさがある意味、逆にこの小説のチャーミングなポイントになっているのかもしれない……ということだった。この時期のマーロウは年齢的に若過ぎもしないし、また円熟し過ぎてもいない。力余ってぴきぴきしてもいないし、かといって過度に厭世的になってもいない。どちらかといえばこの物語の中のマーロウは、他作に比べてよりニュートラルな存在となっているかもしれない。彼は登場人物の誰にも深くコミットはしない。誰かに深く心を惹かれることもなく、誰かのせいで激しく感情を乱されたり揺さぶられたりすることもない。彼は一人の経験豊かなプロフェッショナルとして、与えられた仕事を着実にこなしていくだけだ。もちろんその過程で次々に殺人事件に巻き込まれ（本人が言うところの「一日一殺人のマーロウ」）、たちの悪い官憲や悪漢たちから非道な打撃を食らうことになる。ピストルを突きつけられ、ブラックジャックで思い切り頭やら膝の裏やらを殴られる。様々な色合いの髪の、スタイルの良い美しい女たちが、彼の前をしゃなりしゃなりと横切っていく。企みを持つ人々は彼を巧妙に欺こうとする。しかしそれらのものごとも、彼の心を大きく動じさせることはない。据えられた基本の軸がぶれることはない。デガルモにびんたを食らったときには、さすがに少なからずプライドを傷つけられたようにも見えるが、それ以外は終始変わることなくクールだ。あるいは見方によっては、いつもよりもいくぶん「淡泊」である。フィリップ・マーロウのファンはそういうところを、いささかもの足りないと感じることになるかもしれない。

しかしそのような土台のゆるさの上にあっても、フィリップ・マーロウという人物の魅力はやはりひときわ輝いている(そして彼を描写するチャンドラーの筆も相変わらず冴え渡っている)。僕がこの『水底の女』におけるマーロウを個人的に評価するのは、彼が簡単に判断をしないところだ。簡単にウェットにはならないところだ。この話の中でマーロウは実に様々な種類の人々と巡り合うが、彼はすべての相手に対して、態度を微妙に保留し、しかるべき距離を置いている。そういうディタッチメント的な雰囲気が、この『水底の女』のアンダートーンみたいなものになっているかもしれない。もちろんそれを評価するかしないかは、読者一人ひとりの好き嫌いの問題になってくるわけだが、僕は翻訳者として今回も、マーロウというキャラクターの行動や発言を、ひとつひとつ愉しみ味わいながら辿り、ずいぶん幸せな気持ちになることができた。繰り返すようだが、もうこれでマーロウに会えないのかと思うと、とても淋しい。

先にも述べたようにこの小説はふたつの短篇小説が土台になっている。短篇小説といってもかなり長いもので、短めの中篇小説と言ってもいいくらいだ。「レイディ・イン・ザ・レイク(*The Lady in the Lake* 1939)」(タイトルは長篇と同じだ)は湖に沈んでいるのを発見された女性の死体に関する話で、「ベイシティ・ブルース(*Bay City Blues* 1938)」は麻薬医者の奥さんが自殺したとされる事件に関する話だ。デガルモ警部補はド・スペインという名前で後者に登場し、依頼主のドレイス・キングズリーはハワード・メルトンという名前で前者に登場する。そのふたつの話をひとつに結びつけたわけだが、その結びつけ方にはいささか無理がある。まるでスタイルの違う家を二軒、むりやりくっつけたみたいなところがある。流れの異なるプロットを合流させるために、作者は「偶然」の力に頼り過ぎていると感じさせられる箇所が、ところどころにある。

ひとつの短篇小説を長篇小説に膨らませていくという手法は多くの作家が採用するものだが(僕自身もときどきおこなっている)、ふたつの話をひとつに結びつけるというのは、かなりリスキーな作業になってくる。その手法は『さよなら、愛しい人』ではなんとかうまく機能したのだが、今回は、チャンドラーの手慣れたストーリーテリングの腕をもってしても、その強引さが目立つ結果に終わった。細かく注意すれば、もう少し外科手術の縫い跡を目立たなくすることはできたはずだと思うのだが、この時期のチャンドラーは、日常生活にもいろんな問題を抱え、そこまで小説に意識を深く集中することができなかったのかもしれない。また当時の彼のまわりには、テクニカルな面でのアドバイスを与えてくれるような優れた編集者もいなかったようだ。

とくに僕が気になったのは、探偵のジョージ・タリーがどのような経緯でアルモア医師の家に居合わせ、クリス・レイヴァリーと共にアルモア夫人の死体をガレージの中に発見し、その証拠のダンス靴を手に入れたかという箇所だ。この部分は説明があらっぽいというか、不十分なので、前後の状況がかなりわかりにくい。僕ももとになった短篇「ベイシティ・ブルース」を再読して、「ああそうか、そういうことなのか」となんとか理解できたような次第だ。著者の手抜きとまでは言わないが、親切心がいくぶん不足していることは確かだろう。ミュリエルがどうしてアンクレットを粉砂糖の中に隠さなくてはならなかったか、そのへんの事情説明も、もう少し詳しくされていてもいいのではないだろうか？愛情と熱意を込めて翻訳をおこなった人間として、このように作品の欠点を並べたてるのは本意ではないのだが、「話の筋がよくわからないのは、翻訳に何か不備があるのでは」と思われてもちょっと困るので……。

それでもこの小説には、そのようないくつかの瑕疵をしっかり埋め合わせるだけの、多くの美点が含まれている。まず第一にこの話には、読者の目を惹きつけるカラフルな人物が次々に登場する。そして洒落た愉快な会話がある。おかげで我々は飽きることなく、最後まで愉しく本のページを繰ることができる。

ピューマ湖近辺の小さな町で警察官をつとめるジム・パットンはとりわけ興味深い、魅力的な人物だ。彼の肩書きはオフィスに掲げられた看板によれば「*Chief of Police. Fire*

Chief. Town Constable. Chamber of Commerce」となっている。そして本人は自分はこの町の「Constable であり deputy sheriff」であるとマーロウに説明している。このへんの位置関係はかなりわかりにくい。constable というのはもともとは英国の平巡査のことであり、米国において使用されている例を目にしたのは今回が初めてだった。辞書を引くと「治安官」と出ているが、一般的に用いられている用語ではないし、訳語として今ひとつぴんとこなかったので、本書では Town Constable を僕の一存でとりあえず「町制執行官」と訳しておいた。この「町制執行官」はどうやら住民の選挙で選ばれるらしい。またそれと同時に、彼はカウンティー（郡）の保安官事務所（シェリフ・オフィス）の代理をつとめているようだ。だから殺人事件の捜査みたいな大がかりなことは、広域をカバーするサン・バーナディノのシェリフ・オフィスに任される。シェリフ・オフィスは技術や情報に関して、ロサンジェルス市をカバーするロサンジェルス市警に協力を求める。アメリカの警察制度は成立過程が場所によってまちまちなせいで、理解するのがずいぶんむずかしいところがある。しかしいずれにせよ、年代物のフロンティア・コルトを腰に差した、のんびり、飄々とした――しかしなかなか食えない――ジム・パットンが登場してくるおかげで、この小説は人間味と明るさをぐっと増しているように感じられる。

もうひとつ『水底の女』について触れておかなくてはならないのは、この小説が日米開戦のあとの戦時下で発表されたということだ。だから戦争についての言及があちこちで見受けられる。歩道のゴム・ブロックがはがされている冒頭のシーンからしてそうだ。日本軍がマレー地域を占領したせいで、重要な軍事物資であるゴムの材料がアメリカに入ってこなくなり、軍は再利用できるゴムをあちこちから細かく徴収していたようだ。またミュリエル・チェスが家出した（とされる）あとに絹のスリップを残していったことについて、マーロウは「この時節、正気を持ち合わせた女性で」そんなことをするものはまずいないのに、と首をひねっている。もちろん開戦後、日本からの絹の輸入が停止されたことを受けてのことだ。おかげでアメリカのご婦人たちは、ストッキングや衣服の調達に関してたいへん苦労をすることになった（その結果ナイロンが普及したわけだが）。またピューマ湖のダムに警備の兵士が就いていることが、クライマックスの印象的なシーンに繋がっていくわけだが、兵士たちがそこまで厳しくダムを警戒しているのはおそらく、日本のスパイが貯水池に毒を入れるというような破壊工作を企てているという噂が、市民のあいだに広がったためだろう。

チャンドラーは戦争の進行の具合に気を取られ、そのせいで執筆がうまく進まなかったと言い訳っぽく述べているが、この小説を読んでいると、当時のアメリカの世相を身近に覗き見ることができて、なかなか興味深かった。戦争のおかげで人々の日常生活に微妙な影響が出始めているが、一方でそんなことにはほとんど無関係にお気楽に社交生活を楽しんでいる人々もたくさんいる。私立探偵の仕事もそれなりに忙しそうだ。そういう時代の空気をページの端々から嗅ぎ取っていくのも、小説を読む愉しみのひとつと言えるかもしれない。

最後の最後に、僕が十年かけてレイモンド・チャンドラーの一連の長篇小説を訳した目的と姿勢（のようなもの）について、あらためて簡単に述べておきたい。チャンドラーの小説に関しては既に、清水俊二氏や田中小実昌氏の優れた翻訳があり、そういう意味では日本の読者はずいぶん恵まれていたと言えるわけだが（僕も若い頃に清水さんやコミさんの翻訳でチャンドラーを楽しんだ）、それらの訳業は主に一九五〇年代後半〜六〇年代におこなわれた。今からもう半世紀以上も前のことで、その時代のチャンドラーの作品が持つ意味とそのポジションは、現在のそれとは微妙に違ってきている。清水さんはチャンドラーの作品をおおむね同時代のミステリー小説として位置づけて翻訳されているし、田中小実昌さんにしてもそれはほぼ同じだ。

しかし僕としては、チャンドラーの作品を単なる「ハードボイルド」ミステリー作品としてではなく、固定されたジャンルを超えた普遍的な小説作品として、更に言うなれば二十世紀における「準古典文学作品」として位置づけて、そういう観点から翻訳をおこなってみたかった。具体的にいえばチャンドラーのあの素晴らしい、そしてオリジナルな文体を、細かいところまでできるだけ原文に忠実に、日本語に置き換えてみたかった。「すべてにおいて、最高のものは、それぞれの固有の領域を超える」とゲーテは述べているが、チャンドラーはまさにそのひとつの例と言えるかもしれない。そんなチャンドラーの世界をどんな風にどこまで、今日ある日本語に移し替えられるか、というのは小説家である僕にとってのひとつの挑戦、文章上の試行でもあった。純粋なミステリー・ファン、古くからのチャンドラー・ファンからすれば、「そんなことは余計なお世話だ。今のままでよろしい。いいから放っておいてくれ」ということになるかもしれないが——実際にそういう意見も少なからずちょうだいしたわけだが——翻訳には少しでも多くの選択肢があった方がいいだろう、そして若い世代の新しい読者を開拓するにあたっては、新しい感覚の翻訳が少なからず意味を持ってくるはずだ、というのが僕の率直な見解だ。ご理解いただけると嬉しい。

こういうことを言うと、また一部の反感を買うかもしれないが、「ハードボイルド」という言葉（用語）、またそれが指し示す領域そのものが、今日にあってはもうそのリアリティーと有効性を徐々に失いつつあるのではないかという気がしないでもない。しかしそれでもチャンドラーの作品は、少なくともその多くは、まったく古びていない。彼の作品は今でも書店の棚に並び、読者の手に熱心にとられ続けている。その魅力はいったいどのへんにあるのだろう？　それを少しでも明らかにしたかった、というのが翻訳者としての、そしてまた現役の小説家としての、僕の立脚点だった。

そういえばカズオ・イシグロ（早川書房が出版独占する作家だ）もチャンドラーが大好きで、彼と顔を合わせると、よくチャンドラーの小説の話をした。僕がチャンドラーの翻訳をしていると言うと、「それはいい」と喜んでくれた。僕の知っているだけでも、イシグロばかりではなく、小説家には――それもミステリー作家ではない作家に――驚くほどたくさんチャンドラー・ファンがいる。

早川書房の編集部のみなさんにはこの十年間、いろいろとお世話になった。訳稿に対して数多くのテクニカルな指摘をいただき、それはたいへんありがたかった。深く感謝したい。なおテキストはVintage版を使用した。

二〇一七年十月

村上春樹

本書は、早川書房より二〇一七年十二月に単行本として刊行された作品を文庫化したものです。

天国でまた会おう（上・下）

Au revoir la-haut

ピエール・ルメートル
平岡　敦訳

〔ゴンクール賞受賞作〕一九一八年。上官の悪事に気づいた兵士は、戦場に生き埋めにされてしまう。助けに現われたのは、年下の戦友だった。しかし、その行為の代償はあまりに大きかった。何もかも失った若者たちを戦後のパリで待つものとは——？　『その女アレックス』の著者によるサスペンスあふれる傑作長篇

ハヤカワ文庫

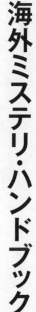

チャンドラー短篇集

キラー・イン・ザ・レイン
レイモンド・チャンドラー／小鷹信光・他訳

チャンドラー短篇全集1　著者の全中短篇作品を、当代一流の翻訳者による新訳でお届け

トライ・ザ・ガール
レイモンド・チャンドラー／木村二郎・他訳

チャンドラー短篇全集2　『さらば愛しき女よ』の原型となった表題作ほか全七篇を収録

レイディ・イン・ザ・レイク
レイモンド・チャンドラー／小林宏明・他訳

チャンドラー短篇全集3　伝説のヒーロー誕生前夜の熱気を伝える、五篇の中短篇を収録

トラブル・イズ・マイ・ビジネス
レイモンド・チャンドラー／田口俊樹・他訳

チャンドラー短篇全集4　「マーロウ最後の事件」など十篇を収録する画期的全集最終巻

フィリップ・マーロウの事件
レイモンド・チャンドラー・他／稲葉明雄・他訳

時代を超えて支持されてきたヒーローを現代の作家たちが甦らせる、画期的アンソロジー

ハヤカワ文庫

訳者略歴　1949年生まれ，早稲田大学第一文学部卒，小説家・英米文学翻訳家　著書『風の歌を聴け』『ノルウェイの森』『騎士団長殺し』他多数　訳書『ロング・グッドバイ』『大いなる眠り』『フィリップ・マーロウの教える生き方』チャンドラー（以上早川書房刊），『大聖堂』カーヴァー，『キャッチャー・イン・ザ・ライ』サリンジャー他多数

HM=Hayakawa Mystery
SF=Science Fiction
JA=Japanese Author
NV=Novel
NF=Nonfiction
FT=Fantasy

水底（みなそこ）の女（おんな）

〈HM⑦-17〉

二〇二〇年一月十五日　発行
二〇二三年十二月十五日　二刷
（定価はカバーに表示してあります）

著者　レイモンド・チャンドラー
訳者　村上春樹（むらかみはるき）
発行者　早川浩
発行所　株式会社早川書房
郵便番号　一〇一‐〇〇四六
東京都千代田区神田多町二ノ二
電話　〇三‐三二五二‐三一一一
振替　〇〇一六〇‐三‐四七七九九
https://www.hayakawa-online.co.jp

乱丁・落丁本は小社制作部宛お送り下さい。
送料小社負担にてお取りかえいたします。

印刷・中央精版印刷株式会社　製本・株式会社フォーネット社
Printed and bound in Japan
ISBN978-4-15-070467-4 C0197

本書は活字が大きく読みやすい〈トールサイズ〉です。